Die Hexen der Finsternis

Michael Molloy

Die Hexen der Finsternis

Aus dem Englischen von Annette von der Weppen

CHICKEN HOUSE

Für Georgia, eine Freundin der Elfen

1

Das Findelkind aus dem Meer

Abby Clover lebte mit ihrer Tante Lucy, ihrem Onkel Ben und einem Freund namens Spike in einer kleinen Küstenstadt, die Speller hieß und auf keiner Karte von England zu finden war.

Bevor ihre Tante und ihr Onkel geheiratet hatten, war Onkel Ben Waldhornspieler in einer Tanzkapelle gewesen und Tante Lucy Lehrerin in London. Jetzt führten sie den einzigen Krämerladen im Ort. Er lag ganz in der Nähe des Marktplatzes, am Beginn einer schmalen, kopfsteingepflasterten Straße, die zum Hafen hinunterführte.

Das Geschäft war schon seit mehr als hundert Jahren im Besitz von Abbys Familie. Von außen wirkte es nicht besonders groß, aber dieser Eindruck täuschte. Wie die meisten Gebäude in Speller war das Haus eher klein, mit weiß getünchten Wänden und einem Erkerfenster mit grünen Butzenscheiben.

Drinnen gab es einen großen, mit Eichendielen ausgelegten Raum, in dem es nach Gewürzen duftete, und einen langen Tresen mit Regalen dahinter, die bis zur Decke reichten. Seilrollen, Schiffslampen und alle Arten von Werkzeug hingen von den Dachbalken herab, und Kisten und Fässer waren an den Wänden aufgestapelt. Es gab Rasenmäher, Samenpackungen, Schneiderpuppen, Beutel mit Blumenzwiebeln, Mausefallen, Stoffballen, Matrosenmesser, Äxte, Briefpapier, Ölkanister, Teerpappe – die Liste nahm kein Ende. Wonach die Leute auch fragten, Tante Lucy schien alles immer irgendwo zu haben.

Über diesem Laden lebte Abby, seit ihre Eltern vor einigen Jahren zu einer Expedition aufgebrochen und nicht mehr zurückgekehrt waren.

Bevor sie zu ihrer Tante und ihrem Onkel gezogen war, hatte Abby in dem alten Leuchtturm gewohnt, der oberhalb der benachbarten kleinen Bucht stand. Als ihre Eltern nicht zurückkamen, hatten ihn Tante Lucy und Onkel Ben an einen Fremden vermietet, dem Abby noch nie begegnet war.

Obwohl ihre Tante und ihr Onkel sie lieb hatten, vermisste Abby ihre Eltern sehr. Insgeheim hoffte sie immer noch, trotz der vielen Jahre, die vergangen waren, sie eines Tages wiederzufinden.

Bis auf Spike, ein Findelkind aus dem Meer, gab es

keine anderen Kinder in Speller. Trotzdem war Abby hier meistens glücklich.

Früher hatten hier auch andere Kinder gelebt. Abby konnte sich noch gut an ihr Lachen erinnern und daran, dass sie ihnen immer beim Spielen zugeschaut hatte, als sie noch ganz klein gewesen war.

An einem Frühlingstag, Abbys Eltern befanden sich gerade wieder auf Forschungsreise, war für alle Kinder ein gemeinsamer Segelausflug geplant gewesen. Abby hatte sich schon seit Wochen darauf gefreut. Am Morgen des Ausflugs stand sie draußen vor dem Laden und trat ungeduldig von einem Fuß auf den anderen, während sie auf ihre Tante wartete. Da lugte plötzlich der Kopf eines großen weißen Vogels schräg gegenüber um die Straßenecke, zog sich aber gleich wieder hinter eine Mauer zurück.

Neugierig überquerte Abby die Straße und schaute um die Ecke. Der Vogel watschelte schon ein Stück voraus die Gasse hinauf. Als sie zögerte, schaute er sich um und hob einen Flügel, als fordere er sie auf, ihm zu folgen.

Abby lief hinter dem Vogel her, aber er blieb ihr immer

ein paar Meter voraus. Als sie das letzte Haus oben auf dem Hügel erreichten, stieg der Vogel in die Luft. Abby hörte, wie Tante Lucy ihren Namen rief, und wandte sich um. Ihr Blick fiel auf den Hafen, und sie sah, wie die Kinder gerade an Bord des Seglers gingen, mit dem sie ihren Ausflug unternehmen wollten. Der große weiße Vogel stieß noch einmal aus dem Himmel herab, umkreiste sie und flog dann aufs Meer hinaus.

So schnell sie konnte, rannte Abby den Hügel hinab, aber es war zu spät. Als sie mit Tante Lucy die Anlegestelle erreichte, hatte das Schiff schon den Hafen verlassen. Eine Weile blieben sie noch stehen und sahen zu, wie das Schiff immer kleiner wurde.

»Sei nicht traurig, Liebes«, sagte Tante Lucy sanft. »Wir können ein paar schöne Spiele machen, bis die anderen zurückkommen.«

Abby legte die Hand über die Augen und sah dem Vogel nach, der jetzt nur noch ein winziger weißer Punkt am Himmel war. »Was war das für ein Vogel, Tante Lucy?«, fragte sie.

Tante Lucy blickte sich erstaunt um; weit und breit war kein Vogel zu sehen. »Bestimmt eine Möwe«, sagte sie.

»Nein«, erwiderte Abby. »Der Vogel, der um mich herumgeflogen ist. Der war viel größer als eine Möwe.«

»Ich habe keinen großen Vogel gesehen«, sagte Tante

Lucy, und damit wandten sie sich um und gingen zum Laden zurück.

An diesem Abend erreichte eine schreckliche Nachricht die Stadt.

Auf See hatte es einen Sturm gegeben und das Segelschiff war gesunken, mit allen, die an Bord waren. Seit jenem Tag war in Speller nur noch selten das Lachen von Kindern zu hören.

Soweit Abby wusste, war bis auf den Fremden im Leuchtturm noch nie jemand von außerhalb nach Speller gekommen. Hätte es einen solchen Besucher gegeben, so wären ihm wohl als Erstes die Gärten der Stadt aufgefallen.

Einige sahen aus wie kleine Bauernhöfe, wo Hühner und Enten auf der Wiese gackerten und quakten. Andere Leute hielten sich Kühe und Ziegen, oder Schweine, die auf ihrem Lager aus duftendem Heu schnarchten. Die Schweine von Speller gehörten zu einer ganz besonderen Rasse, die ›Sweet Pinkies‹ genannt wurde, weil ihre Ställe, anders als bei anderen Schweinen, nach wildem Heidekraut dufteten.

Weil es so viele Gärten gab, war die Luft beständig von Blütenduft erfüllt. Und obwohl diese Gärten so unterschiedlich waren, sahen sich ihre Besitzer alle auf seltsame Weise ähnlich.

Ob groß oder klein, dick oder dünn, jeder Bewohner von Speller – mit Ausnahme von Abby, Tante Lucy, Onkel Ben und Spike – hatte apfelrote Wangen und kornblumenblaue Augen.

Die Frauen trugen immer leuchtend bunte Kleider, die Männer Seemannspullover und Hosen, die sie in ihre Seemannsstiefel steckten – was merkwürdig war, weil keiner von ihnen zur See fuhr. Seit jener Segler die Kinder der Stadt auf ihre letzte Reise mitgenommen hatte, war kein Schiff mehr im Hafen gesehen worden.

Auch Autos gab es nicht in Speller. Die Einwohner hatten keine Verwendung für sie, zum einen, weil die Gassen viel zu eng waren, zum anderen, weil sie sowieso nirgendwo hinwollten. In Speller gab es für alle genug zu tun.

Abbys Onkel Ben hatte eine Stadtkapelle gegründet, und Mrs Halyard leitete die Bücherei, die sich über ihrer Molkerei befand. Jeden Samstag fand im Rathaus ein Tanzabend statt, an dem alle teilnahmen.

Das Rathaus war das wichtigste Gebäude in Speller, und auch das prächtigste. Es war aus rosafarbenen

Ziegeln erbaut und mit weißen Steinen eingefasst. Eine Treppe führte zu den beiden Säulen hinauf, die die geschnitzten Eichentüren flankierten.

Abby und Spike gingen nicht zur Schule. Nachdem die Bürger von Speller ihre Kinder verloren hatten, war das Schulhaus in einen Getreidespeicher umgewandelt worden. Und da die nächste Stadt sehr weit entfernt war, wurden Abby und Spike zu Hause unterrichtet.

Tante Lucy war eine hübsche Frau, mit einer sommersprossigen Stupsnase und von der Sonne gebleichtem Haar. Sie war schlank und durchtrainiert, weil sie Ben immer dabei half, die schweren Fässer und Kisten im Laden herumzurücken.

Auf den Familienfotos konnte Abby sehen, wie sehr sich ihre Mutter und Tante Lucy ähnelten, nur dass bei Tante Lucy immer eine kleine Brille vorn auf der Nasenspitze saß. Onkel Ben war ein großer Mann mit einem mächtigen Brustkorb und markanten Zügen. Er hatte braune Augen und einen Mund, der, wie er selbst behauptete, durch das Waldhornspielen besonders breit geworden war. Unter seiner großen Knollennase wucherte ein üppiger, prachtvoller Schnauzbart. Als Abby noch kleiner war, hatte sie sich immer an beiden Enden festhalten und von ihm hochheben lassen dürfen.

Abbys Haar hatte die Farbe von jungen Kastanien. Sie

trug es zu zwei Zöpfen geflochten, und ein paar Ponyfransen fielen ihr in die Augen, die ein wenig schräg standen und so grün waren wie Lorbeerblätter.

Sie war immer sonnengebräunt und ihre Wangen waren so rot wie reife Äpfel. Ihr Gesicht war länglich und sie hatte die Stupsnase ihrer Mutter geerbt. Die meiste Zeit blickte sie ernst in die Welt, aber wenn sie lächelte, lächelten immer alle zurück.

Spike und Abby waren gute Freunde und kamen besser miteinander aus als die meisten Geschwister. Sie verbrachten viel Zeit im Freien, angelten im Hafenbecken, schwammen in der benachbarten Bucht oder spielten in dem Wäldchen oberhalb der Klippen von Speller.

Bei ihren Spielen wussten sie nie im Voraus, wer gewinnen würde. Egal, wer heute den Wettlauf zu den Klippen gewonnen hatte oder schneller auf einen Baum geklettert war, am nächsten Tag konnte es genau umgekehrt sein. Sie waren sich in allem ebenbürtig, außer in einem: Abby war zwar eine gute Schwimmerin, aber Spike bewegte sich im Wasser wie ein junger Seehund, und wenn es noch so kalt war. Und er konnte unglaublich lange die Luft anhalten.

Spike war ein seltsam aussehender Junge, ungefähr so alt wie Abby, sonst aber das vollkommene Gegenteil von ihr. Seine Haut und sein dichter Haarschopf waren so weiß wie Schnee und seine Augen von einem sehr hellen

Blau, fast wie Eis. Er hatte hohe Wangenknochen und reckte immer ein bisschen das Kinn, als hätte man ihn dazu erzogen. Er war genauso groß wie Abby, wirkte aber manchmal größer, weil er sich immer ganz gerade hielt.

Abby war ein lebhaftes Kind, flink und neugierig und ständig in Bewegung, während Spike auffallend ruhig wirkte. Wenn er nachdachte, hätte man ihn manchmal fast für eine Statue halten können. Abby machte sich nicht viel aus Kleidung, und Tante Lucy hatte es längst aufgegeben, ihr Interesse an schönen Kleidern zu wecken. Meist trug sie ein Paar grobe Leinenshorts und ein dunkelrotes Fischerhemd. Spike mochte am liebsten blaue Hemden und Shorts und zog niemals eine Jacke über, egal, wie kalt oder windig es sein mochte.

Obwohl Abby und Spike niemand anderen zum Spielen hatten, stritten sie sich nur selten. Kam es doch einmal vor, machte Spike dem Streit meist dadurch ein Ende, dass er Abby zum Lachen brachte. Er erzählte selten Witze, aber seine trockenen Kommentare ließen auch die Erwachsenen schmunzeln. »Der Junge hat einen Humor, der selbst eine Schildkröte zum Lachen bringen würde«, pflegte Onkel Ben zu sagen, und Abby freute sich immer über dieses Lob, als würde es ihr selber gelten.

Bevor Spike nach Speller gekommen war, hatte sie sich oft sehr einsam gefühlt, und sie konnte sich nicht mehr vorstellen, ohne ihn zu sein. Spike legte bei den ewigen Wettkämpfen mit Abby einen fast schon erbitterten Ehrgeiz an den Tag und gewährte ihr nie auch nur den kleinsten Vorteil, weil sie ein Mädchen war – außer im Wasser. Dort ließ er sie, auch wenn er es niemals zugegeben hätte, keine Sekunde aus den Augen, um sie vor jeder Gefahr zu schützen.

Onkel Ben hatte Spike vor einem Jahr, am Morgen nach einem heftigen Sturm, am Strand gefunden. Vollkommen erschöpft hatte er auf dem Kies gelegen, mit nichts am Leib als einem Schwimmanzug aus einem seltsam schlüpfrigen Material, das weder Onkel Ben noch Tante Lucy kannten.

Mit einer Hand hielt er einen Gegenstand umklammert, der wie ein Marlspieker aussah, wie ihn die Seeleute zum Spleißen des Tauwerks verwenden. Er war geformt wie ein kurzer, gedrungener Schürhaken, aber aus sehr hartem Holz gefertigt.

Onkel Ben hatte den Jungen in ein Stück Persenning gewickelt und in den Laden gebracht. Dort lag er zwei Tage lang in tiefem Schlaf. Anfangs wussten sie nicht recht, was sie mit ihm anstellen sollten, aber dann entschied Tante Lucy, es wäre wohl das Beste, wenn er bei ihnen blieb.

Im Schlaf hatte er manchmal in einer fremden Sprache gesprochen, die wie Schnalzlaute und Pfiffe klang. Und keine Sekunde lang ließ er den Marlspieker los. Als Onkel Ben versuchte, ihm den hölzernen Dorn aus der Hand zu nehmen, hatte er ihn nur noch fester umklammert. »Deshalb haben wir ihn dann ›Spike‹ genannt«, fügte Onkel Ben jedes Mal hinzu, wenn er diese Geschichte erzählte.

Nachdem Spike schließlich aufgewacht war, hatte er nie wieder in jener seltsamen Sprache gesprochen. Und er konnte sich an nichts mehr erinnern, was vor seiner Ankunft in Speller geschehen war.

Tante Lucy sagte zwar immer, er sei gescheit und lerne schnell, aber seine wahre Leidenschaft war das Wasser. Abby und er gingen jeden Tag schwimmen, egal, bei welchem Wetter. Dazu kletterten sie in die kleine, von hohen Klippen umschlossene Bucht hinunter, die von dem alten Leuchtturm überragt wurde, in dem Abby früher gewohnt hatte. In letzter Zeit war Abby aufgefallen, dass der Fremde, der jetzt dort lebte, sie häufig von der Galerie aus beobachtete. Sie hatte ihn noch nie in der Stadt gesehen und sich schon lange vorgenommen, Tante Lucy nach ihm zu fragen, aber aus irgendeinem Grund vergaß sie es immer wieder.

2

Der Fremde im Leuchtturm

An einem stürmischen Novembernachmittag kletterten Abby und Spike nach dem Schwimmen den steilen Pfad von der Bucht hinauf. Normalerweise war das Wetter in Speller gut, aber heute zogen dunkle Wolken über den Himmel, und kurz bevor sie den oberen Rand der Klippen erreichten, brach ein Gewitter los. Als Abby zu den zuckenden Blitzen emporsah, rutschte sie aus und verstauchte sich den Knöchel.

Sie versuchte auf einem Bein zu hüpfen, aber es tat zu sehr weh und sie musste sich hinsetzen. Gerade als sie Spike losschicken wollte, um Hilfe zu holen, erschien der Fremde aus dem Leuchtturm am Rand der Klippe.

»Wartet einen Moment«, rief er mit tiefer Stimme, kletterte den Pfad zu ihnen herunter und hob Abby mit beiden Armen hoch. Er war ein großer, hagerer Mann mit eisengrauem Haar, das unter seiner Kapitänsmütze hervorschaute. Eine Seemannsjacke mit Messingknöpfen und ein grauer Troyer aus weicher Wolle hingen um seinen knochigen Körper. Seine graue Cordhose steckte in schwarzen Seemannsstiefeln.

Sein schmales Gesicht war so dunkel und zerfurcht wie eine alte Eichenbohle, und als er Abby jetzt anlächelte, hoben sich seine weißen Zähne leuchtend davon ab. Er hatte schwarze, buschige Augenbrauen und eine große, gebogene Nase, und eine schmale weiße Narbe verlief in einem Bogen von der linken Wange bis hinunter zum Kinn.

Spike folgte dem Fremden, als dieser Abby durch den strömenden Regen zum Leuchtturm trug. »Geh vor, mein Junge, und halt mir die Tür auf«, sagte der Mann mit schroffer Stimme.

Spike zögerte einen Moment, und der Mann wiederholte die Aufforderung – in jener seltsamen Schnalz- und Pfeif-Sprache, die Spike damals im Schlaf gesprochen hatte. Spike lächelte und tat wie geheißen.

Sie betraten den Leuchtturm, und Abby erinnerte sich wieder an die schwere, eiserne Wendeltreppe, die zu dem Raum hinaufführte, in dem sich früher das Leuchtfeuer befunden hatte. Mühelos trug der Mann sie die Treppe hinauf, und sie kamen in einen großen, kreisförmigen Raum, der wie eine Schiffskajüte eingerichtet war.

Es gab eine Hängematte, mehrere Seemannskisten mit Messingbändern, alte Navigationsinstrumente, Harpunen, eine Flaschenschiff-Sammlung und einen schweren Stuhl aus knorrigem Treibholz, das die See vollkommen glatt geschliffen hatte. Antike Karten von allen Weltmeeren bedeckten die steinernen Wände. Der Mann setzte Abby auf eine der Truhen und fragte: »Welchen Fuß hast du dir denn verletzt, Mädchen?«

Abby streckte den linken vor, und der Mann umfasste den geschwollenen Knöchel mit beiden Händen. Sie waren hart und rau, aber überraschend warm. Gleich darauf spürte sie, wie der Schmerz langsam nachließ.

»Versuch es jetzt mal«, sagte er, und Abby stand auf.

Der Knöchel fühlte sich wieder völlig in Ordnung an.

»Vielen Dank, Mister –?«, sagte sie.

»Starlight, Captain Adam Starlight – aus Bright Town«, antwortete er.

»Wo liegt denn Bright Town?«, fragte Spike.

»Bright Town gibt es nicht mehr«, erwiderte Captain Starlight knapp. »Aber es gehörte zu Neuengland.«

»Neuengland! Das ist doch in Amerika, oder?«, fragte Abby.

»Ganz genau. Und wie lautet Ihr Name, junge Dame?«

»Abigail Clover, aber alle nennen mich Abby.«

»Aha, sehr erfreut dich kennenzulernen«, sagte Starlight mit einem unerwarteten Lächeln.

Ein Blitz erhellte den Raum und ein besonders lauter Donnerschlag schien den Leuchtturm in seinen Grundfesten zu erschüttern. Der Blitz hatte die glänzenden Spitzen der Harpunen, die an den Wänden hingen, aufleuchten lassen.

»Brauchen Sie die für den Walfang?«, fragte Abby, als das Donnergrollen verebbt war.

»Nein«, antwortete Starlight. »Ich nehme sie den Walfängern weg.«

Abby hätte gern mehr über Captain Starlight erfahren, aber sie befürchtete, zu spät nach Hause zu kommen, und so sagte sie: »Vielen Dank für Ihre Gastfreundschaft, Captain, aber wir müssen jetzt gehen. Tante Lucy wird sich schon fragen, wo wir bleiben.«

»Wartet lieber noch einen Moment«, gab Captain Starlight zurück. »Das Gewitter ist gerade direkt über uns; es wird bald vorbei sein.«

»Ich mag Gewitter«, sagte Spike, der eine Sammlung von Marlspiekern betrachtete, die in einer Halterung an der rauen Steinwand hingen. »Dann macht das Schwimmen noch mehr Spaß.«

Starlight schaute ihn an. »Du hast also keine Angst vor Gewittern, Junge?«

Spike nickte. »Wale haben auch keine Angst davor, und die sind noch viel größer als ich.« Er begutachtete weiter die Marlspieker und nahm jetzt einen nach dem anderen aus der Halterung.

»Warum machst du das?«, fragte ihn Captain Starlight.

Spike blickte auf. »Ich möchte wissen, ob einer davon so wie meiner ist«, antwortete er.

Der Captain musterte ihn nachdenklich. »Du siehst nicht aus, als wärst du hier aus der Gegend.«

»Ist er auch nicht«, antwortete Abby. »Onkel Ben hat ihn am Strand gefunden, und alles, was er besaß, war sein Marlspieker und sein Schwimmanzug.« Abby zog Spike den Schwimmanzug aus der Hosentasche und hielt ihn dem Captain hin. »Sehen Sie mal, aus was für einem seltsamen Zeug der gemacht ist.«

Captain Starlight nahm den Anzug und sah ihn sich genau an, bevor er ihn wieder zurückgab.

»Vielleicht kannst du mir bei Gelegenheit auch deinen Marlspieker zeigen«, schlug er vor.

»Ich könnte ihn morgen mitbringen«, erwiderte Spike.

»Erst müssen wir noch Tante Lucy fragen, ob wir wiederkommen dürfen«, sagte Abby.

Starlight nickte. Er überlegte kurz und sagte dann:

»Wie alt bist du jetzt, Abby? Ich habe es anscheinend vergessen.«

»Woher sollten Sie das auch wissen?«, gab Abby zurück.

Captain Starlight lächelte wieder und nickte. »Ganz recht. Aber kannst du denn schon pfeifen?«

»Natürlich«, sagte Abby.

»Viele Mädchen können das nicht.«

»Ich kann's aber. Hören Sie mal.« Und sie pfiff die ersten Takte einer Melodie, die zu den Lieblingsstücken der Stadtkapelle gehörte.

Der Captain sah sie noch einmal prüfend an, als müsse er sich über irgendetwas klar werden, dann ging er zu einer der Seemannskisten und holte einen großen Lederbeutel hervor, der fast leer zu sein schien.

Er nahm eine Prise silbernen Pulvers heraus und streute es Abby über den Kopf. Abby wurde einen Moment lang schwindelig und sie erschauerte. Es fühlte sich an, als würden winzige Stromstöße durch ihren Körper laufen.

»Was haben Sie gemacht?«, fragte sie.

»Keine Angst«, antwortete der Captain. »Es wird dir nicht schaden.«

»Ja, aber was wird es mir nützen?«, versetzte Abby und klang dabei genau wie ihre Tante Lucy.

»Das werden wir sehen«, sagte Starlight. »Kannst du

mir diese Melodie nachpfeifen?« Er pfiff eine Reihe von fremdartig klingenden Tönen, anders als alles, was Abby je gehört hatte.

»Schaffst du das?«, fragte der Captain.

»Ich glaub schon«, sagte Abby.

»Dann komm und stell dich hier neben mich«, sagte er und führte sie vor einen blinden, alten Spiegel. Abby betrachtete sich in dem trüben Glas und pfiff die Melodie. Zu ihrem Erstaunen verschwand mit dem letzten Ton auf einmal ihr Spiegelbild, während das von Captain Starlight immer noch zu sehen war.

»Wohin bin ich verschwunden?«, rief sie überrascht.

»Keine Sorge«, erwiderte Starlight. »Du bist immer noch da. Hier, nimm meine Hand.« Sie fühlte seinen festen Griff, war aber immer noch unsichtbar.

»Und wie komme ich jetzt wieder zurück?«, fragte sie beunruhigt.

»Du musst die Melodie rückwärts pfeifen«, erklärte ihr Starlight.

»Ich weiß aber nicht, ob ich das kann«, sagte Abby besorgt. »Bleibe ich sonst für immer unsichtbar?«

»Pfeif mir einfach nach«, sagte der Captain und pfiff die Melodie rückwärts.

Abby versuchte es und sah voller Erleichterung, dass ihr Spiegelbild wieder zurückkehrte.

»Ein Glück«, sagte Spike. »Stell dir vor, du wärst für alle Zeiten unsichtbar geblieben. Dann würden die Leute denken, ich führe Selbstgespräche, wenn ich mit dir zusammen bin.«

Abby warf ihm einen dieser Blicke zu, die Tante Lucy ›altklug‹ nannte. »Mir wäre es lieber, du würdest deine Scherze auf Kosten anderer Leute machen, Spike«, sagte sie.

»Das wäre den meisten Leuten lieber«, seufzte Spike.

Abby sah wieder zu Captain Starlight. Er lächelte sie an. »Das war sehr gut«, sagte er.

»Kann ich mich jetzt immer wieder unsichtbar machen?«, fragte Abby.

»Solange du die Melodie nicht vergisst«, antwortete er. »Und solange du sie niemals dazu verwendest, etwas Böses zu tun.«

»Die werde ich bestimmt nicht vergessen.«

»Hoffentlich«, erwiderte Starlight ein wenig traurig. »Die Menschen vergessen so viel, wenn sie älter werden.«

Abby sah aus dem Fenster. Das Gewitter hatte sich verzogen und eine schmale Mondsichel spiegelte sich auf der glatten Oberfläche des Meeres. »Wir müssen jetzt nach Hause gehen, Spike«, sagte sie. Sie konnte es immer noch nicht fassen, dass sie von nun an in der Lage sein sollte, sich nach Lust und Laune unsichtbar zu machen. Vielleicht war das alles doch nur ein Traum?

»Nehmt eine Laterne mit«, sagte der Captain. »Auf den Klippen ist es stockfinster.«

Er öffnete eine Seemannskiste und nahm eine Kugel aus grünem Glas heraus, die aussah wie der Schwimmer eines Fischernetzes.

»Und jetzt?«, fragte Abby skeptisch, als er ihr die Kugel gab.

»In deiner Hand wird sie rasch warm werden«, antwortete der Captain, und während er noch sprach, fing die Kugel von innen an zu glühen und immer heller zu strahlen, bis ihr Licht den ganzen Raum erhellte. Die gläserne Oberfläche blieb jedoch kühl.

»Wie kommt es, dass sie leuchtet?«, fragte Abby.

»Ich habe sie mit Elmsfeuer gefüllt«, erklärte der Captain. »Keine Sorge, das ist ganz ungefährlich.«

Er brachte die Kinder zur Tür. »Ach, eins noch«, sagte er dann und gab Abby eine Muschel, die ungefähr so groß war wie ihre Hand. »Wenn ihr Kontakt mit mir aufnehmen wollt, braucht ihr nur hineinzusprechen.«

Abby betrachtete die Muschel. Es war nichts Besonderes an ihr zu entdecken, aber sie steckte sie trotzdem ein.

»Bis morgen«, rief Spike, als sie sich auf den Heimweg machten.

»Ihr müsst lange läuten«, sagte der Captain. »Es kann eine Weile dauern, bis ich an der Tür bin.«

Als sie nach Hause kamen, hatte sich Tante Lucy schon Sorgen gemacht.

»Wir haben noch kurz mit dem Mann vom Leuchtturm gesprochen«, erklärte Abby.

»Mit Adam Starlight?«, fragte Tante Lucy.

»Ja. Kennst du ihn eigentlich genauer?«

»Er war ein Freund deiner Eltern, Liebes«, antwortete Tante Lucy und stellte das Abendessen auf den Tisch.

Abby hatte ihrer Tante und ihrem Onkel eigentlich erzählen wollen, dass Captain Starlight ihr gezeigt hatte, wie man sich unsichtbar macht, aber irgendwie spürte sie, dass die Zeit dafür noch nicht gekommen war. Nach dem Abendessen ging sie gleich ins Bett. Es gab so vieles, worüber sie nachdenken musste. Spike war auch schon ins Bett gegangen. Sein Zimmer lag direkt neben ihrem, und er schlief immer gleich ein, kaum dass er die Augen zumachte.

Abby hatte Starlights Muschel neben sich aufs Kopfkissen gelegt. Im Zimmer war es dunkel, und durch das offene Fenster hörte sie das Rauschen des Meeres und die leisen Töne von Onkel Ben, der unten auf seinem Waldhorn übte.

Die Nacht war kalt, aber unter ihrer Decke war es kuschelig warm. Im Licht des Mondes sah sie die Glaskugel, die Captain Starlight ihr gegeben hatte, auf dem Regal liegen. Jetzt, wo das Feuer in ihrem Innern erloschen war, sah sie aus wie ein ganz gewöhnlicher Schwimmer an einem Fischernetz. »Vielleicht habe ich mir das alles bloß eingebildet«, murmelte sie.

Als Antwort ertönte plötzlich Captain Starlights Stimme aus der Muschel, so klar und deutlich, als stünde er neben ihr.

»Nimm die Kugel in die Hand, Abby«, sagte er. »Und wünsch dir einfach so viel Licht, wie du haben möchtest.«

Sie schlüpfte aus dem Bett und holte die Kugel. »So hell wie eine Kerze«, dachte sie. Die Kugel begann zu glühen, aber diesmal nur ganz sanft.

Sie kletterte wieder ins Bett, und dabei fiel ihr eine weitere Frage ein. »Als ich unsichtbar geworden bin, ist meine Kleidung mit mir verschwunden, aber warum nicht auch alles andere, das ich berührt habe, die Erde unter meinen Füßen, und – ja, letzten Endes die ganze Welt?«, fragte sie.

»Nur deine unmittelbare Umgebung verschwindet mit

dir, wie zum Beispiel deine Kleidung«, erklärte der Captain. »Aber mit ein bisschen mehr Übung wirst du auch größere Dinge, die du berührst, verschwinden lassen können. Das zu lernen wird jedoch eine Weile dauern.«

Mit einem Mal wurde Abby furchtbar müde. »Gute Nacht, Captain Starlight«, sagte sie.

»Gute Nacht, Abby«, antwortete seine Stimme sanft.

3

Die geheime Lagune

»Hast du an den Marlspieker gedacht?«, fragte Abby, als sie am nächsten Morgen mit Spike über die Klippen zum Leuchtturm lief.

»Natürlich«, antwortete Spike und hob sein Hemd, um ihr das schmale Holz zu zeigen, das er sich in den Gürtel geschoben hatte.

Der Himmel war klar geblieben seit der vergangenen Nacht. Ein scharfer Ostwind wehte und die Sonnenstrahlen funkelten auf der Flut.

»Jetzt würde ich gern eine Runde schwimmen«, sagte Spike sehnsüchtig, als sie am Leuchtturm ankamen.

»Erst besuchen wir den Captain«, sagte Abby mit Nachdruck.

»Das Wasser sieht herrlich aus – richtig schön kalt«, meinte Spike und läutete die Schiffsglocke, die neben der Tür hing.

»Für dich sieht das Wasser immer herrlich aus«, erwiderte Abby. »Manchmal frage ich mich, ob du nicht eher ein Fisch als ein Mensch bist.«

»Ich hätte nichts dagegen, ein Delfin zu sein«, sagte Spike. »Die haben den meisten Spaß.«

Sie warteten einige Minuten, aber der Captain kam nicht an die Tür.

»Vielleicht macht er einen Spaziergang«, sagte Spike. »Wir können doch kurz schwimmen gehen und dann wiederkommen.«

»Du bleibst hier«, erwiderte Abby streng. »Er hat gesagt, es kann eine Weile dauern, bis er aufmacht. Wahrscheinlich ist er ganz oben im Turm.« Abby läutete wieder die Glocke. Endlich waren Geräusche aus dem Inneren des Leuchtturms zu hören und die Tür schwang auf.

»Herein mit euch«, sagte der Captain fröhlich. »Tut mir leid, dass ihr so lange warten musstet. Hast du deinen Marlspieker mitgebracht?«

»Onkel Ben meint, der kommt vermutlich von einem Großsegler«, sagte Spike und reichte ihn dem Captain.

Captain Starlight nickte. »Er soll so *aussehen*, als käme er von einem Großsegler«, erwiderte er. »Aber eigentlich kommt er ganz woandersher.« Er packte den Knauf am Ende des Dorns, drehte ihn mit einem kräftigen Ruck und zog, wie man ein Schwert aus der Scheide zieht, einen langen hölzernen Schlüssel aus dem Schaft.

»Woher wussten Sie, dass man den Knauf abdrehen kann?«, fragte Abby.

»Ich suche schon seit einer ganzen Weile nach diesem Schlüssel«, antwortete der Captain sanft.

»Was kann man damit aufschließen?«, fragte Spike.

»Kommt mit, ich zeige es euch«, sagte Starlight.

Er führte sie zu einer Falltür mit breiten, eisernen Scharnieren, die in den Boden hinter der Wendeltreppe eingelassen war. Er steckte den Schlüssel ins Schloss und hob mit großer Anstrengung die Falltür an.

»Zu diesem Schloss gehört er also«, sagte Abby.

»Oh, der gehört auch noch zu vielen anderen Schlössern«, erwiderte Starlight.

Abby spähte in die Dunkelheit und entdeckte eine Treppe, die in die Klippe hinabführte.

»Kommt mit«, sagte Starlight, nahm eine Laterne von der Wand und führte sie die Stufen hinunter, die in den Kalkstein gehauen waren.

Als sie sich ungefähr auf Höhe des Meeresspiegels befanden, endeten die Stufen in einem breiten Gang. Nach einigen Windungen öffnete dieser sich auf einmal zu einer so gewaltigen Höhle, dass ganz Speller darin Platz gefunden hätte.

»Na, das ist ja eine Überraschung«, sagte Starlight leise, während sie sich umsahen. Eine große Lagune erstreckte sich vor ihnen und bot einen höchst erstaunlichen Anblick: Die gesamte Wasserfläche war bedeckt von einer Armada von Segelschiffen. Da lagen Schoner und Kutter, Teeklipper und chinesische Dschunken, Galeeren aus dem Mittelmeerraum und arabische Dauen neben Handelsschiffen aus Neuengland, breite holländische Plattbodenschiffe neben britischen Küstenseglern. Eine mächtige Flotte ruhte in der Stille der gewaltigen Höhle.

Abbys Blick sprang von Schiff zu Schiff, als erwarte sie irgendwo den Geist eines Matrosen an Bord zu entdecken. Schließlich blieben ihre Augen an einem kleineren Boot hängen, das nicht weit von ihnen etwas abseits im dunklen Wasser lag und ganz anders aussah als die anderen. Es hatte keine Masten und der schmale Rumpf schimmerte in einem bläulichen Licht, das, wie Abby jetzt bemerkte, die ganze Höhle erfüllte.

Sie sah sich genauer um und stellte mit Verblüffung fest, dass die Lagune überhaupt keinen Zugang besaß. Aber wie waren dann die Schiffe aus dem offenen Meer, das jenseits der Felswände lag, hier hereingekommen?

Sie musterte wieder das seltsame kleine Boot. Es war so schlank und schnittig wie eine Rennjacht, aber statt des üblichen Holz- oder Stahlrumpfs war es mit silbrigen Schuppen verkleidet und sah aus wie ein großer Fisch. Der Kajütsaufbau in der Mitte des Decks hatte die Form eines riesigen Schildkrötenpanzers.

Auf Abby machte dieses Boot den Eindruck, als sei es nicht von Schiffsbauern entworfen und konstruiert worden, sondern von ganz allein in diese elegante Form hineingewachsen. Bei näherer Betrachtung jedoch konnte man sehen, dass es mit großer Kunstfertigkeit hergestellt worden war, und Abby bewunderte die feine Ziselierarbeit und die anmutig geschwungenen Linien.

»Wussten Sie von dieser Lagune, Captain?«, fragte sie.

Starlight schüttelte den Kopf. »Nein, aber diese Schöne hier habe ich schon mal gesehen«, sagte er und wies auf das Boot.

»Wie viele Leute haben darauf Platz?«, fragte Spike.

»Zur Not kann sie bis zu sieben Personen aufnehmen«, antwortete Captain Starlight. »Aber einer allein kann sie manövrieren – wenn er sein Handwerk versteht.«

Starlight ging an Bord und bedeutete Spike und Abby, ihm zu folgen. Mit dem Schlüssel aus dem Marlspieker schloss er die Luke zur Kajüte auf. Drinnen blickte sich Abby voller Staunen um. Die Kajüte wurde von einem sanften Licht erhellt, ohne dass zu erkennen war, wo es herkam.

Die Spundwände waren aus poliertem Holz, mit Zierleisten aus einem silbrig glänzenden Metall. Tiefe, bequeme Sessel standen um den Kartentisch und waren mit einem grünen, samtartigen Material bezogen. In die Mitte des Tisches war eine große Kristallkugel eingelassen. Eine zweite war oberhalb des Steuerrads angebracht.

Starlight saß schon auf dem Kapitänssitz und steckte Spikes Schlüssel in das Instrumentenbrett. Eine Reihe von Kontrollanzeigen mit seltsamen Symbolen leuchtete auf. »Was hat es denn für einen Antrieb, Captain?«, fragte Spike.

»*Sie*«, korrigierte ihn der Captain. »Alles, was auf dem Wasser schwimmt, ist eine ›Sie‹. Merk dir das, mein Junge. Sie hat einen Salzwasserantrieb.«

»Einen Salzwasserantrieb?«, wiederholte Abby verblüfft.

»Ein hoch entwickeltes System«, sagte Starlight. »Das Meerwasser wird angesaugt, das Salz herausgefiltert und dann in Treibstoff für die Triebwerke umgewandelt. Eine großartige Erfindung, die gleichzeitig den Vorteil hat, dass uns immer genügend Frischwasser zur Verfügung steht – hier muss man nicht mit Salzwasser duschen.«

»Ich habe noch nie von einem Salzwasserantrieb gehört«, sagte Abby. »Das muss etwas ganz Neues sein.«

Starlight lachte in sich hinein. »Ungefähr zehntausend Jahre alt, plus/minus ein paar Jahrhunderte.«

Abby verschlug es den Atem. »Zehntausend Jahre!«

Captain Starlight wandte sich zu ihr. »Das hier ist ein Atlantisboot, Abby, und die Atlantier waren hervorragende Schiffbauingenieure.«

»Moment mal! Meinen Sie etwa das versunkene Inselreich Atlantis?«, fragte Abby. Tante Lucy hatte ihnen die Legende während ihrer Unterrichtsstunden erzählt.

»Genau das meine ich«, erwiderte der Captain. »Auch wenn es eigentlich nie versunken ist.« Er wandte sich wieder dem Steuerpult zu. »Aber dieses alte Mädchen war schon lange nicht mehr auf See. Machen wir eine Probefahrt.«

»Wie wollen Sie denn durch die Felswand kommen?«, fragte Spike. »Hier gibt es doch gar keinen Zugang zum Meer.«

»Versuchen wir es mal hiermit«, antwortete der Captain und drückte einen Knopf auf dem Steuerpult. Ein langer, dumpfer Ton war zu hören, ähnlich wie das Seufzen eines Wals.

Die wuchtige Felswand schob sich gemächlich nach oben. Tageslicht strömte in die Höhle, und als sich ihre Augen daran gewöhnt hatten, erblickten sie dahinter das offene Meer.

Captain Starlight zog einen Hebel, und ein sanftes Wummern erschütterte den Rumpf, um dann in ein leises Summen überzugehen. Starlight schob den Gashebel nach vorn. Das Boot erbebte noch einmal und schoss dann mit beunruhigender Geschwindigkeit los, aus der Höhle heraus und quer über die Bucht, mitten durch einen Möwenschwarm, der kreischend aufflog.

»Verzeihung«, sagte Starlight und zog den Hebel wieder zurück. »Ich bin wohl ein bisschen aus der Übung.« Das Schiff kam zum Stehen und schaukelte sanft in der Dünung.

Abby schwirrte der Kopf. »Woher wussten Sie, dass das Schiff hier lag? Wo haben Sie es schon mal gesehen? Wer hat die Höhle gebaut?«, fragte sie.

»Das werde ich dir alles zu gegebener Zeit erzählen«, antwortete Starlight. »Aber zuerst möchte ich noch etwas anderes probieren.« Er musterte kurz die blinkenden Instrumente, bevor er wieder ein paar Schalter bediente.

Diesmal hielt nicht nur Abby, sondern auch Spike die Luft an, denn das Boot tauchte plötzlich in die Wogen ein!

»Wir sinken, Captain«, sagte Spike ruhig.

»Keine Angst«, erwiderte Starlight. »Alles unter Kontrolle.«

»Oh, ich habe keine Angst«, sagte Spike. »Ich bin es gewohnt, unter Wasser zu sein. Ich dachte eher an Sie und Abby.«

Starlight betätigte wieder ein paar Knöpfe und Hebel, und das Wasser ringsum wurde von starken Scheinwerfern erhellt. Das Boot beschleunigte wieder, und Abby hatte das Gefühl, durch ein riesiges Aquarium zu fahren. Seegras wuchs in großen Büscheln auf dem sandigen Meeresgrund, Fischschwärme huschten vorbei, während das sonderbare Boot durchs Wasser jagte.

Als sie an dem Wrack eines alten Seglers vorbeikamen, das halb im Sand begraben lag, drosselte Starlight das Tempo.

»Vielleicht gibt es da drin einen verborgenen Schatz«, sagte Abby.

»Nein, da drin gibt es nur eine Hummerfamilie«, sagte Spike. »Ich kenne die Gewässer hier ziemlich gut.«

»Es wird Zeit, wieder umzukehren«, sagte Starlight. Er ließ das Boot an die Oberfläche aufsteigen und nahm Kurs auf die Klippen unterhalb des Leuchtturms. Bei der Einfahrt in die Höhle gab er wieder das dumpfe Signal, und der Felsen, der die Lagune vor der Außenwelt verbarg, senkte sich herab.

4

Das Lied der Meerhexen

Captain Starlight hatte den Kindern immer noch nicht erklärt, was es mit dem geheimnisvollen kleinen Boot auf sich hatte. Kaum waren sie wieder in seiner Wohnung oben im Leuchtturm, verschwand er in der Kombüse und ließ die beiden, die vor Neugier fast platzten, allein zurück.

Schließlich kam er mit einem voll beladenen Tablett wieder herein. »Kaffee für mich, Kakao und selbst gebackene Kekse für euch«, sagte er. »Aber nehmt nicht von den Fischbällchen, die sind für Benbow.«

Abby und Spike wechselten einen erstaunten Blick. Es war sonst niemand im Raum.

Der Captain öffnete ein Fenster und stieß einen langen, durchdringenden Pfiff aus. Wenige Augenblicke später war lautes Flügelschlagen zu hören, und auf der Fensterbank landete ein großer weißer Seevogel, der Spike und

Abby neugierig beäugte. Dann hüpfte er ins Zimmer, und in Abbys Gedächtnis wurde eine Erinnerung wach.

Benbow ließ sich auf einer Truhe neben dem Tisch nieder. Auf ein Zeichen des Captains machte er sich vorsichtig daran, an einem der Fischbällchen auf dem Tablett herumzupicken.

»Ist der zahm?«, fragte Spike und blickte nervös auf den kräftigen Schnabel so dicht neben seinem Ellbogen.

»Nein, der ist nicht zahm«, erwiderte der Captain. »Aber keine Sorge, er wird dir nichts tun. Das ist ein Albatros. Manche glauben, diese Vögel könnten die Zukunft vorhersagen.«

»Erzählen Sie uns jetzt von der Höhle, Captain?«, fragte Abby.

Er nahm einen großen Schluck aus seiner Kaffeetasse und lehnte sich auf seinem Stuhl zurück. »Erst will ich euch eine Geschichte erzählen. Wisst ihr, wie Speller zu seinem Namen gekommen ist?« Die Kinder schüttelten den Kopf, und der Captain begann: »Vor langer Zeit war Speller ein betriebsamer Hafen der Meerhexen.«

»Ich dachte, Hexen gäbe es nur im Märchen«, warf Abby ein.

Der Captain schüttelte den Kopf. »O nein«, sagte er. »Es hat immer schon echte Hexen gegeben, gute und böse; und sie haben sich auch immer schon bekämpft.«

»Und was waren die Meerhexen?«, fragte Spike.

»Was *sind* die Meerhexen«, korrigierte ihn Starlight. »Es gibt sie immer noch, auch wenn sie nicht mehr aufs Meer hinausfahren. Die Meerhexen haben früher den Handel mit Eisstaub kontrolliert. Deshalb wurde dieser Handel auch ›das Hexengewerbe‹ genannt.«

Abby war skeptisch. Trotz all der geheimnisvollen Dinge, die in den letzten Tagen passiert waren, hatte sie immer noch darauf gehofft, es könne eine ganz normale Erklärung für diese Ereignisse geben.

»Und wo sind die Meerhexen jetzt?«, fragte sie. »Ich habe in Speller noch nie welche gesehen.«

Starlight lachte. »Und ob du sie gesehen hast, Abby. Alle Leute in Speller sind Meerhexen.«

Abby schüttelte den Kopf. »Ich möchte ja nicht unhöflich sein, Captain Starlight, aber ich habe mein ganzes Leben in Speller verbracht, und seit jenem Tag, an dem die Kinder verschwunden sind, ist niemand mehr aufs Meer hinausgefahren. Und schon gar keine Hexe.«

Der Captain zögerte kurz und sagte dann: »Würdest du deinen Eltern glauben, wenn sie dir davon erzählen würden?«

»Ich kann mir nicht vorstellen, dass meine Eltern an Hexerei glauben«, sagte Abby leise.

»Und ob sie das tun«, sagte der Captain. Er stand auf,

kramte einen Brief aus einer der Truhen hervor und reichte ihn Abby. Es stand nur der Name Captain Adam Starlight darauf. Abby erkannte sofort die Handschrift ihres Vaters, weil Tante Lucy ihr schon oft seine alten Briefe gezeigt hatte. Sie faltete die Blätter auseinander und begann laut zu lesen.

Lieber Adam,
es gibt gute Neuigkeiten! Wir haben wahrscheinlich neue Eisstaub-Vorkommen in der Nähe der Antarktis entdeckt.

Nachdem Du schon auf dem Weg nach Bright Town warst, haben Madge und ich eine Sammlung alter Landkarten und Dokumente an Bord des Atlantisboots entdeckt. Eigentlich waren es Abschriften, und wir fanden den merkwürdigen Hinweis, dass die Originale sicherheitshalber bei Polartius in Verwahrung gegeben wurden – wer immer das sein mag!

Eines der Dokumente war die Übersetzung einer isländischen Sage samt den dazugehörigen Karten. Sie erzählte von einem Land unter der Antarktis, in dem es riesige Vorkommen eines weißen Zauberpulvers geben soll! Wir nehmen an, dass es sich dabei um Eisstaub handelt. Wir haben die Karte eingehend studiert, aber dann hat Nettlebed, der Deckshelfer, den Behälter mit den Dokumenten darin versehentlich über Bord fallen lassen.

Der Vorfall muss ihn ziemlich mitgenommen haben, denn kurz darauf ist er spurlos verschwunden. Madge und ich konnten uns an die meisten Details der Karte erinnern, und so beschlossen wir, mit dem Atlantisboot nach Speller zurückzukehren und ein größeres Schiff für die Suche nach dem Eisstaub auszurüsten.

In Speller standen die Dinge jedoch schlecht. Benbows Weissagung ist eingetroffen. Alle Kinder sind verschwunden – bis auf Abby. Irgendwie ist es Benbow gelungen, sie zu retten. Die Meerhexen glauben, dass ihre Kinder während eines Sturms ertrunken sind, aber ich habe den Verdacht, dass die Nachthexen – oder die Hexen der Finsternis, wie sie selbst sich nennen – sie entführt haben, um sie zu versklaven.

Die Angriffe der Nachthexen werden immer erbitterter. Sie machen Jagd auf die Schiffe der Meerhexen, die über keinerlei Waffen verfügen, um sich gegen die Haiboote zur Wehr zu setzen. Und ihre Macht wächst von Tag zu Tag, weil keine Eisstaub-Lieferungen mehr zu den Lichthexen durchkommen.

Eine einzige größere Ladung Eisstaub würde den Lichthexen vielleicht schon genügen, um ihnen Einhalt zu gebieten. Den Schlüssel für das Atlantisboot habe ich mitgenommen und das Boot selbst zusammen mit der restlichen Flotte der Meerhexen in ein Versteck gebracht.

Die Nachthexen werden Speller nicht angreifen, weil die ganze Stadt wie mit Eisstaub durchtränkt ist. In jenen Tagen, als daran noch kein Mangel herrschte, haben die Meerhexen ihn als Glücksbringer in die Tünche für ihre Häuser eingerührt.

Wenn alles gut geht, kehren wir in ein paar Monaten mit einer

Ladung Eisstaub zurück. Für diese Zeit haben wir Abby in der Obhut von Madges Schwester Lucy zurückgelassen.

Ich werde diesen Brief bei Deiner Londoner Bank hinterlegen, weil ich nicht die geringste Ahnung habe, wo Du gerade steckst, aber weiß, dass Du dort über kurz oder lang vorbeikommen wirst.

Deine Freunde – Harry und Magde Clover

Abby schaute Benbow an. Jetzt wusste sie, wo sie den großen Vogel schon einmal gesehen hatte. »Dann war es also Benbow, dem ich damals gefolgt bin, als die Kinder verschwanden. Deshalb kam er mir so bekannt vor!«, rief sie aufgeregt.

»Das stimmt«, erwiderte Captain Starlight. »Ich war damals in weiter Ferne mit deinen Eltern unterwegs, aber Benbow sagte mir, etwas Schreckliches werde geschehen, und flog davon, um dich zu retten.«

»Sie können mit Benbow sprechen?«, fragte Spike.

Der Captain nickte. »So könnte man es nennen, ja. Aber es ist eher so etwas wie gegenseitiges Gedankenlesen.«

Abby legte den Brief aus der Hand. »Allmählich verstehe ich überhaupt nichts mehr, Captain. Können Sie uns das alles noch mal von Anfang an erklären?«

Der Captain nahm wieder einen Schluck aus seiner

Kaffeetasse und sagte: »Als Erstes müsst ihr das mit den Hexen verstehen. In den letzten tausend Jahren lief eigentlich alles recht gut für die Lichthexen, weil sie ihren Eisstaub hatten. Purer Eisstaub ist tödlich für Nachthexen. Er ist zu rein für sie, versteht ihr?«

Abby und Spike nickten.

»Die Nachthexen mussten minderwertiges Zeug, das sie Schmutzstaub nannten, für ihre Hexerei verwenden. Schmutzstaub wird aus dem Kehricht von Spukhäusern, dem Bodensatz von Mülltonnen und dem Schwarzen, das böse Menschen unter den Fingernägeln haben, hergestellt.«

Abby und Spike nickten wieder.

»Die Lichthexen hatten hin und wieder Schwierigkeiten mit den Nachthexen, aber sie wurden immer gut mit ihnen fertig, weil es Eisstaub in Hülle und Fülle gab.«

»Was ist denn eigentlich Eisstaub?«, wollte Abby wissen.

»Das weiß niemand so genau. Man kann ihn nicht herstellen. Er ist nur dort zu finden, wo das Wasser vollkommen rein und sehr kalt ist. Es ist der Stoff, aus dem alle guten Zauber gemacht sind.

Aber dann, vor nicht allzu langer Zeit, machten die Nachthexen eine schreckliche Entdeckung. Sie fanden einen Weg, den Schmutzstaub mit Hilfe von giftigen Abwässern zu verflüssigen und dann in einer Presse mit Eisstaub zu verbinden. Das Resultat nannten sie Schwarzstaub.«

Starlight sah, dass Abby und Spike wie gebannt an seinen Lippen hingen, und so fuhr er fort: »Dieser Schwarzstaub ermöglichte es ihnen, sehr viel mächtigere Zauber zu wirken. Aber sie konnten den Eisstaub nicht verarbeiten, ohne sich dabei selbst in Gefahr zu bringen. Anfangs sind sie bei der Herstellung von Schwarzstaub in Scharen gestorben. Sie brauchten also Sklaven. Deshalb haben sie die Kinder von Speller entführt.«

»Warum haben die Lichthexen nicht zurückgeschlagen?«

»Sie haben es versucht, aber es war schon zu spät. Außerdem sind Lichthexen tendenziell eher altmodisch. Sie mögen keine Veränderungen. Und die Meerhexen sind noch schlimmer. Sie ließen sich nicht einmal davon abbringen, den Eisstaub weiterhin mit ihren Segelschiffen aus Holz zu transportieren.«

Abby runzelte verwirrt die Stirn. »Was ist denn der Unterschied zwischen Lichthexen und Meerhexen?«

»Lichthexen sind vielleicht ein bisschen altmodisch, aber auch sehr weltgewandt und reiselustig. Sie sind in allen möglichen Berufen tätig. Einige von ihnen sind sogar ziemlich berühmt.«

»Und die Meerhexen?«, fragte Spike.

Starlight reichte Benbow ein weiteres Fischbällchen, bevor er antwortete.

»Meerhexen sind anders. Sie bleiben gern unter sich. Weil sie das Meer so lieben, haben sie alles andere aufgegeben, sogar das Zaubern – bis auf ein paar Zauberformeln, die auf See nützlich sind.«

»Welche denn?«, wollte Spike wissen.

»Meerhexen können Wind heraufbeschwören, so dass ihre Schiffe niemals in Flauten geraten. Außerdem können sie Regen machen, damit sie auf See immer frisches Wasser haben. Und sie wissen auf allen Weltmeeren immer ganz genau, wo sie sich gerade befinden.«

»Aber jetzt leben sie nur noch in Speller?«, fragte Abby.

»Jetzt ja«, sagte Starlight und sah mit einem Mal sehr traurig aus. »Früher haben sie auch in einer Stadt namens Bright Town gelebt, in Amerika, wo ich herkomme.«

»Was ist denn passiert?«, fragte Abby.

»Mit Hilfe des Schwarzstaubs haben die Nachthexen eine ganze Flotte furchterregender Kampfschiffe gebaut, die sie Haiboote nennen. Sie haben die Meerhexen von den Meeren vertrieben und meine Heimatstadt zerstört. Seitdem sind sie die Einzigen, die noch über Eisstaub-Vorräte verfügen. Um Schwarzstaub herzustellen, braucht man nämlich unglaublich große Mengen Eisstaub. Soweit ich weiß, sind die Vorkommen in der Arktis inzwischen weitgehend erschöpft. Aber wie du dem Brief deines Vaters entnehmen kannst, Abby, glaubte er eine neue Quelle entdeckt zu haben.«

Abby stellten sich immer weitere Fragen. »Was ist mit meinen Eltern? Und mit Tante Lucy und Onkel Ben? Sie sind keine Hexen, oder?«

Starlight schüttelte den Kopf. »Nein, aber deine Vorfahren sind schon seit Generationen Freunde der Meerhexen. Wusstest du, dass deine Mutter eine geborene Elvin ist?«

Abby nickte.

»Nun, Elvin bedeutet ›Elfenfreund‹, und die Elfen stehen den Lichthexen sehr nahe. Sie haben damals deinem Urahn Jack Elvin angeboten, das Geschäft in Speller zu eröffnen. Meerhexen dürfen nämlich keinen anderen Handel treiben als den mit Eisstaub. Deshalb brauchten sie einen Außenstehenden, der den Laden führen und auch alle möglichen anderen Arbeiten in der Stadt übernehmen konnte. Ich glaube, Jack Elvin hat damals auch das Rathaus gebaut.«

»Sind Sie ein Hexenmeister, Captain Starlight?«, fragte Spike.

»Nein, mein Junge«, erwiderte dieser. »Aber meine Familie hat viele Jahre lang die Schiffe der Meerhexen in Bright Town entworfen.«

»Können Sie denn wenigstens ein bisschen zaubern?«

»Ein bisschen, ja, weil ich schon so lange in Gesellschaft der Lichthexen lebe.«

»Und wie sind mein Vater und meine Mutter in diese Geschichte hineingeraten, wenn sie doch gar keine Meerhexen sind?«, fragte Abby.

»Deine Mutter wusste natürlich alles über das Hexengewerbe«, sagte Starlight. »Schließlich ist sie in Speller aufgewachsen. Dein Vater gehörte nicht dazu, wie auch dein Onkel Ben. Deine Eltern haben sich am College kennengelernt, und als dein Vater um die Hand deiner Mutter anhielt, hat sie ihm alles erzählt.«

»Und warum hat mir noch nie jemand etwas davon gesagt?«, fragte Abby.

»Deine Tante Lucy wollte dich an deinem nächsten Geburtstag einweihen.«

»Woher wissen Sie das?«

»Ich weiß eine Menge über dich, Abby. Während unserer Forschungsreisen haben deine Eltern viel von dir erzählt. Und bei einer dieser Reisen haben wir auch das Geheimnis von Atlantis entdeckt.«

»Sie haben Atlantis entdeckt?«

Starlight schüttelte den Kopf. »Nein, das *Geheimnis von Atlantis.*«

Er ging zu einer der Karten an der Wand und wies auf

eine Stelle nahe der Bermuda-Inseln im Atlantischen Ozean. »Das war genau hier. Wir haben es gemeinsam entdeckt, nachdem deine Eltern erstmals mein Schiff gechartert hatten. Dein Vater nahm damals Kontakt mit mir auf, nachdem er ein Buch mit dem Titel *Die verlorenen Geheimnisse der sieben Weltmeere* gelesen hatte, in dem mein Name erwähnt wurde.«

»Wie hat er denn mit Ihnen Kontakt aufgenommen?«

»Er hat von mir geträumt.«

»Und woher wussten Sie das?«

»Benbow hat es mir erzählt. Albatrosse sind sehr geheimnisvolle Vögel. Ich setzte mich also mit deinem Vater in Verbindung. Er bat mich um Hilfe bei der Suche nach etwas.«

»Wonach denn?«

Starlight stellte seine Tasse ab. »Nach der Antwort auf ein Rätsel in einem alten Seemannslied, das die Meerhexen früher auf See gesungen haben. Dein Vater war der Meinung, es enthielte ein besonderes Geheimnis.«

»Und wie ging das Lied?«, fragte Spike.

Starlight fing an zu singen:

»Eine Insel im Meer,
man wundert sich sehr:
Wie ein Haken gebogen,

umspült von den Wogen,
liegt dort ein spanischer Schatz,
verborgen an seinem Platz.
Ist dein Herz gut und rein,
kommst leicht du hinein.
Ist es schwarz und gemein,
sollst Fischfutter du sein.«

Als er geendet hatte, tippte er wieder mit dem Zeigefinger auf die Karte, und Abby sah, dass er auf die Bermuda-Inseln zeigte. Sie waren genau wie ein Angelhaken geformt.

»Also brachen wir mit der *Ismael*, meinem Schiff, zu den Bermuda-Inseln auf, deine Eltern und ich und ein Deckshelfer namens Nettlebed, den ich für die Reise angeheuert hatte. Die Bermuda-Inseln waren schon immer geheimnisumwoben«, fuhr Starlight fort. »Die Seeleute früher haben gesagt, dort dürfe es eigentlich gar kein Land geben. Also folgten wir dem Lied und fingen an, die Wracks südlich der Insel zu erkunden. Und eines Tages, als wir zu einer spanischen Galeone hinuntertauchten, entdeckten deine Eltern die Zeitblase.«

»Die Zeitblase?«, wiederholten Abby und Spike wie aus einem Mund.

Starlight nickte und schenkte sich Kaffee nach. »Am

Vortag hatte es einen Sturm gegeben. Der starke Seegang hatte den Sand auf dem Meeresboden in Bewegung gebracht. Nettlebed blieb an Deck, während deine Eltern und ich zu der Galeone hinuntertauchten. Durch den Sturm war offenbar der Sand unter ihr weggespült worden und nun ruhte das Schiff auf einer gewaltigen Kuppel, viel zu glatt und ebenmäßig für einen Felsen.

Als deine Eltern sie untersuchen wollten, bildete sich plötzlich ein Strudel, der sie hinunterzog und den Sand so stark aufwirbelte, dass ich nicht mehr erkennen konnte, was vor sich ging. Ich war weit genug entfernt und wurde von dem Sog nicht erfasst. Ich dachte schon, mit deinen Eltern wäre es aus und vorbei, Abby.

Als der Strudel sich auflöste und der Sand sich wieder gelegt hatte, war nur noch das Wrack der spanischen Galeone zu sehen. Ich blieb unten, bis mir die Luft ausging, dann musste ich aufs Schiff zurück. Ich ging noch drei Mal runter, aber deine Eltern blieben spurlos verschwunden.

An jenem Abend, als Nettlebed und ich schon alles für die Rückreise zusammenpackten, tauchten deine Eltern plötzlich wieder auf, mitsamt dem Atlantisboot und allerlei seltsamen Dingen, die sie an Bord gefunden hatten.«

»Was für Dinge?«, fragte Spike.

»Geräte und Erfindungen, wie wir sie nie zuvor gesehen hatten. Es gab Kleidung, die sich der Körperform ihres Trägers anpassen konnte und bei jedem Wetter warm und trocken blieb.«

»Und was noch?«, fragte Spike.

»Ein Fernrohr, mit dem man über den Horizont hinausblicken kann. Und mit dem man alles hören kann, was die Leute sagen, selbst wenn sie meilenweit entfernt sind. Ein Magnet, der die Dinge leichter macht. Werkzeuge, die Stein zum Schmelzen bringen und durch Metall schneiden können wie eine Schere durch Papier. Mit denen hat dein Vater wahrscheinlich die große Höhle für die Flotte der Meerhexen gebaut, Abby.«

Abby war still geworden. »Dann muss Spike den Schlüssel für das Atlantisboot also von meinen Eltern bekommen haben, weil sie den Schlüssel auf ihrer letzten Expedition dabeihatten.«

Starlight nickte. »Genau.«

»Wenn ich mich doch bloß an irgendetwas erinnern könnte«, sagte Spike düster.

»Wir wissen, dass sie in die Antarktis wollten«, sagte Starlight. »Und jetzt wissen wir, dass sie vielleicht noch am Leben sind. Aber sie befinden sich wahrscheinlich in großer Gefahr.«

»Warum glauben Sie das?«, fragte Abby.

Starlight antwortete nur zögernd. »Ich habe Benbow schon viele Male ausgesandt, um nach ihnen zu suchen, aber ohne Erfolg. Wenn Benbow sie nicht ausfindig machen kann, dann werden sie vermutlich von einer starken dunklen Macht gefangen gehalten.«

Abby wollte lieber nicht darüber nachdenken und wechselte schnell das Thema. »Was gab es denn noch an Bord des Atlantisboots?«, fragte sie.

»Eine sprechende Skulptur.«

»Was ist mit ihr passiert?«, fragte Spike.

»Ich habe sie hier«, sagte Starlight. »Es gibt ein oder zwei Dinge, die ich behalten habe.« Er ging zu einer Truhe und nahm eine Skulptur aus mattgrauem Stein heraus, die mehr als einen halben Meter groß war. Sie stellte einen Jungen und ein Mädchen dar, die auf einem Delfin ritten. Er setzte die Skulptur auf den Truhendeckel, und während sie sie noch betrachteten, erhob sie sich plötzlich in die Luft und die steinernen Figuren schienen lebendig zu werden.

Die beiden Kinder auf dem Rücken des Delfins winkten ihnen zu, und Abby hörte etwas, das wie Spikes seltsame Sprache klang.

»Sprich mit ihnen«, sagte Starlight.

»Hallo«, sagte Abby. »Ich heiße Abby Clover und komme aus Speller.«

Die Stimme antwortete: »Hallo Abby.« Über der schwebenden Skulptur formte sich jetzt ein leuchtendes Bild. Es zeigte eine Ansammlung silbrig weißer Gebäude auf einem Berghang, der aus einem tiefblauen Meer aufragte.

Abby kannte sie aus einem Geschichtsbuch, das Tante Lucy im Unterricht benutzt hatte. Sie sahen aus wie die Bauwerke der alten Griechen.

»Wir grüßen euch, die ihr diese Aufzeichnung unseres Besuchs in eurer Welt gefunden habt«, sagte die Stimme. »Was ihr dort seht, ist die Stadt Atlantis.«

Jetzt erhoben sich die Häuser der Stadt ganz langsam in die Luft und fügten sich neu zusammen, bevor die Stimme fortfuhr: »Und dies ist das Sternenschiff, in dem wir reisen. Schon seit Langem ist Atlantis aus eurem Teil des Universums verschwunden. Aber wir haben euch dieses Boot und einige unserer Erfindungen zurückgelassen. Ihr mögt sie nach Gutdünken verwenden, doch seid gewarnt: Einem bösen Herzen werden sie nichts Gutes tun. Lebt nun wohl. Wir sehen uns wieder, sobald auch ihr euch auf die Reise zu den Sternen macht.«

Als die Stimme verklang, verwandelte sich die Skulptur wieder in leblosen Stein und sank auf die Truhe zurück.

»Und so haben wir das Geheimnis von Atlantis entdeckt«, sagte Starlight an die Kinder gewandt, die immer noch staunend die Skulptur betrachteten. »Die Legende ist falsch; Atlantis ist nie im Meer versunken, sondern zu den Sternen aufgestiegen.«

»Und was ist dann passiert?«, fragte Abby. »Warum sind Sie damals so überstürzt nach Bright Town aufgebrochen?«

»Benbow überbrachte mir die Nachricht, dass die Nachthexen die Stadt angreifen wollten. Als ich eintraf, hatten sie ihr böses Werk jedoch schon vollendet. Sie haben Bright Town dem Erdboden gleich gemacht und alle seine Bewohner getötet. Aber ich wusste, wo die Meerhexen noch einen letzten Vorrat an Eisstaub versteckt hatten. Ich nahm ihn an mich, und seit jenem Tag mache ich Jagd auf die Haiboote der Nachthexen und zerstöre sie mit Hilfe meiner mit Eisstaub beschichteten Harpunen.

Als der Vorrat an Eisstaub fast aufgebraucht war, kam ich nach England zurück, um deine Eltern zu besuchen. In Speller waren sie nicht, aber bei meiner Londoner Bank erhielt ich ihren Brief. Und kam hierher zurück, um nach der Höhle zu suchen – und vielleicht sogar mit dem Atlantisboot aufzubrechen. Ich hatte Glück und fand Spike – und den Schlüssel.«

Abby wurde mit einem Mal klar, dass es eines gab, was ihnen dieser geheimnisvolle Mann noch nicht gesagt hatte. Sie stand auf und fragte: »Wer sind Sie wirklich, Captain Starlight?«

»Ich dachte, du hättest es schon erraten, Abby. Ich bin der Alte Seemann.«

»Der Alte Seemann …«, wiederholte Spike mit seltsamer Stimme und wurde ohnmächtig.

5

Der Alte Seemann

Als Spike wieder zu Bewusstsein kam, lag er in Captain Starlights Hängematte und eine große Seezunge zappelte auf seiner Stirn. Sie fühlte sich schön kühl an. Abby war schon wieder dabei, Captain Starlight mit Fragen zu bombardieren.

»Ich dachte, der Alte Seemann sei nur eine Legende«, hörte Spike sie sagen.

»Ich *bin* eine Legende«, erwiderte Starlight grinsend. »Aber es gibt mich doch auch wirklich. So etwas kommt vor, weißt du.«

Abby dachte kurz nach. »Heißt es denn nicht in der Legende, der Alte Seemann sei verflucht worden, weil er einen Albatros geschossen hat?«

Starlight verschränkte die Arme.

»Das ist nur ein Gerücht, das die Nachthexen in die Welt gesetzt haben. Sie haben sogar jemanden dazu gebracht, ein Gedicht darüber zu schreiben – alles blanker Unsinn.« Er streckte einen Arm aus und Benbow ließ sich darauf nieder. »Würde Benbow das tun, wenn ich auf einen seiner Artgenossen geschossen hätte?«

»Die Legende besagt aber auch, dass Sie schon Hunderte von Jahren alt sind. Stimmt das auch nicht?«, fragte Abby beharrlich weiter.

»Doch, das entspricht der Wahrheit«, antwortete er. »Ich war ein so guter Schiffbauer, dass die Meerhexen in Bright Town wollten, dass ich ewig lebe.«

Spike regte sich, und Starlight wandte sich ihm zu. »Er ist wieder bei Bewusstsein, Benbow«, sagte er. »Du kannst den Fisch ins Meer zurückwerfen.«

Benbow hüpfte zu Spike hinüber, nahm vorsichtig die Seezunge von seiner Stirn und flog damit aus dem Fenster.

»Wie geht es dir, Spike?«, fragte Abby besorgt.

»Gut«, antwortete Spike und setzte sich auf.

»Und warum bist du ohnmächtig geworden?«

»Als Captain Starlight den Alten Seemann erwähnte, hat mich das einfach umgeworfen. ›Such den Alten Seemann‹, haben sie zu mir gesagt.«

»Wer hat das zu dir gesagt?«, fragte Abby.

»Ich weiß es nicht genau … aber ich glaube, es waren deine Eltern, Abby!«

»Dann sind sie vielleicht wirklich noch am Leben!«, rief Abby aufgeregt. »Fällt dir noch irgendetwas anderes ein, Spike?«

Er überlegte einen Moment und schüttelte dann den Kopf. »Ich weiß nicht einmal mehr, wie sie aussahen. Ich kann mich nur noch an diese Worte erinnern: ›Such den Alten Seemann.‹«

»Und deine eigenen Eltern?«, fragte Abby. »Kannst du dich an sie erinnern?«

»Nein«, antwortete Spike. »Ich weiß nur, dass ich schwimmend von irgendwo entkommen bin. Es gab einen Felsspalt unter Wasser, durch den ich getaucht bin. Mehr weiß ich nicht.«

»Was können wir bloß tun, um meine Eltern zu finden?«, fragte Abby niedergeschlagen.

»Es muss noch eine Karte geben«, sagte Starlight mit plötzlicher Überzeugung.

»Wieso?«, fragte Abby.

»Weil die Nachthexen eine Karte gefunden haben müssen, auf der die Eisstaub-Vorkommen in der Antarktis verzeichnet sind. Sie wird sich in ihrem Hauptquartier befinden.«

»Und warum gerade dort?«, fragte Spike.

»Weil die Nachthexen dort alle ihre Trophäen aufbewahren«, erklärte Starlight. »Sie brüsten sich gern damit.«

»Und wie kommen wir an die Karte heran?«, fragte Abby.

»Wir müssen sie stehlen«, erwiderte der Captain, und sie hörten die Entschlossenheit in seiner Stimme. Er wandte sich an Spike und fragte: »Wie fühlst du dich?«

»Bestens«, antwortete der und schwang sich aus der Hängematte.

Der Captain öffnete eine weitere Truhe und holte zwei Kleidungsstücke hervor, die er Abby und Spike gab.

Sie waren so leicht und luftig wie ein Seidentaschentuch von Tante Lucy. Abby hielt ihres hoch und sah, dass es ein langer, dunkelblauer Umhang war, mit Kapuze und weit genug für einen fülligen Erwachsenen.

»Der ist mir doch viel zu groß«, meinte sie.

»Das sind Atlantis-Capes. Legt sie euch um«, sagte der Captain.

Indem sie das taten, schrumpften die Umhänge blitzschnell auf die richtige Größe zusammen, umhüllten die Beine der Kinder und bedeckten sogar ihre Füße. Der Stoff war wunderbar warm.

»Wenn man sich die Kapuze übers Gesicht zieht, kann man durch das Gewebe hindurch trotzdem noch alles erkennen und bekommt auch genügend Luft. Mehr braucht ihr nicht mitzunehmen«, sagte Starlight. »Alles Weitere finden wir auf dem Boot.«

»Was haben Sie vor?«, fragte Abby.

Der Captain hatte einen großen Seesack geholt und warf alle möglichen Dinge aus seinen Truhen hinein. Dann nahm er seine größte Harpune von der Wand und sagte: »Als Erstes verabschieden wir uns von deinem Onkel und deiner Tante, dann fahren wir nach London, um die Karte zu stehlen, und danach segeln wir in die Antarktis, um deine Eltern zu befreien.«

»Wenn's weiter nichts ist«, meinte Spike trocken.

6

Das Abenteuer beginnt

Captain Starlight stand mit Abby und Spike vor dem Laden und betätigte den Türklopfer aus Messing. Als die Tür sich öffnete, nahm er die Mütze ab und sagte: »Hallo Lucy, schön dich zu sehen.«

»Adam Starlight! Das wurde aber auch Zeit«, erwiderte Tante Lucy. »Kommt doch rein.«

Starlight musste sich bücken, um unter dem Türrahmen durchzukommen. Lucy führte sie in die Küche. Als sie eintraten, stand Onkel Ben auf und legte sein Waldhorn, das er gerade poliert hatte, beiseite. Er gab Starlight die Hand und war offensichtlich erfreut ihn zu sehen.

»Wo ist denn dein großer Vogel?«, fragte er.

»Manchen Leuten macht er Angst, deshalb habe ich ihn draußen gelassen«, erklärte der Captain.

»Bei uns ist er herzlich willkommen«, sagte Lucy.

Starlight öffnete ein Fenster und pfiff. Im nächsten Moment stand Benbow auf dem Sims. Er hüpfte ins Zimmer und hockte sich auf die Dachsparren über ihren Köpfen.

Als schließlich alle um den Tisch saßen und Captain Starlight eine Tasse Tee abgelehnt, eine Tasse Kaffee jedoch akzeptiert hatte, erklärte er Lucy und Ben den Grund seines Besuchs.

»Ich möchte euch um Erlaubnis bitten, Abby und Spike auf eine Reise mitzunehmen«, sagte er.

»Eine lange Reise?«, fragte Tante Lucy.

»Schon möglich.«

»Und gefährlich?«

»Auch das ist möglich.«

»Warum denn ausgerechnet die beiden?«, fragte Tante Lucy. »Sie sind doch noch so jung.«

»Weil sie etwas Besonderes sind. Das hast du sicher auch schon gemerkt.«

Lucy nickte. »Hast du ihnen von den Meerhexen erzählt?«

»Hat er«, sagte Abby.

»Was meinst du mit *etwas Besonderes*?«, fragte Ben.

Starlight wandte sich ihm zu. »Benbow spürte über dreitausend Meilen hinweg, dass Abby in Gefahr war. Diese Vorahnung hätte er nicht haben können, wenn sie nicht ganz besondere Fähigkeiten besäße.«

»Und welche?«, fragte Onkel Ben.

Starlight sah ihn an. »Offen gestanden weiß ich das auch noch nicht. Aber ich bin mir trotzdem sicher, dass sie sie hat.«

»Und wieso Spike?«

»Er spricht die Sprache der sieben Weltmeere. Das können nicht viele.«

Lucy saß eine Weile nur da und schaute ihre Nichte an. Dann sagte sie: »Ihr wollt nach Abbys Eltern suchen, stimmt's?«

»Ganz recht«, bestätigte Starlight.

Lucy stand auf. »Dann bleibt uns wohl nur noch, euch viel Glück zu wünschen.«

Trotz der Betrübnis ihrer Tante konnte sich Abby nicht erinnern, jemals so glücklich gewesen zu sein.

»Wann geht es los?«, fragte sie.

»Je eher, desto besser«, antwortete Starlight.

Lucy legte Abby die Hand auf die Schulter. »Aber vorher wird noch etwas gegessen, mein Fräulein.«

Es wurde schon dunkel, als Captain Starlight das Atlantisboot aus der verborgenen Höhle aufs offene Meer hinausmanövrierte. Er hielt das Tempo gedrosselt, bis sie weit genug von der Küste entfernt waren. Spike und Abby saßen in dem gemütlichen kleinen Kajütsaufbau und tranken warmen Kakao, während Benbow auf einem Geländer neben dem Captain hockte und döste.

Abby war überrascht gewesen, dass Tante Lucy und Onkel Ben so wenig Einwände gegen ihre Reise mit Captain Starlight erhoben hatten. Sie hatte fest damit gerechnet, dass sie es verbieten würden. Tante Lucy musste großes Vertrauen in Captain Starlight haben.

»Haben Sie auch Radar?«, fragte Spike den Captain nach einer Weile.

Starlight lachte leise. »Ich habe etwas viel Besseres«, erwiderte er und strich mit der Hand über die große Kristallkugel, die in das Steuerpult eingelassen war. Durch die Frontscheibe sahen sie, wie das Meer vor ihnen plötzlich taghell erleuchtet wurde.

»Macht euch bereit«, sagte Starlight. »Ich werde jetzt beschleunigen.« Er schob den Gashebel nach vorn und das schnittige kleine Boot schoss mit unglaublicher Geschwindigkeit vorwärts. Obwohl die See recht aufgewühlt war, lag es so ruhig auf dem Wasser, als glitte es über einen Ententeich.

In der Dunkelheit huschten die Lichter anderer Schiffe vorbei, Fischerboote, Frachtschiffe, ein riesiger Öltanker und eine hell erleuchtete Fähre. Während sie mit atemberaubendem Tempo die See durchpflügten, erklärte Captain Starlight, das Atlantisboot sei auf den Radarschirmen der anderen Schiffe nicht zu erkennen.

Schließlich änderte er den Kurs und sagte: »Wir fahren jetzt in die Themsemündung ein.« Er wurde langsamer, und sie tuckerten gemächlich auf London zu, dessen Silhouette sich bereits am Horizont abzeichnete.

»Hier bleiben wir«, sagte der Captain und legte neben einem schlanken Segler an, der in einem kleinen Themsezufluss vor Anker lag. An seinem Bug stand der Name *Ismael*.

»Klettert an Bord«, sagte Starlight und deutete auf eine Strickleiter, die seitlich am Rumpf herunterhing. »Und willkommen bei mir zu Hause.«

Sie gingen an Bord des Seglers. Spike sah auf das Atlantisboot hinunter, das neben ihnen auf den Wellen schaukelte. »Muss sie nicht vertäut werden, Captain?«, fragte er.

»Nicht nötig«, antwortete Starlight. Er stieß einen kurzen, schrillen Pfiff aus und das Atlantisboot sank unter die Wasseroberfläche. »Sie kann auf dem Grund liegen bleiben, bis wir sie wieder brauchen«, fügte er hinzu und führte sie unter Deck der *Ismael*.

Die Kajüte war geschmackvoll mit dunklem Holz verkleidet und mit glänzendem Messing verziert. Ledersofas flankierten die Spundwände, und zu ihrer Überraschung sahen die Kinder, dass die Kajüte auch als Atelier diente. Am anderen Ende, unter einer Glasluke, stand eine große Staffelei und daneben ein Tisch, der mit Farbtuben übersät war, dazwischen Krüge mit Pinseln in allen Größen. Überall an den Wänden hingen Bilder von Segelschiffen aus sämtlichen Epochen.

»Ich mache den Ofen an, damit es ein bisschen wärmer wird«, sagte Starlight. »Und dann gibt es etwas Warmes zu essen.« Er verschwand nach oben.

»Was macht er bloß mit all diesen Bildern?«, fragte Abby.

Spike wollte gerade den Mund öffnen, da war Starlight auch schon wieder mit einem Bündel Feuerholz zurück und beantwortete die Frage selbst. »Nach diesen Entwürfen sind meine Schiffe in Bright Town entstanden«, sagte er.

»Das sieht mir aber nicht nach Konstruktionsplänen aus«, meinte Abby.

»Ach, mit so was haben wir uns gar nicht erst aufgehalten«, erklärte der Captain. »Ich habe ein Bild gemalt, und wenn der Entwurf den Hexen gefiel, haben sie es sich einfach zusammengezaubert.«

»Das würde ich gern mal sehen«, sagte Spike.

»Vielleicht wirst du das eines Tages, mein Junge.«

Starlight brühte Kaffee, briet ein paar Würstchen und wärmte eine Dose Bohnen auf. Dann setzten sie sich an den Kartentisch und aßen zu Abend.

»Die schmecken gut, die Bohnen«, sagte Spike.

»Boston Baked Beans«, antwortete Starlight. »Die besten der Welt. Die schmecken sogar Benbow.«

»Wo ist er eigentlich?«, fragte Abby. Sie hatten ihn schon eine Weile nicht mehr gesehen.

»Ich habe ihn auf Erkundung geschickt«, sagte Starlight. »Vor der Morgendämmerung ist er wieder zurück.« Er sah auf die Uhr. »Zeit fürs Bett, ihr beiden. Eure Kojen sind vorn im Bug.« Er zeigte ihnen ein kleines Badezimmer. »Wascht euch und zieht dann eure Capes wieder an. Die Nacht wird sicher kalt.«

Sie taten wie geheißen und lagen bald darauf müde in ihren Kojen. Abby hörte Starlights Schritte oben auf Deck, dann die sanften Klänge eines Schifferklaviers, und schlief ein.

7

Die Hexen der Finsternis

Abby und Spike erwachten im Dämmerlicht eines kühlen Morgens. In ihr warmes Atlantis-Cape gekuschelt, schaute Abby durch das Bullauge über ihrer Koje und sah, wie feiner Regen das graue Wasser des Flusses kräuselte.

In der Koje gegenüber richtete Spike sich auf und sagte: »Ich rieche Kaffee und Speck.«

Sie standen auf und gingen in die Kombüse, wo Starlight dabei war, Frühstück zu machen.

»In einer Minute ist alles fertig«, rief er gut gelaunt. »Im Ofen ist frisches Brot.«

Sie ließen sich das Frühstück schmecken. »Sie sind wirklich ein guter Koch, Captain Starlight«, sagte Abby mit einem Blick auf ihren leeren Teller.

Er lächelte, erfreut über das Lob. »Ich hatte ja auch viel Zeit zum Üben. Es hat schon an die hundertfünfzig

Jahre gedauert, bis ich mir eine ordentliche Tasse Kaffee kochen konnte.«

»Ich habe mir noch nie etwas zu essen gemacht«, sagte Spike. »Nein, stimmt nicht ganz – ich habe mir schon mal eine Banane geschält.«

In diesem Moment hüpfte Benbow durch die Luke herein. »Hast du ihr Hauptquartier gefunden?«, fragte Starlight. Der Vogel nickte.

Sie räumten eilig das Frühstücksgeschirr ab und Starlight holte eine große Karte hervor und breitete sie auf dem Tisch aus. »Hier liegen wir vor Anker«, sagte er und deutete auf die Karte. »Jetzt zeig uns, wo sie sich versteckt halten, Benbow.«

Benbow tippte mit dem Schnabel auf eine Stelle, und Starlight markierte sie.

»Dort liegt das Hauptquartier der Nachthexen?«, sagte Abby. »Das ist nicht weit entfernt.«

Starlight nickte. »Ich dachte mir schon, dass sie hier irgendwo in der Nähe sind«, meinte er. »Und jetzt wollen wir mal sehen, wie wir da hineinkommen.« Er zog etwas aus der Tasche seiner Seemannsjacke, das aussah wie ein Kreisel. »Das ist eines der Instrumente, die wir auf dem Atlantisboot gefunden haben«, erklärte er. Dann setzte er den Kreisel auf die Stelle, die Benbow auf der Karte gezeigt hatte, und drehte ihn.

Der Kreisel schimmerte bläulich und eine verschwommene Blase tauchte über ihm auf. Die Blase wurde größer und größer, bis sie fast die ganze Kajüte ausfüllte. Allmählich formte sich in ihrem Inneren ein Bild – eine weite, trostlose Einöde unter einem stürmischen Abendhimmel. In ihrer Mitte ragte ein riesiger Müllberg auf: verrostete Autos, alte Kinderwagen, zerbeulte Waschmaschinen, verbogene Fahrradgestelle, ausrangierte Kühlschränke, faulende Holzkisten, zerdrückte Pappkartons, rostige Ölfässer und verbeulte Blechdosen. Alte Zeitungen und Plastiktüten flatterten wie Fahnen im Wind. Hinter dem Müllberg erstreckte sich verwildertes Marschland.

Alles wirkte so düster und trostlos, dass den Kindern ein Schauer über den Rücken lief. »Sie haben ihr Versteck gut getarnt«, sagte Captain Starlight.

»Welches Versteck?«, fragte Spike.

»Zeig uns den Rest«, forderte der Captain den Kreisel auf.

Der große Müllberg geriet in Bewegung, als rege sich ein mächtiges Tier unter seiner Oberfläche. Dann stieg ein dunkler, gelblicher Nebel auf und verschleierte das Bild.

»Nimm den Nebel weg«, befahl Starlight dem Kreisel. Jetzt sahen sie, wie sich der abscheuliche Haufen verschob, als dränge irgendetwas aus dem Erdinneren hervor, und allmählich die Form eines gigantischen, zerklüfteten Turms annahm, der immer höher in den Himmel aufragte.

»Passiert das gerade jetzt, Captain?«, fragte Abby.

Starlight betrachtete die Symbole auf der Blase. »Nein, das war gestern Abend, als die Nachtschicht der Nachthexen zur Arbeit kam.«

Kaum hatte er das gesagt, füllte sich der Abendhimmel mit einem Schwarm schwarzer, flatternder Gestalten, die wie riesige Fledermäuse durch die Luft sausten. Als sie näher kamen, konnte man erkennen, dass es Männer und Frauen in großen, schwarzen Umhängen waren, die sie an ihren Händen und Füßen befestigt hatten. Sie umkreisten den Turm und stießen hinab, um sich an den Außenwänden festzuklammern. Dann krochen sie durch Ritzen und Spalten ins Innere des Turms.

»Ich dachte immer, Hexen würden auf Besen reiten und lächerlich aussehen«, sagte Spike leise. »Aber die da finde ich überhaupt nicht zum Lachen.«

Captain Starlight schüttelte den Kopf. »Nachthexen benutzen ihre Umhänge zum Fliegen. Und sie können sich kleiner aussehen lassen, als sie sind. Man kann sie für Fledermäuse oder Vögel halten.«

»Und was machen sie jetzt da drin?«, fragte Abby.

»Zeig uns das Innere«, forderte Starlight den Kreisel auf.

Die Wände aus Müll wurden durchsichtig, und jetzt sah man überall im Turm die Hexen herumwuseln wie einen Schwarm riesiger Insekten. Das ganze Gebäude war von Gängen und Fluren durchzogen, die zu verschieden großen Räumen führten. Einige waren so klein, dass nur zwei oder drei Hexen hineinpassten, andere hingegen groß genug für Hunderte von ihnen. Daneben gab es auch Werkstätten, Fabrikhallen und sogar Laboratorien.

In der Mitte des Turms befand sich ein Kern aus gewaltigen Stahlträgern, der mehrere Aufzüge beherbergte. Stahlkäfige, so groß wie Häuser, bewegten sich zischend und ächzend zwischen den Stockwerken auf und ab. Manche von ihnen transportierten große Maschinenteile in den unterschiedlichsten Stadien der Konstruktion.

»Für die Haiboote«, sagte Starlight leise. »Dort werden sie also gebaut.« Dann wies er auf einen anderen Teil des Gebäudes, wo in großen Fässern eine schwarze, ölige Flüssigkeit vor sich hin blubberte. »Und das ist das Zeug, das sie mit Eisstaub vermischen, um Schwarzstaub herzustellen.«

»Und was sind das für welche?«, fragte Spike und zeigte auf seltsame Wesen mit gedrungenen Leibern, die

die Maschinen umringten. Funken sprühten aus ihren Schweißgeräten, während Niethämmer und Schleifmaschinen wie gequälte Tiere kreischten und schrien.

Ihre unförmigen Körper hatten sie in eng anliegende, schwarze Uniformen gepresst, und ihr struppiges rötliches Haar war so kurz gestutzt, dass die rosa Kopfhaut durchschimmerte. Ihre Gesichter mit den Hundeschnauzen, den langen Hauern und den tief liegenden, blutunterlaufenen Augen hatten kaum noch etwas Menschliches an sich.

»Das sind Trolle«, erklärte Captain Starlight. »Die Bediensteten der Nachthexen.«

»Was genau ist ein Troll?«, fragte Abby.

»Eine widerliche Kreatur, die vermutlich aus den Wäldern Mitteleuropas stammt«, antwortete der Captain. »In Amerika hat es nie welche gegeben. Früher, sagt man, haben sie Kinder geraubt.«

»Wozu?«

Starlight zögerte. »Nun, angeblich, um sie als Sklaven zu halten, bis sie groß genug waren, um als Nahrung zu dienen. Nachthexen umgeben sich gern mit Trollen, weil sie dumm und böse und leicht abzurichten sind.«

Die Maschinen, an denen gearbeitet wurde, sahen abschreckend und gefährlich aus. Über den Trollen kreisten einige Nachthexen wie ein Mückenschwarm und überwachten ihre Arbeit. Es war ein ganz und gar abstoßender Ort.

»Sind das alles Haiboote, die sie da bauen?«, fragte Spike.

»Ja, aber einige davon dienen als Frachtschiffe, andere als Unterseeboote«, erklärte Starlight.

»Und was ist das da?«, fragte Spike und zeigte auf eine Konstruktion, die sämtliche Boote in der Halle überragte. Sie erinnerte an ein riesiges hockendes Insekt.

»Ich weiß nicht genau«, antwortete Starlight. »Aber es sieht so aus, als könnte es fliegen.«

Sie beobachteten, wie die Trolle die riesige Maschine in einen der Aufzüge zerrten, der dann mit seiner Fracht nach unten fuhr. Im Erdgeschoss angekommen, wurde die Maschine in eine weiträumige Halle geschoben. Eine der Nachthexen kletterte hinein, und das gigantische Insekt veränderte nach und nach seine Form. Flügel kamen zum Vorschein und aus dem Rumpf schoben sich käferartige Beine hervor. Schließlich erbebte es kurz und blieb dann reglos stehen.

»Jetzt bin ich mir sicher, dass es sich um eine Flugmaschine handelt«, sagte Starlight. Inzwischen hatte sich auf dem Podest zu Füßen des gewaltigen Geräts eine kleine Gruppe von Nachthexen versammelt. Offenbar sollte irgendeine Zeremonie abgehalten werden. Dumpfe Trommelschläge ertönten, und die Halle füllte sich mit Nachthexen, von denen sich einige wie Fledermäuse an den Wänden festkrallten.

Abby sah, wie ein weiterer Aufzug nach unten fuhr. Er hielt mit einem Zischen und die Türen öffneten sich. Die Nachthexen verneigten sich tief, als eine furchterregende Gestalt heraustrat.

Es war ein großer, kräftiger Mann mit hochmütiger Haltung und herrischem Gebaren. Sein Gesicht war kalkweiß und so hager, dass sich tiefe Schatten unter seinen Wangenknochen abzeichneten. Zwischen den schmalen, hochgezogenen Augenbrauen ragte eine Hakennase hervor, die an den Schnabel eines Raubvogels erinnerte.

Sein Mund war nur ein Strich, dessen heruntergezogene Enden ihm einen bösartigen Ausdruck verliehen. Eine verfilzte schwarze Haarmähne hing ihm bis auf die Schultern hinab. Seine Erscheinung war vollkommen farblos – bis auf die Augen: Sie waren geformt wie die einer Katze und glühten in einem gelblichen Feuer.

Aber mehr noch als seine Erscheinung war es sein Gesichtsausdruck, der Abby schaudern ließ. Schon auf den ersten Blick war zu sehen, dass dieser Mann kein Mitleid kannte, nur Stolz und erbarmungslose Grausamkeit. Er trug einen seltsamen Umhang aus wallendem, schwarzem Stoff, der seinen Körper umspielte und dabei immer wieder die Formen von Dämonen, Schlangen und riesigen kriechenden Insekten annahm.

»Das Oberhaupt der Nachthexen«, flüsterte Starlight.

Eine der Hexen auf dem Podest richtete sich jetzt aus ihrer Verbeugung auf und begann zu sprechen. »Erhabener, Eure neue Flugmaschine steht zur Inspektion bereit.«

Die herrische Gestalt trat einen Schritt vor, hob die Hand und sagte: »Hexen der Finsternis, dies ist ein denkwürdiger Tag in unserer Geschichte. Die Vollendung meines großen Plans steht unmittelbar bevor. Die Kraft der Lichthexen ist verbraucht, ihr Vorrat an Eisstaub so gut wie erschöpft. Währenddessen läuft unsere Produktion in den neuen antarktischen Minen auf Hochtouren, und wir verfügen über ein ganzes Arsenal an Schwarzstaub-Waffen. Schon bald werden wir mit der endgültigen Auslöschung der Lichthexen beginnen.«

Die versammelten Hexen brachen in Jubel aus. Der Erhabene hob die Hand, und es wurde wieder still.

»Sobald die Lichthexen vernichtet sind, steht unserer endgültigen Unterwerfung der menschlichen Rasse nichts mehr im Weg. Wir werden eine neue Weltordnung begründen, in der wir die Herrscher sind. In Kürze werde ich in die Antarktis fliegen, um von dort aus mit unseren neuesten Waffen den Angriff zu beginnen. Mögen die Lichthexen auf ewig in Schmerz und Leid dahinsiechen!«

Wieder erfüllte Jubel die Halle, bis sich der Erhabene von einem seiner Untergebenen eine kleine Glasflasche reichen ließ. Er ging zu der Flugmaschine und besprenkelte sie mit einem schwarzen Pulver. »Ich taufe dich auf den Namen *Finsternis*. Möge die Macht des Bösen immer mit dir sein, wohin du auch fliegst!«, rief er. Wieder setzten Trommelschläge ein, und die Menge brach in noch größeren Jubel aus.

Ein letztes Mal hob der Erhabene die Hand. »Hexen der Finsternis, ich bin sehr zufrieden mit eurer Arbeit. Ihr habt euch eine Belohnung verdient. Wie ihr wisst, halten wir viele Gefangene in den Minen. Sie werden immer schwächer und sind schon fast unbrauchbar geworden, so dass wir sie bald ersetzen müssen.

Deshalb werde ich für euch ein Fest ausrichten, bei dem jeder einen Gefangenen bekommt, den er nach Belieben töten darf.«

Die Hexen johlten vor Begeisterung.

Der Kreisel wurde langsamer und begann zu trudeln, und das Bild in der Blase verblasste, bis es schließlich ganz verschwand.

8

Die geheime Karte

Abby, Spike und Captain Starlight saßen schweigend am Kartentisch in der Kajüte der *Ismael*, benommen von dem, was sie in der Blase gesehen hatten. Schließlich sagte Starlight: »Offenbar bleibt uns nicht mehr viel Zeit. Und wir wissen immer noch nicht, wo genau sich die Eisstaub-Mine befindet.«

Abby stand auf. »Sie haben doch gesagt, dass es im Hauptquartier der Nachthexen eine Karte geben muss. Ich werde mich unsichtbar machen und sie holen.«

Starlight nickte. »Das ist sehr gefährlich, Abby. Aber uns bleibt keine andere Möglichkeit.« Er drehte den Kreisel wieder, und im Inneren der Blase formte sich erneut das Bild des Turms.

»Können wir die Karte denn nicht einfach mit Hilfe der Blase finden und lesen?«, fragte Spike. Abby wusste, dass er sich Sorgen um sie machte.

Starlight schüttelte den Kopf. »Wir haben es schon mit maximaler Vergrößerung versucht. Es ist unmöglich, so etwas Kleines wie eine Karte zu lesen.«

Er gab dem Kreisel eine neue Anweisung: »Zeig uns, wo man unbemerkt in den Turm eindringen kann.« Sofort huschte ein roter Lichtpunkt zu einer Stelle auf dem Dach der Festung.

»Geh so nah wie möglich heran«, sagte Starlight, und das Bild vergrößerte sich. Der rote Punkt wanderte jetzt zwischen den Überresten eines alten Fahrrads und drei rostigen Ölfässern hin und her. Es sah aus wie der Eingang zu einem schmalen Tunnel.

»Wie soll Abby denn da hinaufkommen?«, fragte Spike.

Starlight überlegte noch, als Benbow, der dösend an Deck gesessen hatte, plötzlich durch das Bullauge hereinhüpfte und seinen Kopf an Abbys Schulter lehnte. »Aber natürlich: Benbow!«, rief Starlight. »Er wird dich dort hinaufbringen, Abby. Aber erst musst du noch lernen, ihn mit dir zusammen unsichtbar zu machen.«

»Wie soll das gehen?«, fragte sie.

»Fang mit etwas Leichtem an«, riet ihr Starlight, zog einen Kieselstein aus der Tasche seiner Kapitänsjacke und legte ihn ihr in die Hand.

Abby pfiff ihre Melodie und verschwand, aber der Kieselstein blieb sichtbar.

»Gibt's da einen Trick?«

»Ich denke schon«, sagte Starlight, »aber da ich noch nie in der Lage war, mich unsichtbar zu machen, kann ich dir dabei nicht helfen. Das musst du selbst ausprobieren.«

Unverdrossen pfiff Abby immer wieder ihre Melodie, bis Spike es schließlich leid war, sie ständig verschwinden und auftauchen zu sehen. »Ich gehe eine Runde schwimmen«, verkündete er. »Das ist die einzige Art und Weise, wie *ich* verschwinden kann.«

»Bleib in der Nähe des Schiffs«, ermahnte ihn Starlight. »Es kann sein, dass wir dich ganz schnell brauchen.«

»Keine Sorge«, sagte Spike und ging an Deck. Als er von der Reling sprang, hörte er Abby immer noch pfeifen.

Spike blieb lange im Wasser, bis er genug davon hatte, ständig im gleichen Flussabschnitt hin und her zu schwimmen, und zur *Ismael* zurückkehrte. Er kletterte an Bord und rief nach den anderen, aber niemand antwortete.

Hastig rannte er unter Deck, aber da war niemand. Abby, Starlight, Benbow – alle waren verschwunden. Er wollte sich gerade ernsthaft Sorgen machen, als er ein Lachen hörte – und dann Abbys rückwärts gepfiffene Melodie. Im selben Moment saßen alle drei wieder vor ihm.

»Ich kann es, Spike! Ich kann nicht nur mich selbst

unsichtbar machen, sondern auch andere Dinge!«, rief Abby begeistert.

Spike war erleichtert, wollte es sich aber nicht anmerken lassen. »Dann wirst du mir jetzt wohl ständig irgendwelche Streiche spielen«, gab er trocken zurück.

»Kopf hoch, Spike«, meinte Starlight. »Zum Mittagessen gibt es wieder Boston Baked Beans.«

»Prima«, sagte Spike, und seine gute Laune war augenblicklich wiederhergestellt.

»Wann soll ich aufbrechen?«, fragte Abby nach dem Essen.

Starlight schaute durch die Luke. Es regnete heftig und von Westen zogen immer noch mehr schwarze Wolken heran.

»Es wird früh dunkel werden. Ich glaube nicht, dass du es heute noch schaffst. Am besten brichst du morgen in aller Frühe auf. Nachthexen arbeiten lieber in der Dunkelheit, deshalb sind sie morgens immer besonders träge.«

»Alles klar«, sagte Abby tapfer, aber als sie daran dachte, was das Oberhaupt der Nachthexen über die Gefangenen gesagt hatte, bekam sie doch ein wenig Angst.

9

Aufbruch ins Ungewisse

Als Captain Starlight die beiden Kinder am nächsten Morgen weckte, waren die Regenwolken verschwunden und die Morgenröte färbte den Himmel blassrosa.

»Als Erstes gibt es immer ein gutes Frühstück«, sagte er und stellte zwei Teller mit Eiern und Speck vor sie hin.

Als sie gegessen hatten, schaute Starlight auf die Uhr. »Die Nachtschicht der Nachthexen ist gerade vorbei. Zeit zum Aufbruch, Abby«, sagte er. »Aber warte mal: Ich muss hier noch irgendwo eine Prise Eisstaub haben.« Er wühlte in einer Seemannskiste und holte ein Fläschchen hervor.

»Hm, das sollte reichen«, meinte er nachdenklich. »Komm mal her, mein Junge.«

»Wieso?«, fragte Spike.

»Ich habe noch nie jemanden gesehen, der so blass ist wie du. Vielleicht bist du ja doch verhext.«

»Aber ich will gar nicht anders aussehen«, protestierte Spike, als Starlight den Inhalt des Fläschchens über ihm ausleerte.

Gespannt warteten sie einen Augenblick, aber nichts geschah. Starlight schien überrascht. »Eigenartig«, sagte er, »dann musst du es wohl wirklich selbst sein. Ich bin schon auf allen sieben Weltmeeren gesegelt, aber jemand wie du ist mir noch nie begegnet. Macht es dir etwas aus, so anders zu sein?«

»Bisher hatte ich damit noch keine Probleme. Und wenn ich mit einem Tigerhai fertiggeworden bin, werde ich wohl auch mit jedem anderen fertig.«

»Du bist schon mal einem Tigerhai begegnet?« Abby war beeindruckt. Sie hatte gedacht, sie wüsste inzwischen alles über ihn. »Das hast du mir nie erzählt.«

»Ich wollte dir keine Angst machen. Im Grunde war er kein schlechter Kerl. Aber als ich ihn traf, hatte er auch schon zu Mittag gegessen.«

Sie gingen an Deck. Starlight pfiff nach dem Atlantisboot und es tauchte vom Grund des Flusses auf. »Alle Mann an Bord«, sagte er, und sie kletterten hinüber und legten ab, um flussaufwärts zu fahren. Nach einer Weile stoppte Starlight die Maschinen. »Dort drüben«, rief er und zeigte in die Ferne. »Das ist das Hauptquartier der Nachthexen.«

Weit entfernt in der endlosen Marschlandschaft entdeckten sie den Turm aus Müll, der zum Teil von gelblichem Nebel verhüllt war. Abby und Spike sahen zu, wie Starlight zwei Riemen an Benbows Füße band. »Steck deine Hände einfach durch diese beiden Schlaufen«, sagte er zu Abby. »Dann kannst du dich besser festhalten.«

Abby probierte es.

»Alles klar?«, fragte Starlight.

»Alles klar, Captain«, antwortete Abby. Sie holte tief Luft und sah hinauf in den blassblauen Himmel.

»Hast du die Muschel dabei?«

Abby nickte. »Ja, in meiner Tasche.«

»Dann pfeif deine Melodie«, sagte Starlight. »Und sobald du Benbows Füße berührst, wird er auch unsichtbar.«

Benbow verharrte flügelschlagend über ihr in der Luft. Abby umfasste seine Beine und pfiff. Sofort wurden sie unsichtbar.

Es gab einen kurzen Ruck und sie stiegen in die Luft. Die Themse unter ihr wurde immer kleiner, bis sie die gesamte Flussmündung bis hin zum Meer überblicken konnte.

Weit unten sah sie das Atlantisboot, aber Spike und Captain Starlight waren schon nicht mehr zu erkennen. Benbow flog einen weiten Bogen, und Abby spürte den Fahrtwind auf ihrem Gesicht. Dann setzten sie auch schon zur Landung auf dem Hauptquartier der Nachthexen an.

10

Der Fluch von Mordoc

Bevor Abby die Hände aus den Schlaufen zog, flüsterte sie Benbow zu: »Bleib in der Nähe. Ich rufe dich, wenn ich dich brauche.« Benbow nickte und erhob sich wieder in die Luft.

Abby entdeckte ein paar Trolle, die auf dem Müllberg herumschlichen, und kauerte sich erschrocken hin. Dann fiel ihr ein, dass sie unsichtbar war, und sie richtete sich langsam wieder auf.

Sie nahm ihre Muschel und berichtete Starlight flüsternd von den Trollen in ihrer Nähe.

»Sieh dich vor«, sagte er. »Sie sind nicht ungefährlich.«

»Ich versuch's«, versprach sie und schaute nach oben. Benbow kreiste unablässig über ihr. Er war jetzt wieder sichtbar, und zwei Trolle in ihrer Nähe starrten zu ihm hinauf und schienen sich zu fragen, woher er so plötzlich aufgetaucht war.

Angewidert beobachtete Abby, wie sie ihre Schnauzen nach oben streckten und gierig schnüffelten.

Bald hatte sie den Eingang zum Tunnel gefunden, zuckte aber zurück, weil ihr ein fürchterlicher Gestank entgegenschlug. Es roch wie eine Mischung aus faulen Eiern, Abwässern und vergammeltem Kohl. Sie wusste in etwa, welche Richtung sie einschlagen musste. Als sie mit Hilfe des Kreisels in den Turm hineingeschaut hatten, war ihr ein Raum aufgefallen, dessen Wände mit Landkarten bedeckt waren. Er ging von einem sehr viel größeren Raum ab, in dem lange Reihen leerer Bänke standen.

Sie hastete durch den Tunnel, der sich steil nach unten wand. Zum Glück gab es überall Schilder und Wegweiser. Hin und wieder flogen Nachthexen über sie hinweg und sie musste den Kopf einziehen.

Plötzlich entdeckte sie vor sich eine Horde von Hexen, die sich aufgeregt in einen großen Saal drängten. Auf dem Schild über der Tür stand in großen Buchstaben GERICHTSSAAL NR. 1 geschrieben, und darunter etwas kleiner DURCHGANG ZUM TROPHÄENRAUM – genau das, wonach sie gesucht hatte.

Abby wartete, bis die Nachthexen im Gerichtssaal verschwunden waren, huschte ihnen hinterher und schlüpfte rasch in eine Nische neben der Tür.

Die Hexen nahmen auf den Bänken zu beiden Seiten des Raumes Platz. Abby entdeckte eine Anklagebank und ein erhöhtes Richterpult.

Der Gestank im Saal war unerträglich. Die Nachthexen, Männer wie Frauen, kratzten sich ununterbrochen, während sie sich lautstark unterhielten. Ihre Zähne waren gelb und krumm, und sogar bei den Jüngeren waren große schwarze Lücken zu sehen. Es war ein hässlicher Haufen, einige fett, andere dürr, manche jung, andere wieder alt. Bis auf ihre schwarzen Umhänge hatten sie eigentlich nur eines gemeinsam: Sie waren allesamt unglaublich schmutzig. Noch nie hatte Abby so viel fettiges Haar und so viele dreckige Fingernägel gesehen.

Die älteren Männer trugen fleckige Anzüge, die jüngeren schmuddelige Freizeitkleidung. Die Frauen schienen schäbige, sackartige Kleider in düsteren Farben zu bevorzugen. Ihrer fischbleichen Haut nach zu urteilen hielten sie sich nicht oft im Tageslicht auf.

Ein Hexenmeister, der an einem Tisch unterhalb des Richterpults stand, klopfte jetzt mit seinem Hammer auf die Platte und rief: »Ruhe! Der Saal erhebt sich für Ihre Eminenz, Richterin Stakeheart.«

Die Nachthexen erhoben sich, während eine alte Frau mit zotteligen Haaren und warzenbedecktem Gesicht den Saal betrat und zum Richterstuhl schlurfte. Ein zerlumpter, ausgeblichener Umhang schlotterte um ihren mageren Körper.

»Setzen!«, befahl der Gerichtsdiener. »Bringt die Gefangene herein.«

Hinten im Saal öffnete sich eine Tür, und zwei Trolle führten eine junge Frau herein, die den Kopf gesenkt hielt, so dass ihre langen fettigen Haare ihr Gesicht verdeckten. Sie war in einen schmierigen Nachthexen-Umhang gehüllt.

»Nehmt ihr den Umhang ab«, befahl die Richterin.

Einer der Trolle riss ihn ihr weg und darunter kam ein sauberes, hellgelbes Kleid zum Vorschein. Der andere Troll zog ihr die fettige Perücke vom Kopf und leuchtend rotes Haar fiel ihr bis über die Schultern.

Die Menge im Saal schnappte vor Überraschung nach Luft, während die junge Frau den Kopf in den Nacken warf und trotzig in die Runde schaute.

»Wie lautet die Anklage?«, fragte Richterin Stakeheart.

Ein unglaublich dicker Hexenmeister, der sich eben noch auf einen der Stühle vorm Richterpult geflegelt und an den Flecken auf seiner Weste herumgepolkt hatte, stand auf und sagte: »Wenn Ihr erlaubt, Euer Eminenz: Diese Kreatur, die uns bis zu ihrer Festnahme unter dem Namen Gretchen Cringe bekannt war, ist in Wirklichkeit eine Lichthexe! Sie hat sich unter Vorspiegelung falscher

Tatsachen in unseren Orden eingeschlichen, um Zugang zu unseren Geheimnissen zu erlangen.«

»Welche Beweise liegen vor?«

»Die Beweise liegen vor Euch, Euer Eminenz. Wie Ihr seht, trägt sie saubere Kleidung unter ihrem Umhang. Bei der Untersuchung konnten weder Läuse noch Flöhe gefunden werden und …« Der Ankläger zögerte. »Es ist so widerlich, Euer Eminenz, ich möchte ungern Euer Schamgefühl verletzen.«

»Sehr rücksichtsvoll, aber fahren Sie fort.«

»Sie riecht nach Blumen.«

Ein Aufschrei des Entsetzens ging durch den Saal.

»Wann wurde sie festgenommen?«, fragte die Richterin, nachdem das Publikum sich wieder beruhigt hatte.

»Bei dem Versuch, einen Eisbären zu befreien, mit dem in der Forschungsabteilung Experimente durchgeführt wurden.«

»Das genügt!«, unterbrach ihn die Richterin und wandte sich an die junge Frau. »Hat die Angeklagte noch irgendetwas zu sagen, bevor ich das Urteil verkünde?«

Das Mädchen auf der Anklagebank blickte sich voller Verachtung im Saal um. »Nur dass ich Sally Oak aus dem Ehrwürdigen Orden der Lichthexen bin. Und wie ihr wisst, bin ich immun gegen eure Strafen. Ich verlange meine sofortige Freilassung.«

Die Richterin lachte schrill auf. »Da irrst du dich aber gewaltig, junge Frau. Früher einmal mögt ihr immun gegen unsere Künste gewesen sein, aber wir sind sehr viel mächtiger geworden. Mit Hilfe des Schwarzstaubs haben wir Hexen der Finsternis ein Gerät entwickelt, das dich und deine Sippschaft vernichten wird. Daher verurteile ich dich, atomisiert und für alle Zeiten in unserem Spezialgefängnis für Lichthexen eingesperrt zu werden.«

Der Saal wollte Beifall klatschen, aber Richterin Stakeheart hob eine klauenartige Hand. »Bringt den Atomisierer herein.«

Eine Tür ging auf und eine Gruppe von Trollen schob ein Gerät herein, das wie ein riesiges Blitzlicht auf Rädern aussah. Auf seiner Rückseite hingen dicke Kabel heraus.

»Damit dir das Ausmaß deiner Strafe bewusst wird, Sally Oak, werden wir dir die Wirkung des Atomisierers zunächst an dem Eisbären vorführen, den du befreien wolltest. Bringt ihn her!«

Die Trolle trieben einen großen weißen Bären in Ketten in den Gerichtssaal. Mit Hilfe von Stöcken, die dem Tier kleine Stromschläge versetzten, brachten sie ihn vor dem Atomisierer in Position.

»Fangt an«, befahl die Richterin, worauf einer der Trolle einen Hebel an der Seite des Apparats betätigte.

Ein Geräusch war zu hören, das wie das entfernte Weinen eines Kindes klang, und dann musste Abby entsetzt mit ansehen, wie der Bär plötzlich von einem durchsichtigen Würfel umschlossen wurde. Der Würfel begann zu schrumpfen, bis er kaum noch größer war als eine Streichholzschachtel. Die Nachthexen kreischten vor Begeisterung.

»Übergebt ihn der Gefangenen«, befahl Richterin Stakeheart.

Sally Oak nahm den Würfel mit dem winzigen Wesen darin entgegen und hielt ihn behutsam in der Hand. »Armer Bär«, sagte sie und Tränen liefen ihr über die Wangen. Doch als sie wieder aufsah, sprühten ihre Augen vor Zorn. »Nachthexen, ich verfluche euch für eure Grausamkeit und Niedertracht. Was hat euch diese arme Kreatur getan, dass ihr sie so quält?«

»Spar dir dein Mitleid für dich selbst«, gab die Richterin zurück und wandte sich an die Trolle. »Vollstreckt das Urteil.«

Wieder betätigten die Trolle den Hebel, und mit Sally Oak geschah, was schon dem Bären widerfahren war. Nachdem die Frau auf die gleiche Größe wie der Bär geschrumpft war, reichte ein Troll beide Würfel der Richterin hinauf. Die betrachtete sie einen Moment lang und legte sie schließlich mit einem meckernden Lachen vor sich auf das Pult. »Hier können sie bis in alle Ewigkeit liegen bleiben«, sagte sie und schlurfte aus dem Saal. Sobald sie verschwunden war, schoben sich auch die Zuschauer drängelnd und schubsend in Richtung Ausgang.

Abby wartete, bis der Saal sich geleert hatte, und lief auf Zehenspitzen hinüber zum Richterpult. Vorsichtig nahm sie die beiden Würfel und steckte sie in die Tasche. Erst dann lief sie zu der Tür mit der Aufschrift TROPHÄENRAUM. Dahinter befand sich ein kleines Zimmer, dessen Wände mit Karten und Dokumenten bedeckt waren, und über jedem davon hing ein aus Holz geschnitzter Dämonenkopf. Abby las die Erläuterungen unter den Dokumenten. Bei den meisten ging es um Zauberformeln und Flüche oder um schreckliche Dinge, die die Nachthexen den Menschen angetan hatten; andere enthielten Berichte von Verhandlungen, die im Gerichtssaal nebenan abgehalten worden waren.

Schließlich entdeckte Abby etwas, das sich ein wenig von den anderen Dokumenten unterschied. Das Pergament war dunkler, mit winzigen Buchstaben beschriftet und mit zwei kleinen Dolchen an die Wand geheftet. *›Geschichte und Karten von Mordocs Land‹* stand darunter.

Das muss es sein, dachte Abby und wunderte sich, dass ein so wertvolles Dokument nicht besser bewacht wurde. Sie blickte sich kurz um und zog dann die beiden Dolche aus der Wand. Im gleichen Moment erwachte der Dämonenkopf an der Wand zum Leben.

»Dieb! Dieb! Der Fluch von Mordoc soll dich treffen!«, brüllte er. Erschrocken sah Abby zu ihm auf, und so bemerkte sie nicht, dass sich hinter dem ersten Pergament noch ein weiteres verbarg, das jetzt zu Boden fiel.

Hastig rollte sie das Dokument in ihrer Hand zusammen, steckte es in ihr Atlantis-Cape und rannte hinaus. Einen Moment lang lehnte sie sich im Flur an die Wand, denn ihr Herz schlug so laut, dass sie befürchtete, die Aufmerksamkeit einer Gruppe von Nachthexen zu erregen, die vor dem Gerichtssaal standen. Die aber blickten zunächst nur verwirrt in die Runde, als sie das Brüllen des Dämonenkopfes hörten, bis eine von ihnen schließlich rief: »Ein Dieb im Gebäude! Gebt Alarm!«

»Ich kann ihn riechen«, rief ein anderer.

»Ich auch!«, rief ein Dritter. »Ein süßlicher Geruch – das muss ein Kind sein. Schickt ihm die Trolle auf den Hals!«

Abby rannte los. Doch dann hörte sie aus dem Tunnel, durch den sie gekommen war, vielfaches Türenschlagen. Ohne nachzudenken, huschte sie schnell in einen anderen Raum, dessen Tür offen stand. Darin gab es kein einziges Möbelstück, dafür aber viele Nachthexen, die zusahen, wie eine Lehrerin Symbole in den Schmutz auf dem Boden zeichnete.

»Mit diesem Zeichen markiert ihr ein Haus, wenn es von Kakerlaken befallen werden soll«, sagte sie gerade. Dann stieß sie einen Schrei aus. »Ich rieche einen Eindringling!«

Auch die anderen begannen zu schnüffeln. »Ein Kind, es riecht nach einem Kind!«, rief eine von ihnen.

»Es muss unsichtbar sein!«, rief eine andere. »Schnell, wir kreisen es ein.«

Eine der Hexen schlug die Tür zu, und dann stellten sich alle an den Wänden auf und fassten sich bei den Händen.

Abby begriff, dass sie rasch handeln musste. Verzweifelt schaute sie sich um und entdeckte ein einziges kleines Fenster, dessen Scheibe schwarz vor Schmutz war. Im letzten Moment schlüpfte sie durch eine Lücke im Kreis der Hexen, rannte zu dem Fenster und zerrte an dem Griff. Doch der Rahmen war von einer dicken, schmierigen Fettschicht verklebt.

Mit aller Kraft zerrte Abby an dem Griff. Endlich flog das Fenster auf und Tageslicht strömte herein. Die Nachthexen wichen entsetzt zurück.

»Hilfe! Frische Luft, frische Luft!«, kreischten sie.

Abby kletterte auf die Fensterbank und musste feststellen, dass sie sich hoch über dem Erdboden befand. Das Atlantisboot unten am Flussufer sah aus wie ein Spielzeug. Sie drehte sich um. Die Nachthexen hinter ihr hielten sich zum Schutz vor dem Licht die Umhänge vors Gesicht und streckten tastend die Hände nach ihr aus.

Abby zögerte kurz, dann piff sie die Melodie, die sie sichtbar machte. Gerade als eine dreckige Klaue schon nach ihr greifen wollte, rief sie: »Benbow, ich komme …«, und sprang ins Leere. Sie überschlug sich in der Luft, und alles fiel ihr aus den Taschen. Die beiden Würfel konnte sie gerade noch auffangen, aber die Muschel war schon außer Reichweite. Ihr fiel ein, dass sie die Arme ausstrecken musste, und im selben Moment spürte sie auch schon, wie etwas ihre Handgelenke mit festem Griff umschloss. Benbow hatte sie im Sturzflug eingeholt und hielt sie sicher in seinen Krallen.

Wenige Augenblicke später landeten sie auf dem Deck des Atlantisboots.

»Schnell, nach unten«, drängte Starlight.

Abby schaute zurück und sah, dass ein großer Schwarm Nachthexen wie eine Wolke von Fledermäusen auf sie herunterstieß.

Sie stürzten unter Deck, und kurz bevor die erste Hexe das Boot erreichte, schlugen die Wogen des Flusses über ihnen zusammen.

»Volldampf voraus!«, rief Starlight. »Schnallt euch an.«

Spike und Abby legten die Gurte an, und das Boot beschleunigte so stark, dass sie in ihre Sitze gedrückt wurden.

Als Starlight sicher war, dass sie die Nachthexen abgeschüttelt hatten, drosselte er die Geschwindigkeit und ließ das Atlantisboot auf den Grund sinken. Spike stieß einen tiefen Seufzer aus, als hätte er die ganze Zeit die Luft angehalten. Nur Benbow schien ihr knappes Entkommen überhaupt nicht zu beeindrucken. Er machte es sich auf dem Geländer in der Kajüte bequem und döste ein.

»Gut gemacht, Abby!«, sagte Starlight. »Jetzt zeig uns, was du gefunden hast.«

Sie griff in ihr Cape und zog die Pergamentrolle und die beiden Würfel hervor.

»Was ist das?«, fragte Starlight und hielt einen der Würfel hoch.

Abby erzählte ihm, was sie über den Atomisierer wusste. Als sie fertig war, nahm Starlight ein Notizbuch und eine große Lupe aus einer Schublade des Kartentischs. Er betrachtete Sally Oak in ihrem Kristallwürfel und schrieb dann in winzigen Buchstaben in sein Notizbuch: »KANNST DU DAS LESEN?«

Wieder hielt er die Lupe vor den Würfel und sah, dass die Gestalt darin nickte.

Dann schrieb er: »BEI UNS BIST DU IN SICHERHEIT, BIS DIE LICHTHEXEN EINE MÖGLICHKEIT FINDEN, DICH ZU BEFREIEN.«

Wieder nickte Sally Oak. Dann hob sie die Hände und machte rasch ein paar Zeichen.

»Gebärdensprache«, erklärte Starlight.

»Können Sie die?«, fragte Abby.

»Wenn man so alt ist wie ich, kann man vieles«, antwortete er. »Sie sagt *Danke.*«

Er machte Sally Zeichen, dass er sie verstanden hatte. Dann wandte er sich wieder an Abby und fragte: »Was ist mit der Karte?«

Abby reichte sie ihm. Starlight entrollte das Dokument und warf einen Blick darauf. »Sehr ärgerlich«, meinte er dann.

»Wieso ärgerlich?«, fragte Abby und blickte ihm über die Schulter. Das Pergament war vollkommen leer.

»Aber als ich es von der Wand nahm, war eine Karte darauf zu sehen«, sagte sie.

»Ist danach noch irgendetwas passiert?«

Abby dachte kurz nach. »Über dem Pergament hing ein Dämonenkopf.«

»Und weiter?«, drängte Starlight.

»Ich dachte, er sei aus Holz, aber er konnte sprechen.«

»Was hat er gesagt? Versuch dich genau zu erinnern.«

Abby überlegte. »Ich glaube, er hat gerufen: ›Dieb, Dieb! Der Fluch von Mordoc soll dich treffen!‹«

Starlight verschränkte die Arme. »Der Fluch von Mordoc … der Fluch von Mordoc«, wiederholte er nachdenklich. Dann schüttelte er den Kopf und seufzte. »Nichts zu machen. Wir müssen den Meister der Lichthexen um Rat bitten.«

»Sie klingen nicht gerade begeistert«, sagte Abby.

Starlight nickte. »Bin ich auch nicht«, erwiderte er. »Die Meerhexen sind ein prächtiges Völkchen, das Salz dieser Erde, was man von den englischen Lichthexen leider nicht behaupten kann.«

»Was soll das heißen?«, fragte Spike. »Ich dachte, Lichthexen wären prinzipiell immer gut.«

»Oh, sie sind nicht böse oder schlecht«, versicherte Starlight hastig. »Sie sind nur … na ja, manchmal ein bisschen schwierig. Englische Lichthexen haben viel Temperament.«

»Anders als die amerikanischen?«, fragte Spike.

»Ganz anders«, bestätigte Starlight. »Amerikanische Lichthexen sind meist einfache Leute. Vom Land, verstehst du.«

»Und was ist an den englischen Lichthexen so besonders?«

Starlight kratzte sich am Kopf. »Nun ja, sie wirken oft

ein wenig kapriziös. Immer mit Zaubern und Schauspielerei beschäftigt. Außerdem finde ich sie ziemlich eingebildet.«

»Und der Meister der englischen Lichthexen?«, wollte Abby wissen. »Wie ist der?«

Aber Starlight schüttelte den Kopf. »Ich habe schon viel zu viel gesagt. Bildet euch selbst ein Urteil. Vielleicht bin ich ein bisschen voreingenommen. Ich hatte bisher jedenfalls immer so meine Schwierigkeiten mit den englischen Lichthexen.«

Er schaute auf die Uhr. »Ich glaube, ich weiß, wo wir ihn heute Abend antreffen können.« Dann blickte er zum Himmel hinauf. »Schönes Wetter heute. Wir können noch ein bisschen angeln, bevor wir aufbrechen müssen.«

Starlight nahm drei Angelruten aus einer der Kisten, und sie setzten sich auf das schmale Deck des Atlantisboots und angelten Heringe, die sie an Benbow verfütterten, bis die untergehende Sonne lange Schatten auf das Wasser warf.

»Zeit zum Aufbruch«, sagte Starlight und startete den Motor.

»Wohin müssen wir denn?«, fragte Spike.

Starlight antwortete erst, als das Boot schon Fahrt aufgenommen hatte. »Zum Alhambra-Theater, Shaftesbury Avenue, London W1.«

11

Im Theater der Lichthexen

In der einsetzenden Dämmerung fuhr Starlight mit der Flut die Themse hinauf. Als sie sich London näherten, tanzten und funkelten die Lichter der Stadt auf der Wasseroberfläche, so dass es schien, als glitten sie über einen Teppich aus Edelsteinen.

»Endlich mal ein richtiges Abenteuer«, sagte Abby.

»Allerdings.« Spike nickte. »In Speller findet man es schon aufregend, wenn Mrs Porters Ziege ausbüxt und auf dem Marktplatz herumläuft.«

»Gibt es hier auch Ziegen, Captain Starlight?«, fragte Abby.

»Nicht, dass ich wüsste«, antwortete der Captain lächelnd.

»Keine Ziegen!«, sagte Spike enttäuscht. »Vielleicht ist London doch langweiliger, als ich dachte.«

Schließlich steuerte Captain Starlight einen Landungssteg an. Ein großer Vergnügungsdampfer legte gerade ab, die Kapelle an Bord spielte Tanzmusik. Abby dachte an Onkel Ben und bekam plötzlich Heimweh.

»Embankment Pier«, verkündete Starlight. »Hier machen wir fest.«

Sie gingen von Bord und warteten schweigend, bis die letzten Passagiere des Bootes, das gerade angelegt hatte, vom Landungssteg verschwunden waren. Als die Luft rein war, schickte Starlight das Boot mit einem Pfiff in das Flussbett hinunter.

Sie stiegen die Treppe hinauf, und als sie oben auf dem Gehweg standen, schlugen jäh der Lärm und das Gedränge der Stadt über ihnen zusammen. Busse, Autos und Lastwagen donnerten über die breite Straße, die am Fluss entlangführte. Captain Starlight nahm die Kinder bei der Hand und ging mit ihnen in Richtung Shaftesbury Avenue. Benbow flog hoch über ihnen.

Abby und Spike waren überwältigt von den vielen Menschen und dem Verkehrslärm, der sie umtoste. Tante Lucy hatte ihnen viel über die Geschichte der Stadt erzählt, und so blieben sie mit Starlight kurz am Trafalgar Square stehen, um sich die Säule mit Admiral Nelson anzusehen.

Benbow setzte sich auf einen der Bronzelöwen am Fuß der Säule, flog aber wieder auf, als einige Leute versuchten, ihn mit dem Vogelfutter zu füttern, das auf dem Platz verkauft wurde.

Die erleuchteten Schaufenster der Geschäfte sahen verlockend aus, aber die vielen fremden Menschen und der Verkehr machten Spike und Abby nervös. Starlight hielt die beiden fest an der Hand, während sie durch die Straßen liefen. Sie hatten Mühe, mit seinen langen Beinen Schritt zu halten.

»Vielleicht wäre mir Mrs Porters entlaufene Ziege doch lieber als diese Menschenmassen«, sagte Abby zu Spike.

Er nickte. »Zu viel Aufregung ist sicher auch nicht gut.«

»Das hier müsste die Shaftesbury Avenue sein«, verkündete Starlight schließlich. Sie standen vor einer Feuerwache. »Soweit ich mich erinnere, befindet sich das Alhambra-Theater ein Stück weiter auf der rechten Seite.«

Sie kamen an mehreren hell erleuchteten Theatern vorbei, vor denen die Leute um Karten für die Abendvorstellung anstanden, aber Starlight blieb schließlich vor einem dunklen, mit Brettern vernagelten Gebäude stehen. Die Plakate in den Schaukästen waren alt und verblichen und die Glastüren starrten vor Schmutz.

»Du meine Güte«, sagte Starlight leise. »Die Lichthexen haben wirklich schon bessere Tage gesehen.«

»Warum bleiben wir hier stehen?«, fragte Abby.

»Der Meister der Lichthexen heißt Sir Chadwick

Street. Er ist Schauspieler, Direktor und Besitzer dieses Theaters, das gleichzeitig als Hauptquartier der Lichthexen dient. Aber das weiß natürlich niemand.«

»Und wie kommen wir da rein?«, fragte Abby.

Starlight stemmte sich mit der Schulter gegen eine der Türen, die sich einen Spaltbreit öffnete. Drei fette braune Ratten huschten hinaus und über die Straße.

»Ich dachte immer, Ratten verlassen nur ein sinkendes Schiff«, sagte Spike.

Starlight drückte die Tür so weit auf, dass sie sich nacheinander hindurchzwängen konnten. Einen Moment lang standen sie in der dunklen Stille und sogen die muffige Luft ein. Der Captain zog eine kleine Flasche mit Elmsfeuer aus seiner Jackentasche, und in ihrem schwachen Schimmer durchquerten sie die düstere, geräumige Eingangshalle. Als sie vor der Tür zum Theatersaal standen, hörten sie drinnen jemanden sprechen.

»Mach uns lieber alle unsichtbar, Abby«, flüsterte Starlight. »Wer weiß, was für ein Empfang uns hier erwartet. Wir fassen uns an den Händen, und du pfeifst leise deine Melodie.«

Abby pfiff, und als sie alle unsichtbar waren, öffneten sie die Tür, huschten nacheinander in den Saal, schlichen auf Zehenspitzen ins Parkett und setzten sich dort in die erste Reihe. Benbow flog hoch in die Kuppel auf.

Die Stimme hallte jetzt laut durch den Saal.

»Nun ward der Winter unseres Missvergnügens …« Es dauerte einen Moment, bis die Stimme weitersprach. »Welche Wahrheit liegt doch in diesen Worten aus der Feder des unsterblichen Barden von Avon.« Der da sprach, stand vorn auf der Bühne, dicht am Orchestergraben, und blickte über die leeren Sitzreihen. Zwei schwache Paraffinlampen beleuchteten die Bühne. Hinter dem Mann standen ein leerer Thron und ein langer Tisch, an dem eine Gruppe von Leuten saß und niedergeschlagen vor sich hin starrte. »Das ist Sir Chadwick Street, der Meister der Lichthexen«, flüsterte Captain Starlight.

Abby musterte den Mann genauer. Er hatte einen ramponierten, breitkrempigen Tweedhut auf dem Kopf und einen weiten grünen Umhang lässig über die Schultern geworfen. Unter dem Umhang trug er einen dreiteiligen, auffällig karierten Anzug, dessen Schnitt seine lange, drahtige Figur bestens zur Geltung brachte.

Seine Stiefel waren elegant, das Leder aber rissig und an vielen Stellen geflickt. Obwohl seine Kleidung offenbar schon bessere Tage gesehen hatte, war er eine stattliche Erscheinung. Seine breite, knallrote Fliege hing schlaff herab und der hohe Hemdkragen war zerschlissen wie die Aufschläge seines Anzugs.

Einen Augenblick blieb er reglos stehen, um dann mit

theatralischer Geste den Kopf zur Seite zu werfen, so dass sein Profil sichtbar wurde. Rotblonde Koteletten umrahmten sein blasses, hohlwangiges Gesicht, aus dem eine große römische Nase hervorragte. Unter schweren Lidern blitzten blaue Augen, und um seine vollen Lippen spielte ein trauriges Lächeln, während er das markante Kinn trotzig vorschob.

Dann lief er plötzlich in einem absonderlich schiefen Gang über die Bühne. Er hinkte stark, obwohl seine Beine offensichtlich gleich lang waren, und ließ eine Schulter hängen, als hätte er einen Buckel. Dabei stieß er wütend hervor: *»Mir scheint, ein schreckliches Dämmerlicht hat sich auf unser Haus gesenkt. Die bloße Luft, die wir atmen, beleidigt meine Nase.«* Seine Stimme hallte dröhnend durch das Theater, und jedes Wort war deutlich zu verstehen.

Abby zuckte nervös zusammen. Konnte er sie etwa riechen, genau wie die Nachthexen?

Eine der Personen am Tisch blickte auf. Es war eine hübsche Frau, die jünger wirkte als die anderen. Sie trug ihr blondes Haar hochgesteckt und eine mit Klebeband geflickte Brille saß auf der Spitze ihrer Stupsnase.

»V-Verzeihung, Meister«, sagte sie zögernd. »Seit unserem letzten Treffen hatten wir keine Gelegenheit, das Theater zu lüften. Soll ich die Bühnentür öffnen lassen?«

»Schon gut«, winkte der Meister müde ab. »Die Luft, die wir atmen, passt nur zu gut zu unsrer üblen Lage.«

»Wie Sie wünschen, Meister«, erwiderte die junge Frau.

»Sind alle Brüder unseres Rats versammelt?«, fragte er.

»Der Aufruf ist erfolgt, Meister«, antwortete ein dicker, glatzköpfiger Mann mit einem Walrossbart. »Wir warten nur noch auf den Großen Schatzmeister. Er muss jeden Moment eintreffen.«

Der Meister der Lichthexen ließ sich auf einen reich verzierten, aber abgenutzten Stuhl fallen, der unter seinem Gewicht bedrohlich knarrte. Dann beugte er sich vor und befahl: »Schickt mir Hissquick den Zauberer.«

Abby lehnte sich zu dem unsichtbaren Starlight hinüber und flüsterte: »Sind Zauberer etwas anderes als Lichthexen?«

»O ja«, antwortete dieser leise. »Die Zauberer haben sich schon vor Jahrhunderten von den Hexen abgespalten.«

»Und worin unterscheiden sie sich?«

»Das wirst du gleich sehen«, flüsterte Starlight.

Abby nickte und schaute sich in dem düsteren Theater um. Hoch über ihnen saß Benbow auf einem Kronleuchter und schien zu schlafen. Der lässt sich wohl überhaupt nicht beeindrucken, dachte sie.

12

Hissquick der Zauberer

Sir Chadwicks Ruf nach dem Zauberer war noch nicht verhallt, als ein seltsam aussehender Mann, einen langen Zauberstab unter den Arm geklemmt, auf die Bühne spazierte. Er trug eine schwarze Schachtel, die er zu Füßen des Meisters abstellte.

Der Neuankömmling war unglaublich dick und hatte einen langen, rötlichen Bart, der ihm bis zur Taille reichte. Auf seinem lilafarbenen Umhang und dem hohen, kegelförmigen Hut funkelten Tausende winziger Lichter.

Sir Chadwick lehnte sich zurück und musterte den Zauberer mit sichtlichem Missfallen. »Nun, Hissquick, welch neue Kur bringt Er heute meiner Pein?«, fragte er von oben herab.

Der dicke Mann deutete auf die Schachtel. »Ich habe hier etwas ganz Neues für Sie, Meister.«

»So spute Er sich, Zauberer. Mein geschundener Körper hält der verdrießlichen Rolle, die ich hier spiele, nicht mehr lange stand.«

Der Zauberer hob die Arme und sprach in einem merkwürdigen Singsang: »Ich habe den Rat meiner Kollegen von der Königlichen Gesellschaft der Magier, Zauberer und Heilkundler eingeholt. Sie haben mir diese Behandlung empfohlen, weisen jedoch ausdrücklich darauf hin, dass keine Erfolgsgarantie besteht.«

»Jaja, schon gut«, entgegnete Sir Chadwick resigniert. »Die schurkischen Umtriebe Seines Gewerbes sind mir zur Genüge bekannt. ›Keine Garantie auf Erfolg‹ – damit haltet ihr euch für jedes Versagen ein Hintertürchen offen. Welcher Narr von einem König hat euch eigentlich ermächtigt, den geplagten Lichthexen ihr Geld aus der Tasche zu ziehen?«

»Aelfric der Schlimme hat uns im sechsten Jahrhundert unser königliches Wappen verliehen«, antwortete der Zauberer steif. »Und ich darf Sie, bei allem Respekt, daran erinnern, dass Sie Ihr Problem letztlich selbst verschuldet haben.«

Sir Chadwicks Oberkörper schoss nach vorn. »Hüte Er seine Zunge, Zauberer«, donnerte er. »Ich bin der Meister der Lichthexen und stehe in der magischen Rangordnung immer noch über Ihm.«

Der dicke Zauberer hielt seinem Blick furchtlos stand. »Und ich darf Sie auch daran erinnern, Meister, dass Sie, als Sie mich erstmals um Hilfe baten, Ihre Rolle als Richard III. komplett vergessen hatten.«

Sir Chadwick beugte sich noch weiter vor und seine Stimme klang gefährlich leise. »Und jetzt kann ich keine andere mehr spielen. Vergiss Er nicht, dass ich den Kreuzzug gegen die Nachthexen angeführt habe. Und dass Er auf meinen Schutz angewiesen ist. Doch jetzt kann ich nichts anderes mehr spielen als Shakespeares Schurken Richard. Er hat mich der Lächerlichkeit preisgegeben!«

Der Dicke machte eine wegwerfende Handbewegung. »Alle unsere Zauber haben Nebenwirkungen. Ein geringer Preis, finde ich, verglichen mit dem, was Sie dabei gewonnen haben.«

»Gewonnen? Gewonnen?«, brüllte Sir Chadwick. »Nichts habe ich dabei gewonnen als den Ruf eines Clowns!«

Wieder hob der Zauberer abwehrend die Hand. Dann wies er mit schwungvoller Geste auf die Schachtel zu seinen Füßen und sagte: »Wie schon erwähnt habe ich einen neuen Trank zubereitet.« Er öffnete die Schachtel, nahm eine Glasflasche heraus und reichte sie Sir Chadwick. »Trinken Sie«, forderte er ihn auf.

Abby lehnte sich zu Captain Starlight hinüber und flüsterte: »Ob er wirklich glaubt, dass er den Kampf gegen die Nachthexen gewinnen kann?«

Der Captain nickte. »Das war schon immer das Problem mit den Lichthexen. Sie sind unverbesserliche Optimisten.«

In einem Zug kippte der Meister den Trank hinunter.

»Aaaaah!«, schrie er dann, fasste sich an den Hals und taumelte stöhnend über die Bühne.

»Jetzt spielt er Dr. Jekyll«, flüsterte der Zauberer weithin vernehmbar den erschrockenen Lichthexen am Tisch zu. »Er ist wirklich ein furchtbarer Schmierenkomödiant.«

Einen Augenblick später richtete sich Sir Chadwick auf und machte ein paar vorsichtige Schritte. Das Hinken war verschwunden.

»Ich bin geheilt!«, rief er triumphierend. »Endlich geheilt!«

»Gut, das hätten wir also«, sagte der Zauberer hastig und eilte zur Tür. »Immer gern zu Diensten. Ich schicke dann wie gewohnt meine Rechnung. Und denken Sie daran: Auch dieser Trank kann Nebenwirkungen haben.« Damit war er verschwunden.

Gleich nach dem Abgang des Zauberers eilte eine andere Gestalt auf die Bühne, ein rotgesichtiger Mann in schäbigem Mantel und Schlägermütze. Er schob ein Gerät vor sich her, das aussah wie ein stählerner Sarg auf Rädern. Der Geruch nach gebratenen Zwiebeln wehte plötzlich durch den Saal.

»Entschuldigen Sie die Verspätung, Meister«, rief der Mann, »aber die Geschäfte am Piccadilly Circus liefen plötzlich so gut, dass ich nicht eher wegkonnte.«

Der Meister legte die Hand an die Stirn. »So weit ist es schon gekommen: Der Große Schatzmeister des Ehrwürdigen Ordens der Lichthexen muss Hotdogs an Touristen verkaufen.«

»Möchten Sie auch einen, Meister?«

Sir Chadwick wedelte lässig mit der Hand. »Aber nicht zu viel Senf.«

Seinem Beispiel folgend versammelten sich auch die übrigen Lichthexen um den Schatzmeister und gaben ihre Bestellungen auf.

Als schließlich alle wieder saßen, klopfte Sir Chadwick auf den Tisch und sagte: »Hiermit eröffne ich die Sitzung. Schriftführer, sind alle anwesend?«

Ein Mann, der so spindeldürr war, dass ihm seine ausgefranste Kleidung um den Körper schlotterte, erhob sich kurz und sagte: »Alle anwesend, Meister.«

Sir Chadwick nickte. »Das Protokoll der letzten Sitzung, bitte.«

Der Schriftführer räusperte sich. »Es wurde beschlossen, auch weiterhin immer das zu tun, was Sie wollen, Meister.«

»Ausgezeichnet. Erster Tagesordnungspunkt. Geschäftsbericht.«

Der Schatzmeister stand auf und sagte: »Unsere finanzielle Lage ist unverändert, Meister.« Er griff in die Manteltasche und legte ein paar Geldscheine und eine Handvoll Münzen auf den Tisch. »Zur Stunde verfügen wir über sieben Pfund und achtundzwanzig Pence.«

Sir Chadwick beugte sich vor. »Und wie sieht es Ihrer Meinung nach bei den Nachthexen aus?«

»Unseren Schätzungen zufolge hatten sie drei gute Monate, Meister.«

»Wie gut?«

»Soweit ich weiß, haben sie mehr als zwei Milliarden Pfund eingenommen.«

»Und wie haben sie das angestellt?«

»Mit ihren neuen Heuschnupfen-Tabletten.«

Sir Chadwick war einen Moment lang verblüfft. »Seit wann stellen Nachthexen Tabletten gegen Heuschnupfen her? Es ist sonst nicht gerade ihre Art, etwas für das Wohlergehen der Menschen zu tun.«

Der Schatzmeister schüttelte den Kopf. »Sie haben den Menschen doch überhaupt erst den Heuschnupfen beschert. Die Tabletten helfen zwar dagegen, aber dafür bekommt man fürchterliche Kopfschmerzen und Schweißfüße.«

»Verstehe«, rief Sir Chadwick. »Raffiniert. Und jetzt arbeiten sie vermutlich an einem Mittel gegen Kopfschmerzen und Schweißfüße, von dem man noch etwas viel Schlimmeres bekommt.«

»Zweifellos, Meister«, entgegnete der Schatzmeister.

»Noch irgendwelche anderen Punkte?«, fragte Sir Chadwick seufzend.

Die junge Frau mit den blonden Haaren hob schüchtern die Hand. Sie trug ein halbwegs elegantes, aber schlecht sitzendes Kostüm und ihre weiße Bluse guckte hinten aus dem Rock.

»Wie war doch gleich Ihr Name und Ihre Aufgabe?«, fragte Sir Chadwick gleichgültig. Er schien das Interesse an den Vorgängen verloren zu haben.

»Ich bin's, Meister – Hilda Bluebell. Ich spiele nicht nur in Ihrem Ensemble mit, sondern wurde kürzlich auch zur Leiterin der Forschungs- und Entwicklungsabteilung ernannt. Außerdem haben Sie mich zu Ihrer persönlichen Assistentin gemacht.«

»Ach, richtig – Hilda. Ich habe Sie in Ihrem neuen Kostüm überhaupt nicht erkannt.«

»Sie haben mich beauftragt, sämtliche aktuellen Entwicklungen bei den Nachthexen im Auge zu behalten.«

»Richtig, richtig. Und, gibt es irgendetwas Neues?«

»Ja, Meister. Ich hörte von unserer Spionin Sally Oak, dass die Nachthexen eine andere Art von saurem Regen entwickelt haben. Die Testphase ist vermutlich schon abgeschlossen.«

Sir Chadwick schnaubte verächtlich. »Saurer Regen ist doch nichts Neues. Den haben sie schon vor Jahren entwickelt.«

Hilda Bluebell hüstelte kurz. »Dieser saure Regen ist anders, Meister. Er fällt im Haus.«

Sir Chadwick setzte sich auf. »Im Haus? Sie können sauren Regen machen, der in geschlossenen Räumen fällt?«

»Ja, Meister.«

»Haben Sie herausgefunden, wie das geht?«

»Ja.«

»Dann führen Sie es vor.«

»Hier drin, Meister?«

»Natürlich, im Freien wäre die Vorführung wohl ziemlich sinnlos, oder?«

Hilda Bluebell stand auf und wühlte in den Tiefen ihrer Handtasche, bis sie schließlich eine kleine Dose fand. Sie nahm eine Handvoll von dem Pulver darin, verstreute es im Saal und sang dabei:

»Schwarzer Regen, falle
und bedecke alle.
Ganz gleich, wohin du fliehst,
Schreckliches du siehst.
Natur ist außer Rand und Band,
es hilft kein Haus und keine Wand.«

Während sie noch rezitierte, wandte sich Sir Chadwick an den Schatzmeister. »Arbeiten die Nachthexen immer noch mit Reimen und solchem Zeug? Wo sie doch sonst immer so modern sein wollen?«

Unterdessen hatte im Theatersaal ein sanfter schwarzer Regen eingesetzt, und Abby sah zu ihrer Bestürzung, dass sich die Umrisse ihrer Begleiter abzuzeichnen begannen.

»Kannst du die Tropfen, die auf uns fallen, nicht auch unsichtbar machen?«, zischte Captain Starlight.

»Ich versuche es ja«, gab sie leise zurück. »Aber es gelingt mir nicht.«

»Schwarzstaub!«, murmelte Starlight. »Der Regen muss Schwarzstaub enthalten. Das gibt Ärger.«

13

Eisstaub

Hilda Bluebell entdeckte die Schattengestalten im Parkett als Erste. »Seht mal!«, rief sie. »Da sitzen drei Unsichtbare.«

Sir Chadwick stöhnte genervt und fragte, ohne sich umzudrehen: »Wie können Sie etwas sehen, das unsichtbar ist? Von jemandem in Ihrer verantwortungsvollen Position kann man wirklich etwas mehr Genauigkeit erwarten.«

»Aber sehen Sie doch hin, Meister! Das kommt vom sauren Regen!«

Sir Chadwicks Blick folgte der Richtung, in die Hildas Zeigefinger wies, und er rief erschrocken: »Eindringlinge! Sperrt alle Ausgänge. Verriegelt die Türen.« Er starrte auf die drei schattenhaften Umrisse in der ersten Reihe hinunter.

»Kennt einer von euch eine Zauberformel, mit der man sie vollständig sichtbar machen kann?«

»Ich könnte es versuchen, Meister«, bot Hilda Bluebell an. Sie klang auf einmal viel selbstsicherer.

»Na, dann los, meine Liebe«, drängte er.

Hilda überlegte einen Moment und sagte dann:

»Vase mit Blumen, Schale mit Früchten,
lass alle bösen Zauber flüchten,
mache sichtbar die Gestalten,
die sich vor uns verborgen halten.«

Abby stellte fest, dass sie immer deutlicher zu sehen waren.

»Ausgezeichnet!«, sagte Sir Chadwick. »Das hätte ich selbst nicht besser machen können.«

»Danke, Meister.« Hilda errötete.

»Wer seid ihr? Und wie könnt ihr es wagen, unbefugt diese Räumlichkeiten zu betreten?«, fragte Sir Chadwick und blinzelte zu ihnen hinunter. Dann blickte er gereizt nach oben. »Kann mal jemand diesen verdammten Regen abstellen?«

Anklagend richtete er den Finger auf Starlight und die beiden Kinder. »Warum habt ihr euch hier eingeschlichen?«

»Man zeigt nicht mit dem Finger auf andere Leute«, erwiderte Abby, fest entschlossen, sich nicht einschüchtern zu lassen.

»Immer schön höflich bleiben«, warnte der Meister, »sonst verwandle ich euch in Frösche.«

»Und wie sollen wir dann Ihre Fragen beantworten?«, gab Abby trotzig zurück.

»Ruhe!«, brüllte Sir Chadwick. Dann wandte er sich an Hilda Bluebell. »Das sind Spione der Nachthexen. Zaubern Sie mir eine Riesenratte und einen Käfig, dann sperren wir sie alle zusammen darin ein.«

»Hat das noch einen Augenblick Zeit, Meister?«, fragte Hilda Bluebell. »Ich habe ein wenig Schwierigkeiten, den Regen abzustellen.«

»Schicken Sie ihn doch einfach irgendwo anders hin.«

»Ich versuch's.«

»Aber bitte schnell«, jammerte Sir Chadwick. »Der ruiniert mir noch meinen letzten guten Anzug.«

»Wohin soll ich ihn denn schicken?«, fragte Hilda nervös.

Der Meister schaute sie an. »Ist mir gleich, Hauptsache, er fällt nicht mehr auf mich.« Er sah zu den anderen Lichthexen, die mit eingezogenen Schultern und hochgeschlagenen Kragen am Tisch saßen. »Wenn ihr sowieso nur herumsitzt, könntet ihr sie wenigstens ein bisschen anfeuern.«

Folgsam riefen jetzt alle: »Du schaffst es, Hilda!«, »Gut gemacht, Hilda!« und »Weiter so!«.

Sir Chadwick schien besänftigt. Hilda hob die Arme und sang:

»Saurer Regen, du musst wandern,
brich das Herz von einem andern.
Find ein finstres Hexennest,
und gib ihnen so den Rest.«

Ein lautes Zischen ertönte, und es war, als würde der Regen aus dem Theater gesogen. Sir Chadwick nahm eine der trüben Lampen aus ihrer Halterung an der Wand und sah sich die drei Eindringlinge genauer an. Als die Reihe an Captain Starlight kam, zögerte er. »Kennen wir uns nicht?«, fragte er.

Starlight machte eine kleine Verbeugung. »Allerdings, Sir. Captain Adam Starlight aus Massachusetts. Ehemals leitender Schiffbauingenieur der Meerhexen von Bright Town. Darf ich Ihnen meine Begleiter vorstellen: Abby Clover und Spike aus Speller.«

Sir Chadwick strich sich übers Kinn. »Adam Starlight, natürlich. Wir sind uns vor langer Zeit einmal in Bright Town begegnet. In glücklicheren Tagen … Sie waren damals auch als der Alte Seemann bekannt.«

Wieder verneigte sich Starlight.

»Auf Sie haben wir lange gewartet, Captain Starlight«,

sagte Sir Chadwick leise. »Wo ist der Eisstaub, den Sie aus Bright Town mitgenommen haben? Der war eigentlich für uns bestimmt.«

»Das ist eine lange Geschichte«, erwiderte Starlight.

Sir Chadwick nickte. »Dann sollten Sie wohl besser raufkommen und mir alles erzählen.«

Die drei kletterten auf die Bühne. Sir Chadwick setzte sich auf den knarrenden Thron. »Und jetzt erzählen Sie uns, was mit dieser Kiste Eisstaub passiert ist«, sagte er. »Von den letzten Verteidigern Bright Towns haben wir damals die Nachricht erhalten, Sie würden die Kiste hierherbringen.«

»Ich habe sie anderweitig verwendet«, sagte Starlight.

Sir Chadwick lehnte sich vor. »Ich will jetzt keine von Ihren wortkargen neuenglischen Antworten hören. Erklären Sie sich bitte etwas genauer.«

Starlight nickte. »Als ich erfuhr, dass Bright Town von den Nachthexen zerstört worden war, brachte ich die letzte Kiste Eisstaub, die die Bewohner versteckt hatten, an Bord meines Schiffs und machte mich auf den Weg hierher.«

»Ich weiß, ich weiß«, unterbrach ihn Sir Chadwick. »Dieser große Vogel, der Ihnen um die ganze Welt folgt, hat uns die Nachricht überbracht. Wir wussten, dass Sie unterwegs waren.«

»Ich war auf dem Weg hierher«, fuhr Starlight fort, »aber mitten auf dem Atlantik wurde ich von zwei Haibooten angegriffen.«

»Wer's glaubt, wird selig«, versetzte Sir Chadwick. »Wären Sie tatsächlich Haibooten begegnet, säßen Sie jetzt wohl kaum hier, um uns davon zu erzählen.«

»Gut möglich – hätte ich nicht den Eisstaub gehabt.«

»Wie meinen Sie das?«

»Ich habe meine Harpunen hineingetaucht, und als ich sie dann auf die Haiboote schleuderte, sind die explodiert.«

»Unsinn«, versetzte Sir Chadwick schroff. »Eisstaub wird nur für die Zauber der Lichthexen verwendet. Er ist ein Zauberpulver – kein Sprengstoff.«

»Wer sagt das?«, fragte Starlight.

Sir Chadwick machte eine wegwerfende Geste. »Das war schon immer so.«

»Nein, das haben wir nur immer geglaubt«, entgegnete Starlight. »Bei mir hat er wie Sprengstoff gewirkt.«

Sir Chadwick schwieg einen Moment und fragte dann: »Wie viele Haiboote haben Sie versenkt?«

»Neunundfünfzig bis zum heutigen Tag«, antwortete Starlight. »Dafür habe ich den Eisstaub verwendet.«

»Und es ist nichts mehr übrig?«

Starlight zuckte die Achseln. »Ein bisschen schon, aber

nicht viel. Ich hatte darauf gehofft, die neue Mine der Nachthexen in der Antarktis ausfindig machen zu können.«

»Eine neue Mine!«, rief Sir Chadwick verblüfft. »Es gibt also noch weitere Eisstaub-Vorkommen?«

»Ja. Eigentlich wollte ich den Nachthexen etwas von ihrem Vorrat stehlen. Aber uns ist ein dringenderes Problem dazwischengekommen.«

»Als da wäre?«

»Schlechte Nachrichten, fürchte ich: Die Nachthexen stehen kurz davor, die Lichthexen zu vernichten und die ganze Welt zu erobern.«

»Das kann nicht sein«, erwiderte Sir Chadwick beunruhigt. »Sie mögen uns eine vorübergehende Niederlage zugefügt haben, aber um uns zu vernichten, reicht ihre Zauberkraft nicht aus. Das ist Unsinn.«

»Glauben Sie?«, fragte Starlight. »Habt ihr nicht eine Spionin im Hauptquartier der Nachthexen namens Sally Oak?«

Sir Chadwick setzte sich auf. »Das habt ihr von Hilda Bluebell gehört, als ihr unsichtbar wart.«

»Und woher wissen wir dann, dass sie atomisiert wurde?«, mischte sich Abby ein.

»Atomisiert?«, wiederholte Sir Chadwick. »Was bedeutet ›atomisiert‹?«

»Das hier«, antwortete Abby und streckte die Hand aus.

Sir Chadwick beugte sich vor und betrachtete den kleinen gläsernen Würfel auf ihrer Handfläche. Er entdeckte die winzige Figur in seinem Inneren, die jetzt flehend die Hände hob, und zuckte entsetzt zurück. »Das ist das Werk der Nachthexen?«

»Ja«, sagte Abby. »Sie können euch vielleicht nicht töten, aber sie haben eine Möglichkeit gefunden, euch für alle Zeiten einzusperren.«

Sir Chadwick erschauerte. »Für alle Zeiten – die arme Sally.« Dann stand er plötzlich entschlossen auf. »Darum werden wir uns später kümmern. Also, was kann ich für euch tun?«

»Uns helfen«, antwortete Starlight. »Und ich kann Ihnen auch sagen, wie.«

Die anderen Lichthexen hatten entsetzt auf den Würfel mit Sally Oak darin gestarrt. Jetzt richteten sie ihre ängstlichen Blicke auf Sir Chadwick.

»Einverstanden«, sagte dieser und legte so viel Zuversicht in seine Stimme, wie er nur konnte. »Die Lichthexen werden euch mit all ihrer Macht zur Seite stehen.«

Während er noch sprach, begann seine Nase plötzlich zu wachsen und bedrohliche Ausmaße anzunehmen. Sir Chadwick befühlte entsetzt sein Gesicht. »Dieser verdammte Zauberer«, stieß er hervor. »Da haben wir schon eine der angekündigten Nebenwirkungen.«

»Je nach Blickwinkel sieht es gar nicht so schlimm aus«, meinte Spike, um etwas Tröstliches zu sagen.

Abby warf einen Blick in die Runde. Sie sah das schäbige Theater und Sir Chadwicks zerlumpte Gefährten, und was sie sah, stimmte sie nicht gerade zuversichtlich.

14

»Kavispol!«

Mit einem Wink schickte Sir Chadwick alle Lichthexen, bis auf Hilda Bluebell, von der Bühne. Dann nahm er die Paraffinlampe und führte Starlight, Abby, Spike und Hilda in seine Garderobe.

»Ich bitte, die mangelhafte Beleuchtung zu entschuldigen«, sagte er obenhin. »Ein vorübergehender Zahlungsengpass.« Der Raum, den sie betraten, war vollgestopft mit staubigen Kostümen, klapprigen, alten Stühlen und einem Sofa, dessen gebrochene Federn bedenklich quietschten, als Abby und Spike sich darauf niederließen. Sir Chadwick nahm vorsichtig auf einem Stuhl vor der Frisierkommode Platz und wandte sich ihnen zu.

»Also, wo fangen wir an?«, fragte er.

Abby reichte ihm die leere Pergamentrolle. »Darauf stand etwas geschrieben, mit einer Karte daneben«, sagte sie. »Aber dann ist alles verschwunden. Können Sie es wieder zum Vorschein bringen?«

Sir Chadwick nahm die Rolle und setzte sich umständlich eine Brille auf die riesige Nase. Er blickte Abby über die Gläser hinweg an und fragte: »Was genau ist passiert, als du dieses Pergament an dich genommen hast?«

»Darüber hing ein geschnitzter Dämonenkopf«, erklärte sie. »Ich dachte, er wäre aus Holz, aber als ich die Karte von der Wand nahm, brüllte er: ›Der Fluch von Mordoc soll dich treffen.‹«

Sir Chadwick zuckte zusammen und ließ das Pergament fallen. »Der Fluch von Mordoc«, wiederholte er leise und runzelte besorgt die Stirn. »Das ist ein sehr mächtiger Zauber.«

»Können Sie ihn nicht überwinden?«, fragte Starlight.

Sir Chadwick schüttelte hilflos den Kopf und deutete auf seine Nase. »Nicht in unserer derzeitigen Verfassung. Von unserer Macht ist nicht mehr viel geblieben.« Mit einem bedauernden Lächeln setzte er hinzu: »Mit Hotdogs allein kann man eine Lichthexe nicht bei Kräften halten.«

»Was brauchen Sie denn?«, fragte Starlight.

»Was uns schon so lange fehlt«, sagte Sir Chadwick. »Eisstaub.«

Starlight zog einen kleinen Lederbeutel aus seiner Seemannsjacke. »Wird das reichen?«, fragte er.

Sir Chadwick kniff die Augen zusammen und nahm den Beutel entgegen. »Hilda«, sagte er feierlich, »bringen Sie unsere Festroben.«

Hilda öffnete einen Schrank, in dem zwei Kostüme hingen, bei deren Anblick Abby einen Seufzer der Enttäuschung ausstieß. Sie waren aus grobem, sackleinenem Stoff gefertigt, unförmig und mottenzerfressen. Staub wirbelte auf, als Hilda sie von den Bügeln nahm.

Sorgfältig legten die beiden Lichthexen ihre Roben an. Dann nahm Sir Chadwick einen langen Zauberstab aus dem Schrank, der an einem Ende mit einer silbernen Kappe verschlossen war. Er schraubte sie ab und ließ mit großer Vorsicht etwas von dem Eisstaub aus Starlights Lederbeutel hineinrieseln.

Nachdem er ihn wieder zugeschraubt hatte, schwang er den Zauberstab ein paarmal durch die Luft wie ein Fechtmeister seinen Degen und sang mit einer Stimme, die plötzlich sehr bestimmt klang:

»Alte Freunde, eilt herbei,
zögert nicht und macht uns frei.«

Sofort schrumpfte Sir Chadwicks Nase wieder auf ihre normale Größe, und die schmuddeligen Roben erglühten in einem seltsamen, weißen Licht, so hell, dass Abby für einen Moment die Augen schließen musste. Als sie sie wieder öffnete, verschlug es ihr den Atem.

Sir Chadwick und Hilda waren kaum wiederzuerkennen, so prachtvoll sahen sie aus. Hilda trug ein wallendes, weißes Kleid aus einem Stoff, der leichter als Seide zu sein schien. Es war mit Silberfäden durchwirkt und mit Perlen bestickt. Auch ihr Gesicht war wunderschön. Es hatte seine Blässe verloren und wurde von langen blonden Locken umrahmt, in denen ein Silberdiadem steckte.

Sir Chadwick wirkte in seiner Robe noch viel imposanter. Er schien gewachsen zu sein und war in einen langen, wehenden Seidenumhang gehüllt, ähnlich wie ihn der Meister der Nachthexen getragen hatte. Sir Chadwicks Gewand jedoch funkelte silbern, und die flüchtigen Bilder, die es formte, zeigten Blumen und freundliche Gesichter.

Sir Chadwick hob das Pergament vom Boden auf und reichte es Hilda. »Halten Sie mal«, sagte er und schwang seinen Zauberstab.

Nach und nach wurden die Worte und Symbole auf dem Papier wieder sichtbar. Hilda legte das Dokument auf den Frisiertisch und alle versammelten sich darum.

»Können Sie das lesen?«, fragte Abby.

Sir Chadwick schüttelte den Kopf. »Die Sprache ist sehr altertümlich, vermutlich eine frühe Form des Isländischen. Jedenfalls sehr viel älter als alles, was mir bisher begegnet ist.« Er schaute Hilda an. »Was schlagen Sie vor?«

»Wir müssen den Bibliothekar um Hilfe bitten, Meister«, erwiderte sie.

Sir Chadwick stöhnte. »Und uns mit Sicherheit wieder eine Standpauke anhören.« Er zuckte die Achseln. »Aber die Zeit drängt. Bringen wir's hinter uns.« Sie hängten ihre Roben wieder in den Schrank. »Zurück auf die Bühne«, kommandierte Sir Chadwick.

»Wer ist denn der Bibliothekar?«, fragte Abby, während sie durch das Theater liefen.

»In seiner Obhut befinden sich sämtliche Aufzeichnungen der Lichthexen«, erklärte Sir Chadwick. »Zwanzig Jahrtausende Geschichte – Zauberbücher, Dokumente, Biografien, Legenden, Gesetzestexte und Rezepte – werden von ihm verwaltet.«

»Dann ist er sicher sehr gelehrt«, sagte Spike.

»Das schon«, antwortete Hilda. »Aber das hat seine Laune nicht unbedingt verbessert.«

Sie standen jetzt wieder auf der Bühne. »Hierher«, rief Sir Chadwick. »Stellt euch auf die Falltür, fasst euch an den Händen und schließt die Augen.«

Sie drängten sich um Sir Chadwick, und der rief mit donnernder Stimme: »Kavispol!«

Es gab einen Blitz, gefolgt von einem lauten Knall. Der Boden schien unter ihnen nachzugeben, und mit atemberaubender Geschwindigkeit stürzten sie hinab, immer tiefer in die pechschwarze Dunkelheit.

15

Mordocs Land

Während sie durch den langen, dunklen Schacht nach unten rasten, hielt Abby die ganze Zeit die Luft an. Erst als die Plattform, auf der sie standen, langsamer wurde und schließlich mit einem Ruck zum Stillstand kam, atmete sie wieder aus.

»Ihr könnt die Augen aufmachen«, sagte Sir Chadwick.

Voller Staunen sahen sie sich um.

»Heilige Haifischflosse!«, rief Captain Starlight.

Sie befanden sich in einem riesigen, steinernen Gewölbe, größer als jede Kathedrale. Die Decke war so hoch, dass sie im Halbdunkel kaum noch zu sehen war, während die Wände ringsherum, so weit man schauen konnte, mit endlosen Reihen von Büchern bedeckt waren.

An einem langen Tisch, auf dem sich weitere Bücher

türmten, saß eine einsame Gestalt, ein alter, gebeugter Mann, und schrieb mit einem Federkiel in einen großen, ledergebundenen Folianten. Er blickte nicht auf, als sie näher traten. Seine Haut war so weiß wie Papier und vorn auf seiner langen Nase saß eine Brille. Ein altmodischer Gehrock mit Fledermauskragen hing an seinem mageren Körper herab, aber noch auffälliger war sein schlohweißes Haar, das ihm über die Schultern und bis auf den Boden fiel, wo es einen schimmernden Teppich bildete.

»Hundert Jahre sind lange vorbei, Polartius. Sie sollten mal wieder zum Friseur gehen«, sagte Sir Chadwick jovial.

Abby und Starlight wechselten einen überraschten Blick, als sie den Namen des Bibliothekars hörten. Spike flüsterte: »Das ist der Name aus dem Brief deines Vaters, Abby.«

Der Captain legte einen Finger an die Lippen.

»Vielleicht können Sie uns helfen, Sir«, sagte Abby.

Doch der alte Mann beachtete sie nicht. Er blätterte in dem dicken Folianten und ließ seinen langen, dünnen Finger suchend über eine Liste gleiten. Dann sagte er mit hoher, näselnder Stimme: »Sie haben die Ausleihfrist für Ihr Exemplar der *Mittelalterlichen Liebestränke am französischen Hof* um nunmehr zweiundfünfzig Jahre überzogen,

Chadwick. Damit werden dreitausend Goldtaler Säumnisgebühren fällig.«

»Dafür ist jetzt keine Zeit, Polartius.« Sir Chadwick wedelte ungeduldig mit der Hand. »Erlauben Sie mir, Ihnen meine Freunde vorzustellen.«

»Sparen Sie sich die Mühe«, unterbrach ihn der alte Mann. »Ich glaube kaum, dass ich sie jemals wiedersehen werde, und ich kenne sowieso schon genügend Menschen. Was wollen Sie?«

»Können Sie diesen Text für uns übersetzen?«, fragte Sir Chadwick und legte das Pergament vor ihn hin.

Der Alte streckte eine tintenbefleckte Hand danach aus und hielt es sich dicht vor die Nase.

»Sehr merkwürdig«, schnaubte er. »Dieses Dokument wurde aus unseren Archiven gestohlen. Wie ist es in Ihren Besitz gelangt?«

»Wir haben es bei den Nachthexen gefunden.«

»Und die hatten es gestohlen, was? Typisch!« Kopfschüttelnd setzte er hinzu: »Aber wie sind sie bloß hier hereingekommen?«

»Das tut jetzt nichts zur Sache. Was halten Sie von dem Text?«

»Er ist offenbar auf Isländisch abgefasst.«

»So weit waren wir auch schon«, versetzte Sir Chadwick barsch. »Aber was steht drin?«

Der alte Mann zuckte die Achseln. »Ich kann mich kaum noch an diese Sprache erinnern. Ich habe sie seit über tausend Jahren nicht mehr gesprochen.«

»Könnten Sie nicht einen Ihrer Elfen um Hilfe bitten?«

»Die trinken gerade Tee.«

»Dann warten wir eben.«

»Wie Sie möchten, aber stehen Sie mir nicht im Weg herum.«

»Ich darf Sie daran erinnern, dass ich der Meister der Lichthexen bin«, sagte Sir Chadwick freundlich.

»Und ich bin für diese kostbaren Schriften verantwortlich«, erwiderte Polartius schroff. »Kümmern Sie sich um Ihre Angelegenheiten, und ich kümmere mich um meine.« Damit wandte er sich wieder seinem Folianten zu.

»Könnten wir vielleicht ein paar Stühle bekommen?«

Der alte Mann schwang den Federkiel und hinter ihnen tauchte eine Reihe unbequemer Holzstühle auf.

»Wir sollten ihn lieber bei Laune halten«, sagte Sir Chadwick leise.

»Aber warum müssen wir auf die Elfen warten, Sir Chadwick?«, fragte Abby. »Ich dachte, Sie sind der Meister.«

»Nur der Meister der Lichthexen«, antwortete er. »Elfen sind prima Kerle, solange man höflich zu ihnen ist. Aber sie hassen es, beim Teetrinken gestört zu werden.«

»Schsch!« zischte der Bibliothekar und wies auf ein großes Schild über ihren Köpfen, auf dem in Großbuchstaben RUHE stand. Abby und Spike waren sicher, dass es, genau wie die Stühle, vorher nicht da gewesen war.

Eine Weile saßen sie still da. Das einzige Geräusch war das Kratzen von Polartius' Feder. Abby wurde es allmählich langweilig, und Spike fing an, mit der Fußspitze auf den Boden zu klopfen, ließ es aber gleich wieder, als der Alte ihm einen strafenden Blick zuwarf.

Dann hörten sie ein leises Geräusch, wie das Rascheln von Blättern. Abby war überzeugt, dass es Gelächter war, und plötzlich, ohne dass sie hätte sagen können, woher sie gekommen waren, tummelte sich vor dem Pult des Bibliothekars eine ganze Schar lustiger kleiner Burschen, die Abby, wäre sie aufgestanden, kaum bis zur Schulter gereicht hätten.

Wie Polartius trugen sie altmodische Gehröcke und glänzende Zylinder auf dem Kopf. Sie scharten sich um die fünf Besucher und klimperten mit den Münzen in ihren Taschen.

»Hallo, Sir Chadwick«, riefen sie und winkten freundlich.

»Und, wie war Ihr Tee, meine Herren?«, erkundigte sich Sir Chadwick.

»Ausgezeichnet«, erwiderte einer, der etwas stämmiger

gebaut war als die anderen. »Es gab geröstete Rosinenbrötchen mit viel Butter und einen Schokoladenkuchen.«

»Wir brauchen jemanden, der für uns ein Dokument übersetzt«, sagte Sir Chadwick. »Aus dem frühen Isländisch.«

»Das kann ich wohl machen«, erwiderte der stämmige Elf.

»Aber nicht hier«, mischte sich der Bibliothekar ein. »Wenn Sie schwatzen wollen, gehen Sie mit ihnen ins Wohnzimmer.«

»Hören Sie nicht auf ihn«, flüsterte ein Elf. »Seit dem großen Brand von London hat er ständig schlechte Laune. Hier entlang bitte.«

Die Elfen gingen zu einem der Bücherregale und stemmten sich dagegen. Das Regal schwang auf und dahinter kam ein holzgetäfelter Raum zum Vorschein. In einem großen Marmorkamin prasselten die Scheite und alte Ledersessel und Sofas säumten die Wände, von denen zahlreiche Elfenporträts herabblickten.

»Machen Sie es sich bequem«, sagte der stämmige Elf. »Ich heiße übrigens Wooty … da Sir Chadwick offenbar nicht die Absicht hat, uns vorzustellen.«

»Ich bitte um Verzeihung für meine schlechten Manieren«, sagte Sir Chadwick hastig und holte das Versäumte nach.

»Captain Starlight! Sehr erfreut, wir haben schon viel von dem Alten Seemann gehört«, begrüßte Wooty ihn lebhaft. »Schön euch kennenzulernen, Abby und Spike. Hilda kennen wir natürlich schon länger. Darf ich Ihnen eine Tasse Tee anbieten? Ich für meinen Teil könnte noch ein Tässchen vertragen.«

»Gern, wenn es nicht zu viel Mühe macht.«

»Aber durchaus nicht«, antwortete der kleine Kerl und läutete eine Glocke neben dem Kamin. Die Tür ging auf und eine bucklige Gestalt in weißem Jackett betrat den Raum.

»Tee für alle bitte, Charters«, bestellte Wooty.

»Das Gleiche noch einmal, Sir?«, erkundigte sich der Diener.

»Das Gleiche noch einmal, nur für fünf Personen mehr.«

Wenig später kehrte der weiß gekleidete Diener mit einem großen Silbertablett zurück, auf dem sich Rosinenbrötchen, Schokoladenkuchen und feines Porzellangeschirr türmten. Vorsichtig stellte er es auf dem Tisch am Kamin ab.

»Soll ich einschenken?«, fragte Charters.

»Nein, danke. Wir bedienen uns selbst«, erwiderte Wooty. Bevor er mit seinen winzigen Händen nach der Teekanne griff, sagte er zu Abby und Spike: »Wollt ihr nicht schon mal mit den Brötchen anfangen?«, und wies auf zwei lange Gabeln, mit denen sie die Brötchen im Feuer rösten konnten.

Erst als alle Teller und Tassen gefüllt waren, entrollte der Elf das Pergament.

»Da ist ja auch eine Karte.«

»Von der Antarktis?«, fragte Abby aufgeregt.

Wooty schüttelte den Kopf. »Nein, das ist die Karte eines alten Wikingerreichs im hohen Norden.«

»Oh«, sagte Abby enttäuscht.

»Kopf hoch«, sagte Starlight tröstend. »Vielleicht verrät uns der Text, was wir wissen wollen.«

Wooty untersuchte weiter die Schriftrolle. »Interessant«, murmelte er dann. »Das ist eine Visionenlegende. Davon gibt es heute nicht mehr viele.«

»Was ist das, eine Visionenlegende?«, fragte Spike.

»Früher wurde diese Art von Legenden von Wahrsagern am Lagerfeuer erzählt. Wenn man in die Flammen sah, tauchten dort die entsprechenden Bilder auf.«

»Ich dachte, das sei nur eine Karte«, meinte Abby.

»O nein, das ist weit mehr als eine Karte«, entgegnete Wooty. »Soll ich anfangen?«

»Wenn Sie so weit sind«, sagte Sir Chadwick.

Wooty räusperte sich kurz und begann mit einer viel tieferen Stimme zu lesen:

»Die Heldensage von Turmecs Reise in Mordocs Land.

Ich bin Votar, und was ich euch zu berichten habe, ereignete sich vor langer Zeit. Wir waren ein Volk von Seefahrern und unser Land war zerrissen zwischen Mordoc, dem bösen Hexenmeister, und Turmec, dem guten König.«

Während Wooty las, starrten alle in die flackernden Flammen, um dort die Ereignisse mitzuverfolgen.

»Eines Tages gab es eine große Schlacht und Mordoc wurde besiegt. Er floh auf seinem letzten Schiff und schwor uns bittere Rache.

Turmec war ein weiser Herrscher, doch drängte es ihn, die Welt jenseits des Horizonts zu erkunden. Eines Tages, als er sich auf einer langen Reise befand, kehrte Mordoc zurück.

Er war inzwischen zu Reichtum gelangt und hatte eine neue Armee angeworben und neue Schiffe bauen lassen. Er zerstörte unser Dorf und unsere Flotte. Die wenigen von uns, die überlebten, hielten sich versteckt, um auf Turmecs Rückkehr zu warten. Als Turmec erfuhr, was geschehen war, erfasste ihn furchtbarer Zorn, und obwohl er nur noch ein Schiff besaß, beschloss er, Mordoc zu verfolgen.

Ich wurde als Kartograf und Chronist in die Mannschaft aufgenommen. Die Reise war hart und entbehrungsreich. Heftige Stürme zerrissen unsere Segel, und wir ruderten viele Tage lang, bis unsere Kraft erschöpft und unser Trinkwasser verbraucht war. Wir blickten schon dem Tod ins Auge, als plötzlich ein seltsames Schiff, das durch den Himmel fliegen konnte, zu uns herunterkam.«

Abby starrte gebannt in die Flammen und erkannte das Atlantisboot, das neben Turmecs Schiff auf dem Wasser landete. Sie packte Starlight am Arm, doch der bedeutete ihr, still zu sein.

Wooty sprach weiter: *»Die Menschen, die sich Atlantier nannten, nahmen uns mit in ihre Stadt. Turmec erzählte ihnen von den Gräueltaten Mordocs, und sie gaben ihm Seekarten zur Abschrift, die uns bei der Suche helfen sollten, und schenkten ihm eine Kristallkugel, die sogar Nebel durchdringen konnte.*

Die Atlantier beherrschten die Sprache der Wale und hörten von ihnen, dass in einem verborgenen Land weit im Süden eine große Flotte in See gestochen war. Und so fuhren wir dorthin, wo die See zu Eis wird. Dort gab es seltsame Vögel, die wie Menschen gingen und durchs Wasser flogen anstatt durch die Luft.«

Im Feuer war eine Gruppe Pinguine zu erkennen, die sich auf einer Eisscholle zusammendrängten.

»Es war ein raues Land, das wir erreichten. Weder Bäume noch Gras wuchsen dort, und Klippen aus Eis verwehrten den Zugang zur Küste. Wir fanden eine Bucht, doch in der lag Mordocs Flotte vor Anker, während wir nur über ein einziges Schiff verfügten.

Turmec suchte die Küste nach einem anderen Zugang ab und schließlich entdeckten wir eine Nebelbank auf dem Ozean. Wir segelten hinein und fanden dort Wale, die sich wohlig im Wasser treiben ließen. Ein warmer Zufluss mündete hier ins Meer. Turmec hatte den Weg in das verborgene Land gefunden.«

Plötzlich wurden wir von einer mächtigen Strömung erfasst. Turmec gelang es, das Schiff zu wenden, und wir ruderten mit aller Kraft dagegen an.«

Wooty unterbrach sich und nahm einen Schluck von seinem Tee. »Spannend, nicht wahr?«, wandte er sich an sein atemlos lauschendes Publikum. »Noch etwas Tee oder soll ich fortfahren?«

»Fortfahren!«, riefen alle im Chor.

Wooty nickte und nahm seine Übersetzung wieder auf.

»Der Fluss strömte aus einem Tunnel in der Eiswand hervor. Wir kämpften uns voran, bis wir ein strahlendes Licht vor uns sahen. Unvermittelt schoss das Boot aus dem Tunnel heraus und wir fanden uns wieder in einem höchst seltsamen Land.

Alles war in rotes Licht getaucht. Der Fluss war nun breiter und die Strömung sanfter. Turmec ging am Ufer vor Anker, und wir erkundeten die Umgebung.

Die Luft, die wir atmeten, war warm und nirgends war eine Spur von Schnee oder Eis zu entdecken. Seltsame Pflanzen wuchsen überall, riesige Farne und Bäume voller Blüten, die wie weiße und goldene Trompeten aussahen. Die warme, feuchte Luft legte sich wie Tau auf unsere Stirn. Zuerst glaubten wir Vögel am Himmel zu entdecken, doch es waren Schmetterlinge, so groß wie Adler.

Das Merkwürdigste aber war das Licht. Es ging von zwei Bergen aus, deren Gipfel in Flammen zu stehen schienen. Turmec erklärte es uns: ›Das Feuer aus diesen Bergen erwärmt die Luft. Was wir über uns sehen, ist nicht der Himmel, sondern die Decke einer riesigen Eiskuppel. Wir befinden uns in ihrem Innern, in einer Neuen Welt.‹

Turmec beschloss, die Erkundung per Schiff fortzusetzen. Der Fluss verlief aber nicht in einer geraden Linie, sondern schlängelte sich in weiten Bogen durch das ganze Land. Manchmal kamen wir den Rändern der riesigen Kuppel so nahe, dass wir die Wände aus Eis erkennen konnten. Dann wieder machte der Fluss eine Biegung ins Landesinnere zurück. Dort kamen wir zu einer Stelle, an der ein so gewaltiger Regen fiel, dass er wie ein Wasserfall herabstürzte. Man sah nichts als eine blaue Wasserwand, die alles dahinter verbarg.

Mehr Zeit verging, und wir kamen an den Ort, wo die Besatzung von Mordocs Flotte ihr Lager aufgeschlagen hatte. Mit Hilfe der Kristallkugel beobachteten wir sie aus der Ferne und sahen, dass sie aus den großen Farnen, die am Flussufer wuchsen, Behausungen errichtet hatten. Ihr Lager war hinter einer hohen, mit Eisenspitzen bewehrten Mauer versteckt und lag an einer Straße, die ins Landesinnere führte, zu dem Ort, an dem der Große Regen fiel.

Außerdem sahen wir, dass sie einen Tunnel in die Eiswand der Kuppel geschlagen hatten, mit einer Treppe, deren Stufen so breit waren, dass zehn Männer sie nebeneinander hinaufgehen konnten. Turmec erklärte, dies müsse wohl der Weg zu der Bucht sein, wo ihre Flotte vor Anker lag.

Wir sahen Männer, die große, schwer beladene Schlitten die

Straße entlangzogen, auf denen Berge von kostbaren Edelsteinen glänzten – Diamanten, Rubine und Smaragde. Mordoc hatte einen großen Schatz entdeckt.

Aber Turmec war verwundert. Wenn Straße und Fluss zu demselben Ort führten, warum nutzten Mordocs Männer dann nicht den Fluss, um ihren Schatz fortzuschaffen?

Wir fuhren weiter flussaufwärts und kamen zu einer Stelle, wo die Bäume zu beiden Seiten ihre Zweige so weit über das Wasser hinstreckten, dass sie unser Fortkommen behinderten.

Turmec schickte einen Mann an den Bug, der uns den Weg freihacken sollte. Algrav wurde dafür ausgewählt, und gerade als wir das schlimmste Dickicht überwunden hatten, geschah etwas Furchtbares.

Vor uns stieg ein riesiges, abscheuliches Ungeheuer aus dem Wasser empor! Sein schwarzer Körper war so breit wie unser Schiff und von Wunden übersät, während sein Kopf dem eines gigantischen gehörnten Schlachtrosses ähnelte. Aus seinem Maul blitzten uns Reihen gezackter Zähne entgegen und aus seinen hervorquellenden Augen sprach grenzenloser Wahnsinn.

Sein gewaltiger Kopf schnellte vor und verschlang Algrav mit einem Bissen, wie eine Forelle eine Fliege verschluckt. Dann tauchte es wieder unter. Turmec hieß uns weiterfahren, und im magischen Auge der Kristallkugel erkannten wir, dass das Ungeheuer auf dem Grund des Flusses ruhte. Es sah aus wie ein monströser Aal, bis auf die beiden Flossen in der Mitte des Körpers, und es war doppelt so lang wie unser Schiff. Nun wussten wir, warum Mordocs Männer eine Straße gebaut hatten. Sie fürchteten die Kreatur im Fluss.

Ein Tag verging, ohne dass sich die große Schlange noch einmal zeigte. Ich hatte meine Karte fast fertiggestellt. Das Einzige, was noch fehlte, war das Gebiet des Großen Regens, dem wir uns nun näherten.

Die Luft war hier so warm und feucht, dass die Blumen und Bäume noch höher wuchsen als sonst im Land. Dann standen wir endlich vor der mächtigen Regenwand, die das letzte Geheimnis barg.

»Oh!« Die Bilder in den Flammen verblassten plötzlich, und alle stießen einen Seufzer der Enttäuschung aus.

Wooty sah auf und sagte: »Das war's. Mehr steht hier nicht.«

»Aber da muss noch mehr stehen«, wandte Starlight ein.

»Vielleicht gibt es ein zweites Dokument mit dem Ende der Geschichte. Wir werden Polartius fragen«, meinte Sir Chadwick. Er wandte sich an Wooty. »Vielen Dank für Ihre Hilfe, mein Herr. Sollten wir einen zweiten Teil finden, werden wir Sie bitten, auch diesen zu übersetzen.«

»Immer gern«, sagte Wooty und winkte zum Abschied. »War mir ein Vergnügen, euch alle kennenzulernen.«

Spike und Abby, Starlight und Hilda folgten Sir Chadwick in die Bibliothek zu Polartius, der missbilligend aufsah, als die kunterbunte Gesellschaft sich wieder vor seinem Pult versammelte.

»Es gibt einen zweiten Teil zu diesem Dokument, Polartius«, sagte Sir Chadwick.

»Ich weiß«, erwiderte dieser.

»Können Sie es uns geben?«

»Es ist verschwunden.«

»Verschwunden?«

»Ja, sag ich doch«, gab Polartius gereizt zurück. »Offenbar hat der Dieb des ersten Teils auch die Fortsetzung gestohlen.«

»Ich fürchte, uns bleibt nicht die Zeit, zum Hauptquartier der Nachthexen zurückzukehren und den fehlenden Teil zu beschaffen«, sagte Captain Starlight an seine Gefährten gewandt. »Außerdem warten sie dort bestimmt schon auf uns.«

»Was sollen wir also tun?«, fragte Abby.

»Wir wissen jetzt, wo Mordocs Land zu finden ist, und wir kennen immerhin einige der Gefahren, die uns dort erwarten. Ich würde vorschlagen, dass wir sofort aufbrechen«, sagte Starlight mit Nachdruck.

»Ein ausgezeichneter Plan, mein Freund«, sagte Sir Chadwick und klopfte ihm auf die Schulter. »Wir werden sofort alle notwendigen Vorbereitungen treffen.«

»Sie wollen mitkommen?«, fragte Abby ungläubig.

»Selbstverständlich«, entgegnete Sir Chadwick. »Es gibt nur eines, das ich vorher noch erledigen muss.«

»Ich bewundere Ihren Kampfgeist, Sir«, sagte Captain Starlight. »Ich werde meine Meinung über die englischen Lichthexen wohl revidieren müssen.«

Sir Chadwick nahm das Kompliment mit einer Verbeugung entgegen.

16

Vergesst, wer ihr seid!

Mit einem erneuten Kanll und einer Rauchwolke klappte die Falltür in der Bühne des Alhambra-Theaters wieder auf, und Sir Chadwick und seine Begleiter verließen die Plattform, die sie aus den Tiefen der Bibliothek nach oben gebracht hatte. Benbow, der auf dem Kronleuchter im Zuschauerraum gewartet hatte, flatterte zu ihnen auf die Bühne hinab.

Abby und Spike gähnten vor Müdigkeit.

»Ich glaube, wir könnten jetzt alle eine Mütze Schlaf gebrauchen«, sagte Sir Chadwick. »Mein bescheidenes Heim steht Ihnen zur Verfügung. Hier entlang, bitte. Sie kommen mit, Hilda. Es ist wohl am besten, wenn Sie bei uns bleiben.«

Sie folgten ihm zu der Wendeltreppe hinter der Bühne, die zu einer Wohnung im oberen Stockwerk des Theaters führte. Das Wohnzimmer stand voller behäbiger

Polstermöbel. Überall, auf den Tischen, dem Kaminsims und sogar auf dem Klavier, lagen Requisiten aus den zahllosen Stücken, in denen Sir Chadwick gespielt hatte: mehrere Dolche, ein Totenkopf, persische Pantoffeln, Pfeifen, eine Revolver-Sammlung, zwei schottische Schwerter, Schnupftabaksdosen und eine Marmorbüste von Napoleon. Die Wände waren mit alten Fotos und Theaterplakaten geschmückt. Ein stattlicher, silberhaariger Mann stocherte in einem Feuer herum, das er gerade entfacht hatte.

»Shuffle, mein Butler«, stellte ihn Sir Chadwick vor. »Charters, seinen Bruder, haben Sie ja bereits kennengelernt. Er arbeitet für die Elfen. Shuffle, diese Leute sind meine Gäste. Bitte richten Sie Schlafzimmer für die Kinder und Miss Bluebell her. Sie möchten sich bald zurückziehen. Captain Starlight und ich werden uns noch einen kleinen Schlummertrunk genehmigen.«

»Und der Vogel, Sir?«, fragte Shuffle, wobei er mit dem Kopf auf Benbow wies, der auf der Napoleonbüste hockte.

»Um Benbow brauchen Sie sich keine Gedanken zu machen«, sagte Starlight. »Öffnen Sie einfach ein Fenster für ihn. Er schläft am liebsten draußen.«

»Wie Sie wünschen, Sir«, sagte Shuffle ausdruckslos. »Wann gedenken die Herrschaften zu frühstücken?«

»Punkt sieben – und zwar mit allem, was zu einem

guten englischen Frühstück gehört«, sagte Sir Chadwick.

Shuffle hüstelte diskret.

»Was gibt's?«, fragte Sir Chadwick.

»Die Finanzen, Sir. Ich fürchte, die hiesigen Händler werden uns keinen Kredit mehr geben. Um genau zu sein, sind sie in letzter Zeit fast schon unhöflich geworden.«

»Bringen Sie mir meinen Geldanzug«, sagte Sir Chadwick großspurig.

Shuffle hüstelte erneut. »Sie werden sich vielleicht erinnern, Sir, dass der nicht mehr funktioniert.«

»Nun bringen Sie ihn schon her!«

Kurz darauf kam Shuffle mit einem bunt karierten, fadenscheinig wirkenden Anzug zurück.

Sir Chadwick schwang seinen Zauberstab und eine Prise Eisstaub rieselte funkelnd auf den Stoff hinab. Sekunden später erstrahlte auch dieser Anzug in neuem Glanz. »Schauen Sie in der Innentasche nach«, wies Sir Chadwick seinen Butler an.

Shuffle tat, wie ihm geheißen, und zog eine Handvoll Banknoten hervor.

»Wird das reichen?«

»Vollkommen, Sir. Könnten Sie dasselbe vielleicht auch mit dem Whisky machen?« Er hielt eine leere Karaffe hoch.

»Ich habe eine bessere Idee«, sagte Sir Chadwick. »Captain Starlight und ich werden kurz in meinem Klub vorbeischauen. Es wird Zeit, dass ich meine Schulden dort begleiche.«

»Soll ich auf Sie warten, Sir?«

»Nein, wir werden nicht lange fort sein. Sobald die anderen versorgt sind, gehört der Abend Ihnen.«

»Vielen Dank, Sir.«

»Wir sehen uns dann alle beim Frühstück«, sagte Sir Chadwick. »Einen Moment noch, Starlight, ich streife nur schnell meinen Geldanzug über.«

Abby war so müde, dass sie schon beim Waschen kaum noch die Augen offen halten konnte. Sobald sie in dem gemütlichen Bett lag, das Shuffle ihr zugewiesen hatte, schlief sie sofort ein. Mitten in der Nacht wurde sie von lautem Poltern und Lärmen geweckt.

»Hörst du das auch, Spike?«, rief sie. Er schlief im Zimmer nebenan.

»Jetzt ja«, antwortete er. »Das sind nur Sir Chadwick und Captain Starlight, die Seemannslieder singen. Schlaf weiter.«

Als sie das nächste Mal die Augen aufschlug, war Shuffle gerade dabei, die Vorhänge in ihrem Zimmer aufzuziehen. Draußen auf dem Fenstersims saß Benbow. Shuffle öffnete das Fenster und der Vogel hüpfte ins Zimmer.

»Kann er auch ein Frühstück bekommen, Mr Shuffle?«, fragte Abby.

»Und was würde so einem Vogel schmecken, Miss? Und nur Shuffle, bitte, ohne Mister.«

»Er mag gern Fischbällchen.«

»Lachs oder Kabeljau?«

»Lachs, glaube ich.« Benbow nickte zustimmend.

»Ich habe den Tisch im Wohnzimmer gedeckt«, kündigte Shuffle an. »In einer halben Stunde wird das Frühstück serviert.«

Abby nahm ein heißes Bad in Sir Chadwicks prachtvoll gefliestem Badezimmer und bewunderte die Wasserhähne aus glänzendem Messing und den großen Kupferboiler.

Als sie in ihr Zimmer zurückkam, stellte sie fest, dass ihre gesamte Kleidung gewaschen und gebügelt worden war.

Spike und Hilda Bluebell saßen schon am Tisch, als Abby eintrat, aber Captain Starlight und Sir Chadwick waren nirgends zu sehen. Shuffle brachte eine dampfende Silberschüssel herein. »Als Erstes gibt es Porridge, wenn Sie mögen«, verkündete er. »Oder Grapefruit. Und in den Schüsseln auf der Anrichte finden Sie Eier und Speck, Würstchen, Nierchen und gebratene Tomaten.«

»Ich nehme von allem etwas«, sagte Spike mit leuchtenden Augen.

»Noch kein Lebenszeichen von Sir Chadwick und Captain Starlight?«, fragte Hilda Bluebell.

»Bisher nicht, Miss. Soviel ich weiß, wurden sie gestern länger als erwartet in Sir Chadwicks Klub aufgehalten.«

Hilda und die Kinder waren fast schon mit dem Frühstück fertig, als Sir Chadwick schließlich den Raum betrat. Er trug einen langen, bestickten Morgenrock und war weder rasiert noch gekämmt. Seine Augen blickten abwesend. Captain Starlight folgte wenig später. Schweigend saßen die beiden da, bis Sir Chadwick irgendwann vom Tischtuch aufblickte und zu Starlight sagte: »Sie haben Ihre Mütze vergessen.«

»Ich bitte um Verzeihung«, erwiderte der Captain steif und stand auf. »Ich werde sie gleich holen.«

Während er fort war, bemerkte Sir Chadwick: »Ich muss schon sagen, der Captain hat wirklich eine schöne Stimme.« Dann schwieg er wieder. Captain Starlight kam zurück, und beide tranken drei große Tassen Kaffee. Solchermaßen gestärkt räusperte sich Sir Chadwick und sagte zu Hilda: »Schicken Sie an alle Lichthexen Einladungen zu einer außerordentlichen Versammlung heute Nachmittag um drei.«

»Mit einer schriftlichen Einladung können wir sie nie und nimmer rechtzeitig erreichen, Meister«, widersprach Hilda. »Ich werde die Vögel um Hilfe bitten müssen.«

»Können Sie das denn?«, fragte Sir Chadwick.

Hilda straffte den Rücken. »Ich habe am Merlin College unter anderem auch Vogelsprachen studiert, Meister. Ich beherrsche sogar Dodo, und das ist eine tote Sprache.«

»Meine Hochachtung, Hilda. Dann rufen Sie Ihre gefiederten Freunde herbei.«

Sie ging zum Fenster und klatschte viermal in die Hände. Einen Moment lang war es still, dann hörte man plötzlich das Schwirren Tausender kleiner Flügel und der Himmel vor dem Fenster wurde von einem Schwarm quirliger Stare verdunkelt. Hilda öffnete das Fenster und begann, wie ein Vogel zu zwitschern.

Als sie es wieder schloss, fragte Spike: »Was haben Sie zu ihnen gesagt, Hilda?«

»Eine ungefähre Übersetzung würde lauten:

Gefiederte Freunde, furchtlos und frei,
ruft mir die Lichthexen herbei.
Um drei Uhr werden sie hier erwartet,
Absagen sind heute nicht gestattet.«

Sie beobachteten, wie die Stare einen Bogen flogen und dann in alle Richtungen auseinanderstoben.

Sir Chadwick wandte sich an die anderen. »Wie steht es eigentlich mit der Verpflegung für unsere Expedition?«

Captain Starlight nahm die Mütze ab und kratzte sich am Kopf. »Wir haben noch ein bisschen Schiffszwieback, einen guten, kräftigen Käse und jede Menge Boston Baked Beans. Aber ein paar Gläser saure Heringe könnten wir auch noch gebrauchen.«

Sir Chadwick schüttelte sich. »Ich habe heute Vormittag sehr viel zu tun. Vielleicht könnten Sie für mich zu Fortnum & Mason am Piccadilly fahren. Man kennt mich dort. Geben Sie ihnen einfach das hier.« Er reichte Starlight eine Visitenkarte. »Sagen Sie ihnen, sie sollen ein paar Proviantkisten für mich zusammenstellen. Mit ausreichenden Vorräten für uns alle und für einen Zeitraum, den Sie für angemessen halten.« Er überlegte kurz und fragte dann: »Wie reisen wir denn überhaupt?«

»In unserem Atlantisboot«, antwortete Abby.

»Eine Seereise – ausgezeichnet! Ich brauche eine Backbordkabine und eine Koje für Shuffle.«

»Wir haben leider nicht genug Platz, um Shuffle mitzunehmen«, wandte Captain Starlight ein.

Das schien Sir Chadwick nicht weiter zu stören. »Tja, dann müssen Sie wohl hierbleiben, Shuffle.«

»Ich werde versuchen, mir meine Enttäuschung nicht anmerken zu lassen, Sir.«

»Gut, gut«, sagte Sir Chadwick. »Vergessen Sie nicht, Captain, dass Sie um eins wieder hier sein müssen. Die Vorräte sollten Sie bis dahin an Bord gebracht haben.«

Starlight überlegte kurz. »Ich kann die Einkäufe auch allein erledigen«, sagte er dann. »Wie wär's, wenn ihr Kinder euch ein paar Sehenswürdigkeiten von London anschaut, wenn ihr schon mal hier seid? Vielleicht kann Sir Chadwick für ein paar Stunden auf Miss Bluebell verzichten, damit sie euch herumführt?«

»Ja, sicher«, murmelte Sir Chadwick zerstreut. »Solange sie um eins wieder hier ist.«

»Was haben Sie denn vor?«, fragte Starlight.

Sir Chadwick trommelte mit den Fingern auf die Tischplatte. »Ich will einen Verräter in unserer Mitte entlarven«, antwortete er.

»Und wie wollen Sie das anstellen, Meister?«, fragte Hilda.

»Darüber denke ich ja gerade nach«, sagte Sir Chadwick.

Hilda Bluebell nahm ihre Pflichten als Reiseführerin sehr ernst. Um halb eins hatten Abby und Spike den Tower von London, den Buckingham-Palast, das Britische Museum, das Naturkundemuseum, das Wissenschaftsmuseum und den Zoo im Regent's Park besichtigt. Mit U-Bahn, Doppeldecker und Taxi waren sie kreuz und quer durch London gefahren.

»Ach herrje«, seufzte Hilda schließlich, als sie auf den Stufen der Nationalgalerie am Trafalgar Square standen. »In einer Viertelstunde müssen wir wieder am Theater sein, dabei haben wir so vieles noch gar nicht gesehen.«

»Nicht so schlimm«, sagte Spike, dem schon die Füße wehtaten.

»Tja, am besten laufen wir zurück«, sagte Hilda. »Es ist nicht mehr weit.«

Eiligen Schrittes machten sie sich auf den Weg und waren schon bald wieder in der Shaftesbury Avenue. Beim Anblick des Alhambra-Theaters verschlug es Abby und Spike fast die Sprache, so sehr hatte sich das Theater verändert. Im Licht der Herbstsonne schien es förmlich zu leuchten. Neue Plakate waren ausgehängt, und ein Schild über dem Eingang verkündete:

Sir Chadwick Street präsentiert
– nur für geladene Gäste –:
Eine Sondervorstellung von
PETER PAN
von J. M. Barrie
In den Hauptrollen:
Sir Chadwick Street als *Captain Hook*
Hilda Bluebell als *Peter Pan*
Abby Clover als *Wendy*
Spike Findelkind als *Nana*.

»Ach herrje«, sagte Hilda. »Dann muss ich wieder dieses fliegende Kostüm anziehen. Ich hatte so darauf gehofft, dass jemand anderes die Rolle übernehmen würde.«

»Was für ein fliegendes Kostüm?«, fragte Spike.

»Du wirst schon sehen«, antwortete Hilda und schob die beiden vor sich her ins Theater.

Abby war verwundert. »Ich dachte, Sir Chadwick wollte einen Verräter entlarven. Warum führt er dann so kurz vor unserer Abreise noch ein Theaterstück auf?«

»Er wird schon seine Gründe haben«, erwiderte Hilda.

Als Spike und Abby den Zuschauerraum betraten, bot die Bühne ein Bild des Chaos. Handwerker hämmerten und rückten Möbel hin und her, die zum Bühnenbild des Kinderzimmers der Familie Darling gehörten, während

Sir Chadwick in seinem Captain-Hook-Kostüm daneben stand und über den Lärm hinweg Anweisungen brüllte.

»Wo sind die Kinder?«, bellte er jetzt.

»Hier, Meister«, rief Hilda.

»Ausgezeichnet«, schrie Sir Chadwick. »Abby spielt Wendy und Spike den Hund, Nana. Für die Rollen von John und Michael nehmen wir zwei Elfen, und der Rest von ihnen gibt die verschleppten Jungen.«

»Aber ich kann nicht die Wendy spielen«, sagte Abby nervös. »Ich kenne den Text doch gar nicht.«

»Unter meiner Anleitung wird das schon klappen, mein Kind«, versicherte ihr Sir Chadwick. »Alle Mitwirkenden in zehn Minuten auf die Bühne. Die Generalprobe beginnt in einer halben Stunde.«

Der Lärm hatte schon wieder eingesetzt, als eine Frau im Orchestergraben die Hand ausstreckte und Sir Chadwick am Mantel zupfte. Er schaute zu ihr hinunter und legte dann eine Hand ans Ohr, konnte aber immer noch nicht verstehen, was sie sagte. Schließlich brüllte er so laut, dass er noch im hintersten Winkel des Theaters zu hören war: »Stopp!«

Sofort war alles still.

»Wer sind Sie und was wollen Sie?«, fragte Sir Chadwick herrisch.

»Ich bin Clara Parsley, Meister – wissen Sie nicht

mehr? Sie haben mich vorhin zur Theatermanagerin ernannt«, antwortete sie.

»Aber natürlich, meine Liebe«, sagte Sir Chadwick. »Und Sie machen Ihre Sache wirklich gut. Worum geht's denn?«

Clara warf einen Blick auf ihr Klemmbrett. »Das Theater ist seit Jahren nicht mehr geputzt worden. In zwei Logen gibt es Wespennester, drei Sitzreihen sind kaputt und die Hälfte der Lampen funktioniert nicht.«

Sir Chadwick seufzte. »Hat jemand meinen Zauberstab gesehen?« Ein Bühnenarbeiter fand ihn in den Kulissen und brachte ihn nach vorn.

Sir Chadwick überlegte einen Moment, dann schwang er den Zauberstab und rief:

»O Musen der Dichtkunst, helft unsrem Stück,
verleiht diesem Haus seine Pracht zurück.«

Feiner Eisstaub rieselte glitzernd aus der Spitze des Zauberstabs hervor und sauste, als besäße er einen eigenen Willen, in die finstersten Ecken des Theaters. Wie ein Gemälde, das von einer dunklen Firnisschicht befreit wird, erstrahlte die schmuddelige Einrichtung in neuem Glanz. Die gewaltigen Kronleuchter funkelten und spiegelten sich in den Messingverzierungen der Ränge und Logen.

Das Polster der Sitzreihen glänzte wieder rosenrot und der dunkelblaue Teppich sah aus wie neu.

Von der Falltür auf der Bühne ertönte ein lauter Knall, und aus den Tiefen der Bibliothek kam eine Schar Elfen heraufgefahren, die sich aus Platzmangel in Pyramidenform aufgestellt hatten und nun wie ein Trupp altmodisch gekleideter Akrobaten auf die Bühne sprangen.

»Alle Mitwirkenden rücken jetzt bitte einmal dicht zusammen«, ordnete Sir Chadwick an. »Ich möchte diese Zauberformel nur einmal sprechen.«

Unter Sir Chadwicks prüfendem Blick drängten sich alle nebeneinander.

»So wird's gehen«, sagte er, schwang wieder seinen Zauberstab und rief:

»Vergesst, wer ihr seid,
macht euch bereit!
Schlüpft hinein in die Rolle,
die euch erfüllen solle.
Peter Pan heißt das Stück –
Es geht los! Nun viel Glück!«

Abby spürte, wie die winzigen Eisstaub-Körnchen auf sie herabrieselten und einen Moment lang auf ihrer Haut kribbelten.

»Alle zum Umziehen in die Garderobe«, rief Sir Chadwick. »In fünf Minuten geht es los.«

Abby folgte den anderen und bekam einen Umkleideraum zugewiesen, den sie mit Hilda teilte. Eine langhaarige Perücke und ein altmodisches Nachthemd lagen schon für sie bereit.

Hilda half ihr beim Schminken und beim Anlegen der Weste, die sie tragen musste, um an Drähten über die Bühne fliegen zu können. Schließlich musterte sie sich zufrieden in dem hohen Spiegel.

»Ich sollte mich jetzt auch umziehen«, seufzte Hilda. Sie öffnete den Schrank und holte einen großen Pappkarton heraus, der sich bewegte, als säße etwas Lebendiges darin.

»Benimm dich«, sagte Hilda scharf. Dann öffnete sie den Deckel und das Peter-Pan-Kostüm flog aus dem Karton und schwebte vor ihnen, als würde es von einer unsichtbaren Gestalt getragen.

»Keine faulen Tricks«, ermahnte Hilda das Kostüm, während sie sich rasch umzog.

»Warum haben wir nicht alle so ein fliegendes Kostüm?«, fragte Abby neidisch.

Hilda setzte sich einen kleinen Hut mit Feder auf den Kopf, bevor sie antwortete. »Sir Chadwick hat dieses Kostüm nach einem ausgiebigen Lunch in seinem Klub gezaubert«, erklärte sie. »Offenbar war er schon ein bisschen müde, deshalb hat es nicht so ganz geklappt. Das Kostüm ist jedenfalls ziemlich eigenwillig – nicht wirklich boshaft, nur ein wenig schelmisch, wie der echte Peter Pan. Aber Sir Chadwick hat beschlossen, bei den anderen Kostümen lieber kein Risiko einzugehen.«

Es klopfte an der Tür und eine Stimme rief: »Alle auf die Bühne.«

Abby holte tief Luft. Auf einmal hatte sie schreckliches Lampenfieber.

17

Der Verräter

Abby fand Spike hinter den Kulissen, angetan mit einem Hundekostüm. Er lugte durch einen Spalt im Vorhang und sagte aufgeregt: »Das Theater ist bis auf den letzten Platz besetzt. Aber Captain Starlight habe ich noch nicht gesehen.«

Abby war schrecklich nervös. Sie hatte nicht die geringste Ahnung, was sie auf der Bühne machen sollte.

In diesem Moment kam Sir Chadwick. Er flüsterte Hilda etwas zu, wandte sich dann an die übrigen Darsteller und rief: »Alle auf ihre Plätze.« Bei diesen Worten wurde Abby plötzlich ganz ruhig. Auf einmal wusste sie genau, was sie zu tun hatte. Der Vorhang öffnete sich und ein erwartungsvolles Raunen ging durchs Publikum.

Abby hatte noch nie eine Aufführung von *Peter Pan* gesehen, und so erlebte sie die Geschichte jetzt, als würde sie ihr tatsächlich widerfahren. Ohne Zögern sprach sie ihre Zeilen, als wären sie ihr eben eingefallen.

Zwischen zwei Auftritten traf sie Sir Chadwick hinter der Bühne, und als er ihren Gesichtsausdruck bemerkte, sagte er freundlich: »Dich hat wohl das Theaterfieber gepackt, mein Kind.«

»Es ist so wunderbar – fast wie …« – sie suchte nach Worten.

»Magie?«, schlug er vor und lächelte verschmitzt.

»Jedenfalls magischer als alles, was ich je erlebt habe«, sagte Abby zustimmend. »Sogar noch magischer, als sich unsichtbar machen zu können. Ist das immer so auf der Bühne, Sir Chadwick?«

»Für mich schon, mein Kind«, erwiderte er sanft.

Als der Schlussvorhang fiel, erhoben sich die Lichthexen unter Bravorufen von ihren Plätzen. Unzählige Male mussten sich die Schauspieler verbeugen, und der Applaus war noch nicht verebbt, als Sir Chadwick wieder auf die Bühne trat und die Hand hob.

»Meine Damen und Herren, liebe Freunde und Angehörige des Ehrwürdigen Ordens der Lichthexen, bitte nehmen Sie noch einmal Platz.«

Ein Tuscheln und Raunen ging durch den Zuschauerraum und Sir Chadwick hob Ruhe heischend die Hand.

»Ich habe Ihnen leider eine Mitteilung zu machen,

die Ihre und unsere Freude an dieser Aufführung etwas trüben dürfte.« Er machte eine dramatische Pause und setzte dann hinzu: »Wir haben einen Verräter in unserer Mitte.«

Erneut erhob sich aufgeregtes Getuschel.

»Ich bitte Sie noch einen Moment um Ruhe«, fuhr Sir Chadwick fort. »Diese Person, die im Auftrag der Nachthexen handelt, hat ein wertvolles Dokument aus unserer Bibliothek entwendet und dem Feind wichtige Informationen zugespielt.« Sir Chadwick hob triumphierend beide Arme. »Die gute Nachricht ist jedoch: Wir haben den Verräter entlarvt, und ich kann Ihnen nun offenbaren, wer es ist.«

Anklagend wies er mit dem Finger auf eine Person, die in der dritten Parkettreihe am Gang saß, und donnerte: »Sie sind der Schuldige, Sir!«

Eine hohe Gestalt mit gebogener Nase und wirren schwarzen Locken sprang auf und versuchte, aus dem Theater zu fliehen, wurde jedoch sogleich von mehreren Elfen überwältigt, die sich schon während Sir Chadwicks Rede angeschlichen hatten.

»Auf die Bühne mit ihm!«, befahl Sir Chadwick.

»Ich bin Cosmo Nettlebed. Ich habe nichts getan. Ich bin *unschuldig*!«, rief der Mann, während ihn die Elfen zu Sir Chadwick führten.

Abby war verblüfft. »Nettlebed! So hieß doch der Deckhelfer auf Captain Starlights Schiff, als er mit meinen Eltern unterwegs war«, flüsterte sie Spike ins Ohr. »Er muss gewusst haben, wer Polartius ist, und dann hierher gekommen sein, um die Karte zu stehlen. Durch ihn haben die Nachthexen also von den Eisstaub-Vorkommen in der Antarktis erfahren.«

Spike nickte, während er gebannt die Geschehnisse auf der Bühne verfolgte.

»Ich habe nichts getan!«, rief Nettlebed immer wieder.

»Ruhe!«, donnerte Sir Chadwick. »Es gibt unwiderlegbare Beweise für Ihre Schuld, Nettlebed!«

»Dann verlange ich, dass sie mir genannt werden«, gab Nettlebed zurück.

»Sie sind wohl kaum in der Position, Forderungen zu stellen, Sir!«

»Ich habe das gleiche Recht, gehört zu werden, wie Sie. Ich bin ein Hexenmeister erster Klasse«, rief Nettlebed.

»Das werden wir gleich sehen«, erwiderte Sir Chadwick und blickte sich suchend um. »Wo ist mein Peter Pan?«, rief er.

»Hier oben, Meister«, antwortete Hilda, und aller Augen gingen zur Saaldecke, wo sich Hilda an einem Kronleuchter festklammerte.

»Was zum Kuckuck machen Sie da oben?«, fragte Sir Chadwick. »Kommen Sie sofort herunter.«

»Ich kann nicht, Meister«, erwiderte Hilda. »Das Kostüm lässt mich nicht.«

Sir Chadwick schüttelte drohend die Faust. »Ich habe dich gewarnt, Kostüm. Dieses Benehmen werde ich nicht länger dulden.« Er schwang seinen Zauberstab und rief:

»Kostüm dort oben, Werk meiner Hände,
erkenn deinen Platz, dein Spiel ist zu Ende!
Den Ungehorsam gewöhne dir ab,
bring Hilda sofort zu uns herab!«

Als er die Zauberformel gesprochen hatte, ließ Hilda den Kronleuchter los und das Kostüm schwebte mit ihr in einem eleganten Bogen auf die Bühne hinunter. Sir Chadwick nahm Hildas Hand und sagte: »Und jetzt erklären Sie bitte dem Publikum, welche Anweisungen ich Ihnen vor der Aufführung gegeben habe.«

Hilda wandte sich an die Zuschaer. »Sir Chadwick trug mir auf, in der Szene, in der Tinker Bells Leben bedroht ist, das Publikum scharf im Auge zu behalten.«

Sir Chadwick trat einen Schritt vor. »Meine Damen und Herren, wir alle kennen die Szene, in der Peter Pan die Zuschauer bittet, zu klatschen, um Tinker Bells Leben zu retten, nicht wahr?«

»Selbstverständlich«, riefen die Lichthexen.

»Und was tat dieser Schurke in diesem entscheidenden Moment?« Sir Chadwick wies auf den Gefangenen und sah Hilda fragend an.

»Er klatschte nicht, Meister.«

Im Publikum wurde Empörung laut.

Sir Chadwick hob die Arme. »Brauchen wir da noch mehr Beweise?«, rief er. »Eine Lichthexe, die nicht klatscht, um Tinker Bells Leben zu retten!«

»Ich weise die Beschuldigung zurück«, rief Nettlebed.

»Sie streiten also weiterhin ab, insgeheim ein Hexenmeister der Finsternis zu sein?«, fragte Sir Chadwick gebieterisch.

»Jawohl«, heulte Nettlebed.

Sir Chadwick richtete sich zu seiner vollen Größe auf. »Dann lassen Sie mir keine andere Wahl. Als Meister der Lichthexen verurteile ich Sie zu einer Strafe, die Ihnen, sind Sie eine Lichthexe, nicht viel ausmachen wird. Gehören Sie jedoch zu den Hexen der Finsternis, wird sie Ihnen Todesqualen bereiten.« Sir Chadwick machte eine dramatische Pause. »Ich verurteile Sie dazu, von den Elfen gekitzelt zu werden.« Wieder ging ein Raunen durchs Publikum.

»Was ist denn daran so schrecklich?«, fragte Abby Hilda, die neben ihr stand. »Von den Elfen gekitzelt zu werden – das klingt doch gar nicht so schlimm.«

»Für dich nicht, weil du keine Nachthexe bist«, entgegnete Hilda. »Aber Nachthexen können es nicht ertragen, sich lächerlich zu machen. Ihr Stolz lässt sie Höllenqualen leiden. Sie lachen überhaupt nur, wenn anderen ein Unglück widerfährt. Wenn sie aus anderen Gründen lachen, lässt jedes Kichern sie um Jahre altern. Sollte Nettlebed eine Nachthexe sein, würde er lieber ein heißes Bad nehmen, als von den Elfen gekitzelt zu werden.«

»Das Urteil wird sofort vollstreckt«, verkündete Sir Chadwick feierlich, und die Elfen, die Nettlebed umringten, machten sich sogleich an die Arbeit. Zwei von ihnen zogen ihm Schuhe und Strümpfe aus und holten Federn aus ihren Taschen, während ein paar andere ihre winzigen Finger unter Nettlebeds Umhang schoben und nach seinen Rippen suchten.

Fast eine Minute lang schaffte es Nettlebed, sich das Lachen zu verkneifen. Dann konnte er sich nicht länger beherrschen. Zuerst drang ein Kichern zwischen seinen zusammengepressten Lippen hervor, dann hilfloses Prusten, und schließlich wand er sich in brüllendem Gelächter.

Unter den Lachsalven, die seinen Körper schüttelten, wurde Nettlebeds schwarzes Haar allmählich schmutzig grau. Seine gebogene Nase wurde noch länger, seine Haut blass und runzlig und seine Finger krümmten sich zu Klauen.

»Genug«, rief Sir Chadwick endlich. »Bringt uns einen Spiegel.«

Ein großer Spiegel wurde auf die Bühne getragen und vor Cosmo Nettlebed abgestellt. Beim Anblick seines Spiegelbilds schrie er wütend auf. »Verdammt sollt ihr alle sein«, rief er. »Der Fluch von Mordoc soll euch treffen.«

»Ihr Fluch kann hier nichts mehr bewirken, Nettlebed. Ihre Kraft ist verbraucht«, antwortete Sir Chadwick.

»Mag sein, dass meine Kraft verbraucht ist«, rief Nettlebed in einem letzten Aufbegehren. »Aber auch die Lichthexen sind dem Untergang geweiht! Wir haben den Alten Seemann entführt. Captain Starlight wird euch nicht mehr helfen.«

»Wohin habt ihr ihn gebracht?«, fragte Sir Chadwick scharf.

»An einen geheimen Ort, von dem nicht einmal ich etwas weiß, so dass ihr ihn auch nicht aus mir herausquetschen könnt«, sagte Nettlebed triumphierend.

»Schafft ihn fort«, ordnete Sir Chadwick an. »Und streicht seinen Namen aus dem Großen Buch der Lichthexen.« Er wandte sich wieder an das Publikum.

»Meine Damen und Herren, ich danke Ihnen für Ihre Hilfe. Wenn Sie jetzt so freundlich wären, das Theater zu verlassen – wir werden Sie über alles Weitere auf dem Laufenden halten.«

Abby und Spike liefen zu Sir Chadwick hinüber. »Was können wir bloß tun, um Captain Starlight zu helfen?«, fragte Abby.

»Vor allem eines: Ruhe bewahren«, wies er sie zurecht. »Zieht euch jetzt erst einmal um. Wir treffen uns oben in meiner Wohnung.«

Bevor Abby von der Bühne ging, ließ sie noch einmal den Blick durch den Zuschauerraum wandern. Doch Benbows vertraute Gestalt war nirgends zu sehen.

18

Hilda Bluebell und die Vögel

Als Abby und Spike an die Tür von Sir Chadwicks Wohnzimmer klopften, hörten sie das Zwitschern eines Vogels, das auch nicht abbrach, als Sir Chadwick »Herein« rief. Beim Eintreten sahen die Kinder, dass der Vogelgesang von Hilda kam.

»Ausgezeichnet, Hilda. Ganz entzückend. Ich muss sagen, Sie verstehen Ihr Handwerk. Und jetzt möchte ich Sie um Folgendes bitten: Wir wissen, dass Captain Starlight zu Fortnum & Mason am Piccadilly wollte. Auf dem Weg dorthin ist er verschwunden. Finden Sie heraus, ob die Vögel etwas Ungewöhnliches bemerkt haben, das uns Hinweise auf seinen Verbleib geben könnte.«

»Darf ich dieses Fenster benutzen, Meister?«, fragte Hilda und deutete auf die gegenüberliegende Seite des Zimmers.

»Bitte, nur zu«, antwortete er. »Ich werde Shuffle bitten, uns ein frühes Abendessen zuzubereiten. Das Mittagessen musste ja wegen der Vorführung ausfallen.«

Hilda öffnete das Fenster und fing laut zu zwitschern an. Dann wechselte sie zu einem Gurren und schließlich zu einem melodischen Pfeifen. Schon bald drängten sich die Vögel auf der Fensterbank und Scharen von ihnen verdunkelten den Himmel. Sie schienen mit Hilda zu sprechen. Nach einer Weile drehte sie sich zu Sir Chadwick um. »Zwei Tauben scheinen etwas gesehen zu haben, Meister. Darf ich sie hereinbitten?«

»Aber natürlich.«

Der große Vogelschwarm löste sich auf, und zwei dicke Tauben hüpften von der Fensterbank ins Zimmer. Sie setzten sich auf den Tisch und fingen gleich an zu gurren. Hilda übersetzte.

»Sie sagen, sie hätten einen Mann mit Kapitänsmütze gesehen, der am Piccadilly mehrere Kisten mit Lebensmitteln in ein Taxi lud. Ein großer, weißer Vogel saß oben auf der Burlington Arcade und hat ihn beobachtet.«

»Das muss Benbow gewesen sein«, warf Spike ein.

Sir Chadwick hob die Hand. »Fahren Sie fort.«

Die Tauben gurrten wieder, und Hilda übersetzte. »Als er gerade die letzte Kiste ins Taxi schob, sind vier Gestalten in dunklen Umhängen aufgetaucht. Sie haben eine seltsame Staubwolke heraufbeschworen und den Mann damit eingehüllt. Es sah aus, als würde er zu Boden stürzen. Die Wolke wurde immer dichter, bis nichts mehr zu erkennen war, und als sie sich wieder auflöste, waren alle verschwunden.«

Ihre Zuhörer schwiegen bedrückt. »Vielleicht haben sie ihn ins Hauptquartier der Nachthexen gebracht«, brach Abby schließlich die Stille.

Hilda schüttelte den Kopf. »Das wäre sicher von anderen Vögeln beobachtet worden.«

»Haben sie Benbow noch einmal gesehen?«, fragte Sir Chadwick.

Hilda fragte die Tauben gurrend, aber die schüttelten den Kopf. Sie dankte ihnen, und die beiden flogen durch das Fenster davon. Hilda wollte es gerade schließen, als sie weit oben am Himmel einen Punkt entdeckte, der rasch größer wurde. Es war Benbow, der kurz darauf ins Zimmer hüpfte und sich auf dem Kaminsims niederließ.

»Weiß er, wo die Nachthexen Captain Starlight hingebracht haben?«, fragte Sir Chadwick.

»Albatros beherrsche ich leider nicht, Meister. Das ist eine Geheimsprache«, erklärte Hilda.

Benbow hüpfte zu einer alten Schreibmaschine im Regal und tippte mit dem Schnabel auf eine Taste. Dann schaute er Abby an.

»Könnten Sie ein Blatt Papier in die Maschine spannen, Sir Chadwick?«, fragte sie.

Er tat es, und Benbow tippte rasch ein paar Buchstaben auf.

»Das Verlorene Land!«, las Sir Chadwick. »Ach du meine Güte«, fügte er leise hinzu. »Das sind schlechte Nachrichten.«

»Wo liegt das Verlorene Land?«, fragte Spike. »Können wir sie nicht dorthin verfolgen?«

Sir Chadwick nickte. »Doch, das können wir. Und genau das wird ihre Absicht sein. Sie stellen uns eine Falle.«

»Was für eine Falle?«, fragte Spike.

»In das Verlorene Land hineinzukommen ist sehr leicht. Wieder herauszukommen, das ist die Schwierigkeit«, erklärte Sir Chadwick.

»Worin besteht denn die Schwierigkeit?«, fragte Abby.

»Du musst sicher sein, von jemandem so sehr geliebt zu werden, dass dieser Jemand sich nichts sehnlicher wünscht, als dich wiederzusehen.«

»Das ist doch nicht schwierig«, meinte Abby. »Ich weiß, dass meine Eltern mich so sehr lieben.«

»Und was ist mit mir?«, fragte Spike.

Abby schaute ihn an. »Tante Lucy und Onkel Ben lieben dich, Spike.«

»Bist du sicher?«

»Ganz sicher.«

»Na, dann kann ja nichts schiefgehen«, sagte Spike mit einem Grinsen.

»Wir können aber nicht alle dorthin«, sagte Sir Chadwick.

»Warum nicht?«, fragte Abby.

Sir Chadwick zog den Lederbeutel aus der Tasche und schüttelte ihn. »Wir haben nicht mehr viel Eisstaub übrig. Wir müssen ihn streng rationieren. Und es gibt noch einen anderen Haken.«

»Welchen?«, fragte Spike.

Sir Chadwick sackte auf seinem Stuhl zusammen. »Ich müsste euch eigentlich begleiten – das Problem ist nur, dass es wohl niemanden auf der Welt gibt, der mich so sehr liebt.«

»Niemanden?«, fragte Abby mitfühlend.

Sir Chadwick schüttelte traurig den Kopf. »Ich hatte einfach nie Zeit für romantische Beziehungen. Im Theater gab es immer so viel zu tun. Und meine Pflichten als Meister der Lichthexen haben auch noch die restliche Zeit verschlungen.«

Alle schwiegen betreten und blickten zu Boden. Dann räusperte sich Hilda, und Abby sah, dass sie knallrot geworden war. »Ich liebe Sie, Meister«, flüsterte Hilda.

Sir Chadwick blickte sie traurig an. »Bewunderung ist

nicht dasselbe wie Liebe, mein Kind – ich wünschte, es wäre so.«

»Nein«, sagte Hilda etwas lauter. »Ich liebe Sie wirklich.«

Sir Chadwick machte ein bestürztes Gesicht. »Aber der Altersunterschied – Sie sind doch noch so jung, während ich … also, ich …«

»In Lichthexenjahren sind Sie zweiunddreißig, Meister«, erklärte Hilda mit fester Stimme. »Nur sieben Jahre älter als ich – und Sieben ist eine Glückszahl.«

Sir Chadwick schien völlig perplex. »Sind Sie sicher?«

Hilda seufzte. »Sie halten sich immer für älter, als Sie sind, weil Sie ständig den alten Vater von König Lear gespielt haben. Deshalb dränge ich Sie ja auch schon so lange, endlich einmal *Romeo und Julia* aufzuführen. Romeo ist schließlich erst achtzehn, das würde Ihr Zeitgefühl vielleicht wieder zurechtrücken.«

»Wäre ich dann nicht ein bisschen zu jung für Sie?«

»Nicht, wenn ich die Julia spiele«, gab Hilda zurück. »Die ist gerade erst vierzehn.«

»Und Sie lieben mich wirklich?«

»Aber ja.«

Sir Chadwick nahm ihre Hand und küsste sie. »Meine Julia!«

»Hoffentlich sind die beiden bald fertig«, flüsterte

Spike Abby vernehmlich zu. »Und was sind überhaupt Lichthexenjahre?«

Sir Chadwick sah Spike an. »Ein Lichthexenjahr entspricht zwanzig Menschenjahren.«

Abby stellte eine kurze Berechnung an – sie war gut im Kopfrechnen. »Aber dann müssten Sie ja sechshundertvierzig Jahre alt sein!«, stieß sie hervor.

»Ganz recht«, antwortete Sir Chadwick und wandte sich noch einmal an Spike. »Und du hast ebenfalls Recht. Unser Privatleben muss jetzt hinter unserer Pflicht zurückstehen. Wir haben wichtige Dinge zu erledigen.«

»Solche Dinge erledige ich am liebsten«, sagte Spike.

Sir Chadwick lehnte sich an den Kamin. »Hilda, mein Kind – Verzeihung: meine Liebste –, würdest du bitte Feenbänder für Abby, Spike und mich knüpfen, und auch eins für Starlight, falls wir ihn finden.« Benbow ließ ein sanftes Krächzen hören. »Oh, Verzeihung. Und natürlich auch eins für Benbow.«

»Was sind Feenbänder?«, fragte Abby.

Sir Chadwick wandte sich ihr zu. »Die Fäden eines Feenbands werden aus winzigen Eisstaub-Körnern gemacht. Sie lassen sich auf jede beliebige Länge dehnen und sind dabei so fein, dass angeblich nur Feen sie sehen können.«

»So dünn wie Spinnweben?«, fragte Abby.

»Noch viel dünner«, sagte Sir Chadwick und stützte sich auf die Büste von Napoleon. »Außerdem sind sie nicht ganz einfach herzustellen. Männer knüpfen sie fast immer zu dick.«

»Und wozu brauchen wir sie?«, fragte Abby.

Sir Chadwick trommelte auf Napoleons Kopf. »Wir stecken sie uns an den Finger. Wenn wir nach Hause wollen, denken wir an jemanden, der uns liebt, und schon bringen sie uns wieder in Sicherheit.«

»Sind wir dort denn in Gefahr?«

»Das Verlorene Land ist nicht von dieser Welt«, erklärte Sir Chadwick. »Dort sammeln sich alle Dinge, die von ihren Besitzern verloren wurden. Und wenn man erst einmal dort ist, kann es schnell passieren, dass man auch selbst verloren geht.«

»Das verstehe ich nicht«, sagte Abby.

Sir Chadwick überlegte einen Moment. »Ist es dir schon mal so gegangen, dass du ein Spielzeug in irgendeiner Ecke vergessen hast, und als du es dann irgendwann wieder hervorholen wolltest, war es nirgends mehr zu finden?«

Abby nickte. »Ja, das kenne ich.«

Sir Chadwick beschrieb mit den Händen einen Kreis. »Nun, aller Wahrscheinlichkeit nach befindet es sich jetzt im Verlorenen Land. Jeder von uns hat irgendwelche früheren Besitztümer dort. Aber wie ich schon sagte, es gehört nicht zu dieser Welt. Wenn wir dem Verlorenen Land einen Besuch abstatten wollen, brauchen wir ein Feenband, das uns in unsere Welt zurückbringen kann.«

»Ich glaube, jetzt habe ich es kapiert«, sagte Abby, obwohl sie das alles immer noch ziemlich verwirrend fand.

»Tja, ich nicht«, sagte Spike traurig. »Ich kann mich nicht erinnern, jemals etwas verloren zu haben – ich weiß ja nicht mal, ob ich jemals etwas besessen habe.«

Sir Chadwick nickte nachdenklich. »Tja, in deinem Fall könnte es tatsächlich Komplikationen geben, mein Junge. Vielleicht solltest du besser hierbleiben.«

»Ich möchte aber mitkommen«, versicherte Spike eifrig.

»Ich weiß, ich weiß«, sagte Sir Chadwick und hob abwehrend die Hände. »Aber du könntest uns in Gefahr bringen, und das willst du doch nicht, oder?«

»Auf gar keinen Fall«, sagte Spike widerstrebend. Es sah so aus, als müsste er sich mit Sir Chadwicks Entscheidung abfinden.

Während Hilda an den Feenbändern arbeitete und Abby ihre Melodie zum Unsichtbarmachen übte, döste Sir Chadwick in einem Sessel am Kamin. Auch Benbow machte ein Nickerchen. Er saß auf der Büste von Napoleon, den Kopf unter einen Flügel gesteckt.

Schließlich stand Hilda auf und sagte: »Die Bänder sind fertig.« Sie hielt vier Ringe hoch. »Diese drei, Meister, sind für Sie, Abby und Benbow. Sie können sie gleich anstecken. Den Ring für Starlight bewahren Sie am besten in der Westentasche Ihres Anzugs auf. Sobald Sie den Captain gefunden haben, müssen Sie ihm das Band an den Finger stecken.«

Benbow reckte ein Bein und Hilda streifte ihm den Ring über. Dann steckte sie Abby und Sir Chadwick ihre Ringe an.

»Wunderbare Arbeit«, sagte Sir Chadwick und betrachtete seine Finger. »Vollkommen unsichtbar.«

Abby wedelte mit der Hand, an der sie den Ring trug. Er war kaum zu spüren. »Fühlt sich nicht sehr stabil an«, sagte sie.

»Niemand weiß, wie stabil ein Feenband tatsächlich ist«, sagte Sir Chadwick. »Angeblich sollen drei Lichthexen schon einmal einen Elefanten aus dem Verlorenen Land zurückgebracht haben. Mit nur einem einzigen Band.«

»Wie kann man denn einen Elefanten vergessen?«, fragte Spike.

Sir Chadwick rutschte unbehaglich in seinem Sessel

hin und her. »Nun ja, ich war damals sehr von den Proben für ein neues Stück in Anspruch genommen«, sagte er und stand auf. »Ich hatte viel um die Ohren.« Verlegen klopfte er seine Hose ab. »Wir sollten uns jetzt auf den Weg machen.«

»Wie kommt man denn ins Verlorene Land?«, fragte Abby.

»Tja, als Erstes müssen wir verloren gehen, was in unserem Fall bedeutet: Wir müssen uns verirren«, sagte Sir Chadwick und öffnete das Fenster. »Wir treffen uns unten auf der Straße, Benbow.«

19

Taxi nach East End

Wenige Minuten später standen Sir Chadwick, Abby und Benbow in der Shaftesbury Avenue. Sir Chadwick winkte ein Taxi heran. »Ich fahr nur noch ins East End zurück, Kumpel«, grunzte der Fahrer, als sich Sir Chadwick zum Seitenfenster hinunterbeugte.

»Ausgezeichnet«, sagte Sir Chadwick. »Das East End war mir schon immer ein Rätsel. Kennst du dich dort aus, Abby?«

»Ich bin zum ersten Mal in London«, gab sie zurück.

»Und du, Benbow? Warst du schon mal dort?«

Benbow schüttelte den Kopf.

Sir Chadwick wandte sich wieder an den Fahrer. »Wo wohnen Sie denn im East End?«

»Paint Lane 46, Whitechapel.«

»Dann bringen Sie uns dorthin«, sagte Sir Chadwick und stieg ein.

»Der Vogel kostet extra«, brummte der Taxifahrer mit einem Blick auf Benbow.

»Geld spielt keine Rolle«, erwiderte Sir Chadwick. »Und bitte schnell, wir haben's eilig.«

Der Taxifahrer zuckte die Achseln und fädelte sich in den Verkehr ein.

»Wir schließen jetzt alle die Augen«, sagte Sir Chadwick. »Wir dürfen nicht wissen, wo wir hinfahren.«

Mit geschlossenen Augen fuhren sie durch die Straßen von London, bis das Taxi schließlich hielt.

»Paint Lane«, verkündete der Fahrer.

Sie stiegen aus und standen in einer menschenleeren Gasse mit Kopfsteinpflaster, die zu beiden Seiten von kleinen Reihenhäusern aus Backstein gesäumt war. Es nieselte und irgendwo schlug eine Kirchturmuhr.

»Genauso habe ich es mir vorgestellt«, sagte Sir Chadwick nach einem Blick auf die trostlose Gegend. »Nur schade, dass es nicht neblig ist.«

»Wir haben hier seit 1961 keinen Nebel mehr gehabt«, fauchte der Fahrer. Er riss Sir Chadwick das Geld aus der Hand, stiefelte zur Nummer 46 hinüber und knallte die Haustür hinter sich zu.

»So ein ungehobelter Bursche«, sagte Sir Chadwick. »Vielleicht sollte ich ihm etwas Nebel aus dem Verlorenen Land mitbringen, wenn uns die Zeit dazu bleibt.«

»Was machen wir jetzt?«, fragte Abby.

»Wir schließen wieder die Augen und denken an etwas, das wir vor langer Zeit verloren haben. Und das wünschen wir uns mit aller Kraft zurück. Hast du alles verstanden, Benbow?«

Der Vogel nickte.

»Ihr beide fangt an«, sagte Sir Chadwick.

Abby dachte an ein Holzpferd, das sie früher einmal besessen hatte. Sie erinnerte sich sogar noch an die kleinen roten Räder an Stelle der Hufe.

»Stell es dir noch genauer vor«, rief Sir Chadwick. Seine Stimme klang weit entfernt.

Plötzlich hörte Abby ein Rauschen und ihr war, als würde sie durch eine lange, enge Röhre gezogen. Sie streckte die Hände aus. Das Innere der Röhre war glatt und weich wie Samt. Dann machte es auf einmal ›Plopp‹ und sie spürte wieder festen Boden unter den Füßen.

»Willkommen im Verlorenen Land«, sagte Sir Chadwick. »Ihr könnt die Augen wieder aufmachen.«

20

Im Verlorenen Land

Der Anblick, der sich ihnen bot, verschlug Abby den Atem. Sie standen auf einer Düne, und eine scheinbar endlose Wüste aus goldenem Sand erstreckte sich in alle Richtungen bis zum Horizont. Die Sonne brannte von einem strahlend blauen Himmel herab. Hoch oben zog Benbow seine Kreise. Abby trug ihr Atlantis-Cape, aber seltsamerweise war ihr nicht zu warm.

»So habe ich es mir nicht vorgestellt«, sagte sie.

»Es wird auch nicht lange so bleiben«, antwortete Sir Chadwick. »Komm.«

»Woher wissen Sie, in welche Richtung wir gehen müssen?«, fragte Abby.

Sir Chadwick zuckte die Achseln. »Im Verlorenen Land ist es egal, welchen Weg man einschlägt. Wir suchen Captain Starlight, also werden wir ihn auch irgendwann finden.«

»Wie können Sie da so sicher sein?«

Sir Chadwick blieb stehen. »Weil wir ihn finden *wollen*. Entschuldige, ich vergesse immer wieder, dass du noch nie hier gewesen bist.« Dann fuhr er eindringlich fort: »Hör zu, das ist jetzt sehr wichtig: Du darfst hier auf keinen Fall irgendetwas berühren, das dir früher einmal gehört hat – und du darfst auch mit niemandem sprechen, den du aus der Vergangenheit kennst.«

»Warum nicht?«, fragte Abby.

»Weil die Nachthexen dich sonst hierbehalten können«, erklärte Sir Chadwick. »Sie haben dieses Land nur deshalb geschaffen, um die Menschen mit Hilfe ihrer Sehnsüchte in die Falle zu locken. Sobald du etwas berührst, das du gerne wiederhättest, musst du für immer hierbleiben. Aus der Vorstellung wird dann schreckliche Wirklichkeit.«

»Aber hier ist doch alles ganz wirklich.«

»Meinst du?«, fragte Sir Chadwick. »Warum ist dir dann überhaupt nicht warm?« Er zeigte zum Himmel. »Eigentlich sollte uns die Sonne auf den Pelz brennen.«

»Darüber habe ich mich auch schon gewundert«, sagte Abby.

»Es liegt daran, dass wir gerade die Sehnsucht eines anderen Menschen erleben, nicht unsere eigene. Vielleicht hat ein arabisches Kind diesen Tag irgendwann einmal vergeudet und denkt jetzt voller Reue daran zurück. Vergiss nicht, dass hier alles einem ständigen Wandel unterworfen ist. Die Menschen vergeuden so viele Tage ihres Lebens.«

Sie liefen ein paar Schritte und fanden sich plötzlich auf einem steilen Gebirgspfad wieder. Es war Winter und es schneite. »Verstehst du jetzt, was ich meine?«, fragte Sir Chadwick.

»Sehr verwirrend, das Ganze«, sagte Abby.

»Wie alles, was die Nachthexen anrichten. Geh einfach immer weiter.«

Wie Sir Chadwick es vorausgesagt hatte, veränderte sich die Umgebung ständig. Waren sie eben noch durch einen Regenwald gelaufen, in dem bunte Tropenvögel durch die Bäume huschten, so überquerten sie im nächsten Moment eine weite, grasbestandene Ebene, an deren Horizont sich gerade ein heftiges Gewitter entlud.

Dann dehnte sich auf einmal ein langer Sandstrand vor ihnen aus. Auf einer Seebrücke spielte eine Blaskapelle. Einen Lidschlag später liefen sie bei Nacht durch die Straßen einer schönen Stadt, in der nur Pferdefuhrwerke unterwegs waren. Dann wieder standen sie an einem hellen Sommertag am Rand einer Klippe. Abby kannte die Stelle. Es war der Pfad, der zu der Bucht oberhalb von Speller führte. Sie wurde von einem unbeschreiblichen

Glücksgefühl erfasst. »Ich bin zu Hause«, rief sie. Und da entdeckte sie das kleine Holzpferd, das sie verloren hatte. Es lag neben dem Pfad im Gras, und Abby hörte, wie ihre Tante ihren Namen rief.

»Ich bin hier, Tante Lucy«, rief Abby und wollte sich schon zu dem Spielzeugpferd hinunterbeugen, als Sir Chadwick sie unsanft zurückzog und ihr die Hand auf den Mund legte. »Das ist eine Falle, Abby«, flüsterte er und blickte sich verstohlen um. »Jetzt wissen die Nachthexen, dass wir hier sind. Sie haben mit Sicherheit deine Stimme gehört.«

»Woher wissen Sie das?«, wisperte sie.

»Ich habe gerade meine Lieblingskneipe gesehen, und ein paar alte Freunde standen im Eingang und riefen nach mir.«

»Das habe ich nicht gesehen.«

»Das ist ja gerade der Trick«, erklärte Sir Chadwick. »Genauso wenig habe *ich* gesehen, wonach du die Hand ausgestreckt hast. Aber mir war klar, dass du irgendetwas anfassen wolltest. Starlight muss ganz in der Nähe sein. Die Fallen, die sie uns stellen, folgen immer dichter aufeinander.«

Sie liefen weiter und wieder änderte sich die Umgebung. Plötzlich war es Frühling und sie wanderten durch eine sanfte Hügellandschaft. Die schmale Straße, der sie folgten, war von niedrigen Hecken gesäumt. Zu beiden Seiten erstreckten sich Wiesen und Felder, auf denen Kühe und Schafe grasten oder Feldfrüchte wuchsen. Sie kamen zu einem Bauernhof, wo ein Hahn krähte und eine dralle Bauersfrau in der Tür stand und die Hände an ihrer Schürze abtrocknete.

»Komm rein, mein Kind, du kannst ein Glas Buttermilch bei mir trinken«, rief sie. Sie hatte denselben Akzent wie Captain Starlight.

»Schau nicht hin«, mahnte Sir Chadwick. »Offenbar sind wir jetzt in Neuengland, der Heimat, die Starlight verloren hat. Er ist uns sicher schon ganz nahe. Und die Nachthexen auch.«

Hinter der nächsten Hügelkuppe stand eine alte Eiche am Wegrand. Im Schatten ihrer weit ausladenden Äste lag Captain Starlight und schien friedlich zu schlafen.

Benbow saß neben ihm. Die Straße schlängelte sich zu einer Bucht hinunter, wo sich ein kleines Städtchen mit schindelgedeckten Holzhäusern an die Küste schmiegte. Dünne Rauchfahnen stiegen aus den Schornsteinen auf, und an der Mole lagen Segelboote vertäut. Es sah sehr idyllisch aus.

»Bright Town«, sagte Sir Chadwick mit sanfter Stimme, »bevor es zerstört wurde. Sehr clever von den Nachthexen.«

»Können wir ihm nicht einfach den Ring an den Finger stecken und von hier verschwinden?«, fragte Abby. Obwohl alles so friedlich wirkte, war ihr äußerst unbehaglich zu Mute.

Sir Chadwick schüttelte den Kopf. »Nein. Das ist eine Falle.«

»Woher wissen Sie das?«

»Ich kenne die Denkweise der Nachthexen. Wenn Starlight aufwacht, wird er nicht wissen, dass er im Verlorenen Land ist. Und wenn er dann auf eine vertraute Stimme reagiert oder etwas berührt, ist er erledigt – dann sitzt er hier für immer fest.«

»Und was sollen wir machen?«, fragte Abby.

Sir Chadwick schien sie nicht zu hören. Er fing plötzlich an, fieberhaft die Taschen seines Anzugs zu durchwühlen. »Ah«, sagte er schließlich und zog einen merkwürdigen Gegenstand hervor.

Abby hatte keine Ahnung, was es war.

»Meine Nase aus *Richard III.*«, erklärte Sir Chadwick. »Sie ist aus Wachs.«

»Was haben Sie damit vor?«

»Wir müssen ihm die Augen verbinden und die Ohren zustopfen, solange er noch schläft«, sagte Sir Chadwick. »Aber er darf auf keinen Fall dabei aufwachen. Heb seinen Kopf an – ganz vorsichtig.«

Abby tat wie geheißen, und Sir Chadwick nahm seine Fliege ab, um dem Captain damit die Augen zu verbinden. Dann brach er zwei Stücke von der Wachsnase ab, knetete sie ein bisschen zurecht und stopfte sie Starlight in die Ohren.

»Jetzt können wir ihn wecken«, sagte Sir Chadwick.

Aber das war gar nicht so einfach. Sie konnten ihn rütteln und schütteln, wie sie wollten, Starlight rührte sich nicht.

Da stieß Benbow ein leises Krächzen aus.

»Willst du es versuchen?«, fragte Abby. Benbow nickte.

Sie traten einen Schritt zurück, und Benbow hüpfte Starlight auf die Brust und vollführte dort einen kleinen Tanz.

Jetzt begann der Captain sich zu regen. »Schon gut, Benbow«, murmelte er. »Du bekommst ja gleich deine Fischbällchen.«

»Komm, wir müssen ihm aufhelfen, schnell«, rief Sir Chadwick. »Halt du seine Hände fest.«

Als der Captain schließlich schwankend vor ihnen stand, nahm Sir Chadwick das Feenband aus der Tasche und lief mehrmals um Starlight herum. »Ich binde ihm die Hände am Körper fest«, sagte er atemlos. »So, das sollte genügen.« Und mit einer schwungvollen Bewegung steckte er Starlight den Ring an den Finger.

Abby hatte vor lauter Eifer gar nicht bemerkt, dass inzwischen eine ganze Schar von Menschen aus Bright Town zu ihnen heraufgekommen war. Sie fingen an, Starlights Namen zu rufen.

»Er darf sie auf keinen Fall hören«, sagte Sir Chadwick.

Abby warf Starlight einen Blick zu und bemerkte, dass eine Pergamentrolle aus seiner Tasche hervorlugte.

»Ist das das zweite Dokument?«, fragte sie.

Sir Chadwick griff danach. »Ich glaube schon«, rief er triumphierend. »Die Nachthexen haben sicher darauf spekuliert, dass wir es niemals bekommen würden, wenn Captain Starlight im Verlorenen Land hätte bleiben müssen.«

Sir Chadwick wollte gerade das Pergament entrollen, als ein markerschütterndes Geheul ertönte und die Erde unter ihnen erbebte. Ihre Umgebung schien sich aufzulösen, die liebliche Landschaft verschwand, und sie standen auf einmal am Rand einer zerklüfteten Klippe, zu deren Füßen das Meer brodelte wie flüssiges Feuer. Dunkle Wolken rasten über den Himmel und Blitze zuckten krachend herab. Ein schrecklicher Gestank verpestete die Luft, so dass Abby sich die Nase zuhalten musste.

Ein Schwarm schwarzer Fledermäuse stieß herab und

zog immer engere Kreise um sie. Abby schrie auf, als die Fledermäuse plötzlich miteinander verschmolzen und zu jenem grausamen Wesen wurden, das die Hexen der Finsternis den Erhabenen nannten.

21

Der Große Mandini

»Nun, Chadwick«, zischte die grässliche Gestalt, »mischst du dich schon wieder in meine Angelegenheiten?«

Sir Chadwick hatte seinen Zauberstab gezogen, als wäre er ein Schwert. Mit der freien Hand schob er Abby hinter sich, so dass sie seitlich an ihm vorbeispähen musste, um zu sehen, was passierte.

»Aus dem Weg, Snivel«, sagte Sir Chadwick ruhig.

»Mein Name ist Carstairs Wolfbane, du Schmierenkomödiant«, fauchte das Oberhaupt der Nachthexen. »Du darfst mich aber auch gern den *Erhabenen* nennen.«

Sir Chadwick lächelte. »Während unseres Studiums beim alten Professor Calibar am Merlin College lautete er aber noch Snivel Cheeseman.«

»Ich habe ihn eben geändert«, schnauzte der Erhabene. »So wie ich auch den alten Calibar verändert habe. Den habe ich nämlich in eine Spinne verwandelt.«

»Für mich bist und bleibst du Snivel Cheeseman«, sagte Sir Chadwick unbeeindruckt. »Der schlechteste Student, der sich jemals durch die Prüfungen gemogelt hat.«

»Ich will dieses Dokument«, sagte der Erhabene. »Gib es mir, dann kannst du zurückkehren.«

»Tut mir leid, Snivel, aber das ist Diebesgut.«

Wolfbane zog nun ebenfalls seinen Zauberstab. »Damit kann ich eure Feenbänder durchtrennen«, drohte er. »Mal sehen, wie es euch auf ewig hier im Verlorenen Land gefällt.«

Sir Chadwick hob seinen Zauberstab. »Aloric, der große Zauberstabmacher, hat diesen Stab für mich geschmiedet. Er ist randvoll mit Eisstaub. Der geht durch dich hindurch wie ein glühender Schürhaken durch einen Schneemann.«

»Dann steht es jetzt wohl unentschieden«, fauchte der Erhabene.

»Wenn das so ist«, sagte Sir Chadwick, »machen wir uns jetzt schnell aus dem Staub.« Er nahm Abby in den Arm. »Denk an alle, die dich lieben, Abby«, rief er dann.

Abby gehorchte, und sogleich spürte sie ein Ziehen, das von dem Feenband ausging. Der Erhabene heulte wütend auf und richtete seinen Zauberstab auf Sir Chadwick. Violette Flammen schossen daraus hervor und setzten das Dokument in Brand. Doch da hörte Abby bereits das vertraute Rauschen.

Wieder sauste sie durch die Röhre und landete kurz darauf mit dem ploppenden Geräusch, das sie schon kannte, in der Paint Lane.

Die Glocke, die beim Aufbruch zu ihrer Reise geschlagen hatte, schlug immer noch. Es war offenbar überhaupt keine Zeit vergangen. Sir Chadwick trampelte auf dem brennenden Dokument herum. Captain Starlight und Benbow sahen ihm dabei zu.

Als die Flammen gelöscht waren, hob Sir Chadwick das Pergament vom Boden auf und steckte es in die Tasche. »Gut, dass Sie wieder da sind, Starlight«, sagte er knapp. »Und jetzt zurück ins Theater.« Er eilte hinüber zum Haus Nummer 46 und pochte energisch an die Tür.

Der Taxifahrer machte auf und starrte sie misstrauisch an. »Was wollen Sie denn jetzt noch?«, fragte er.

»Bringen Sie uns in die Shaftesbury Avenue zurück, guter Mann, und ich gebe Ihnen das hier«, sagte Sir Chadwick und wedelte mit einer Fünfzig-Pfund-Note, die er aus der Tasche seines Geldanzugs hervorgezaubert hatte. Der Taxifahrer zögerte nicht lange. Er rief nur kurz über die Schulter: »Ma, stell das Essen für mich warm«, und knallte auch schon die Tür hinter sich zu.

Auf dem Rücksitz des Taxis holte Sir Chadwick das

beschädigte Dokument hervor und rollte es vorsichtig auseinander. Er betrachtete es eine Weile, dann sagte er: »Der letzte Teil der Erzählung ist zerstört, aber die Karte ist noch weitgehend erhalten.« Er reichte sie an Captain Starlight weiter. »Können Sie die entziffern?«, fragte er.

Starlight nahm sie in Augenschein und nickte dann. »Ich kann uns dort hinbringen.«

»Dann ist das Spiel noch nicht verloren«, sagte Sir Chadwick. Das Taxi hielt vor dem Alhambra-Theater.

»Ihr habt ja nicht sehr lange gebraucht«, sagte Spike, als sie alle wieder in Sir Chadwicks Wohnzimmer standen.

»Wir müssen Kriegsrat halten und unser weiteres Vorgehen besprechen«, sagte Captain Starlight, während er sich die letzten Reste von Sir Chadwicks Wachsnase aus den Ohren pulte.

»Ganz recht«, Sir Chadwick nickte zustimmend. »Aber die Nachthexen sind jetzt gewarnt. Das Überraschungsmoment haben wir damit leider verloren.«

Hilda hüstelte leise. Alle Blicke wandten sich ihr zu.

»Darf ich einen Vorschlag machen?«, fragte sie.

»Aber natürlich«, erwiderte Sir Chadwick.

»Vielleicht sollten wir die Dienste des Großen Mandini in Anspruch nehmen«, sagte Hilda.

Sir Chadwick runzelte die Stirn. »Hm, der Große Mandini. Für so einen Plan könnte er genau der Richtige sein. Weißt du, wo er zu finden ist?«

»Ich kann einen Vogel nach ihm schicken, Meister.«

»Dann sei so lieb und tu das sofort.« Er zögerte. »Und in Anbetracht unserer veränderten Beziehung solltest du mich vielleicht lieber Chadwick nennen.«

Errötend ging Hilda ans Fenster und ließ einen Spatz herein, der sich auf ihre ausgestreckte Hand setzte. Sie zwitscherte dem kleinen Vogel etwas zu, woraufhin dieser die Flügel ausbreitete und davonflog.

»Wer ist der Große Mandini?«, fragten Spike und Abby gleichzeitig.

»Ein famoser Bursche«, erklärte Sir Chadwick. »Ein Meister der Illusion und noch dazu ein erstklassiger Zauberer. Zumindest war er das, bevor unsere Eisstaub-Vorräte zur Neige gingen.«

»Aber wenn er zaubern kann, wozu braucht er dann Illusionen?«, fragte Spike.

»Das ist doch gerade der Punkt, mein Junge«, sagte Sir Chadwick mit einem vielsagenden Lächeln. »Mit Hilfe von Eisstaub kann auch die dümmste Hexe zaubern. Die Kunst eines Illusionisten hingegen ist sehr viel schwerer zu erlernen, und Mandini ist einer der besten.« Er wandte sich an Hilda. »Wie lange wird es dauern, bis er hier ist?« Er hatte noch nicht ganz zu Ende gesprochen, da hörte man eine Fanfare unsichtbarer Trompeten, gefolgt von einem hellen Blitz.

Benbow krächzte erschrocken auf, und als ihre Augen sich von dem blendenden Licht erholt hatten, stand ein unglaublich dicker Mann in der Mitte des Zimmers. Er trug einen Frack mit weißer Fliege und auf jeder Schulter saß ihm eine Taube. »Sie haben mich rufen lassen, Meister?«, fragte er gedehnt und schnippte dann in Richtung der beiden Tauben, die sogleich aufflogen und verschwanden.

Abby sah ihnen nach, und als sie ihren Blick wieder senkte, war der Mann plötzlich viel größer und ganz schmal geworden. Er zwinkerte Abby zu und strich sich über das bleistiftdünne Bärtchen auf der Oberlippe.

»Mandini«, sagte Sir Chadwick. »Schön, dass Sie so schnell gekommen sind.«

»Stets zu Diensten, Meister.«

»Wir brauchen Ihren Rat.«

»Worum geht es?«

»Wir müssen einen Stützpunkt der Nachthexen unten im Süden angreifen. Dummerweise rechnen sie schon damit.«

»Wie stark sind Ihre Truppen?«

Sir Chadwick sah sich um. »Tja, eigentlich sind wir nur zu sechst. Captain Starlight, Benbow, Hilda Bluebell, Spike, Abby und ich.«

»Ich bewundere Ihren Mut«, sagte Mandini und deutete eine Verbeugung an.

Sir Chadwick nickte. »An Mut mangelt es uns nicht. Was uns fehlt, ist ein Plan.«

Der Große Mandini strich sich wieder über sein Bärtchen. »Ganz einfach«, rief er dann. »Sie müssen sie ablenken.« Er zeigte auf die Tür und alle Blicke folgten seiner Hand.

Als sie nach dem Bruchteil einer Sekunde wieder zu ihm hinsahen, hatte er sich in ein Känguru verwandelt. Die Kinder schnappten verblüfft nach Luft. Das Känguru griff in seinen Beutel und warf eine Handvoll bunter Taschentücher in die Luft. Abbys Augen folgten ihnen, und als sie den Blick senkte, war das Känguru verschwunden und der schmale, elegante Mandini stand wieder vor ihnen.

»Genauso müssen Sie es auch machen«, sagte er.

Sir Chadwick runzelte die Stirn. »Uns in Kängurus verwandeln?«

»Nein«, sagte der Große Mandini mit einem Seufzer. »Dafür sorgen, dass die Nachthexen woanders hinschauen.« Als er ihre verwirrten Gesichter sah, fügte er hinzu: »Gibt es etwas, mit dem Sie die Hexen überraschen können?«

Alle dachten nach, und Captain Starlight sagte: »Nur das Atlantisboot.«

Mandini hob die Augenbrauen. »Haben Sie wirklich eins?«

Starlight nickte. »Sie kennen diese Boote?«

»Nur aus Legenden. Sind sie so wundersam, wie es in den Geschichten heißt?«

»Sogar noch wundersamer«, sagte Captain Starlight.

»Na also.« Mandini ging zum Tisch und hob eine Blumenvase hoch. »Das ist der Stützpunkt der Nachthexen.«

Alle nickten.

»Sie müssen die Gegner herauslocken.« Die Blumen flogen quer durch den Raum. »Dann können Sie hinein.«

»Aber wie?«, fragte Sir Chadwick.

»Was machen die Nachthexen am liebsten?«, fragte Mandini.

»Die Schiffe der Meerhexen versenken«, knurrte Captain Starlight.

»Dann ist es doch ganz leicht«, meinte der Große Mandini. »Die Meerhexen-Flotte muss auslaufen, um die Haiboot-Flotte aus ihrem Hafen zu locken. Während dieses Ablenkungsmanövers haben Sie die Möglichkeit, in den Stützpunkt einzudringen.«

»Aber wenn wir scheitern, werden sie die gesamte Flotte der Meerhexen vernichten«, gab Starlight zu bedenken.

Mandini zuckte die Achseln. »Wer nicht wagt, der nicht gewinnt.«

»Er hat Recht«, sagte Sir Chadwick. »Wir haben keine andere Wahl, denn atomisieren werden sie uns so oder so. Es gibt nur Sieg oder Untergang.«

»Es wäre mir eine Ehre, Sie auf dieser Mission begleiten zu dürfen, Meister«, sagte der Große Mandini.

Sir Chadwick klopfte ihm auf die Schulter. »Bravo, mein Bester, Ihre Dienste werden uns von unschätzbarem Wert sein.« Er zögerte. »Aber eigentlich habe ich hier gar nicht den Oberbefehl.« Er sah Starlight an. »Sie sind der dienstälteste anwesende Seemann, Captain. Sie müssen die Führung übernehmen.«

Starlight nickte. »Einverstanden. Aber zunächst müssen wir den Meerhexen in Speller unseren Plan unterbreiten.«

»Wir fahren nach Hause?«, fragte Abby.

»Eine kurze Verschnaufpause, bevor der Kampf beginnt«, sagte Sir Chadwick.

»Vielleicht kann ich ja sogar noch eine Runde schwimmen gehen«, meinte Spike.

22

Zurück nach Speller

Das Wasser der Themse schlug über dem Atlantisboot zusammen, als sie am Embankment Pier abtauchten und sich flussabwärts auf den Weg machten. Die Kajüte bot für alle genügend Platz, aber Mandini und Sir Chadwick drängten sich um das Steuerpult, wo Captain Starlight ihnen die Funktionsweise des Bootes erklärte.

»Was für eine wunderbare Erfindung!«, rief Mandini. »Mehr Kunst als Handwerk. Und der Motor läuft tatsächlich mit Salz?«

Starlight nickte. »Das aus dem Meerwasser gewonnen wird.«

»Was für eine Eleganz, was für ein Stil.«

»Gleichzeitig ist sie aber auch sehr robust«, erklärte Starlight stolz. »Ich schätze, man könnte mit ihr sogar ein Haiboot rammen und einfach mitten hindurchfahren.«

»Aber nur im äußersten Notfall, hoffe ich«, sagte Sir Chadwick.

Währenddessen saßen Spike und Abby mit Hilda zusammen, die ihnen ein paar Töne der Vogelsprache beibrachte. Abby kam am besten mit der Sprache der Amseln und Drosseln zurecht, während Spike die der Eulen und Tauben schon erstaunlich gut beherrschte. Benbow saß wie üblich auf dem Kajütengeländer.

»Wir haben die Themsemündung erreicht«, verkündete Captain Starlight nach einem Blick in die Kristallkugel im Steuerpult. »Bitte alle anschnallen. Wir nehmen jetzt Kurs auf Speller. Volle Kraft voraus.«

Starlight schob den Gashebel nach vorne, und Abby spürte, wie das Boot beschleunigte.

»Wunderbar! Faszinierend!«, rief Mandini, aber Sir Chadwick blieb seltsam stumm.

»Alles in Ordnung?«, fragte ihn Abby.

Er nickte und lächelte mühsam. »Ich muss mich erst wieder daran gewöhnen, auf See zu sein.«

»Hier unten gibt es doch gar keine Wellen, Sir Chadwick«, sagte Spike. »Unter Wasser kann man nicht seekrank werden.«

»Es ist wohl eher ein psychologisches Problem«, erklärte Sir Chadwick. »Schon als Kind wurde mir bei Bootsfahrten immer schlecht.«

»Versuchen Sie's mal hiermit«, sagte Captain Starlight und reichte ihm eine kleine Papiertüte. »Bostoner Pfefferminzbonbons.«

Sir Chadwick machte ein skeptisches Gesicht, nahm aber eins und steckte es in den Mund. Wenige Augenblicke später lächelte er breit und nickte. »Famos, famos. Ich fühle mich schon viel besser, Captain.«

»Die wirken immer«, antwortete Starlight und blickte wieder in die Kristallkugel. »Die Bucht von Speller liegt steuerbord voraus«, rief er dann. »In wenigen Minuten legen wir im Hafen an.« Das Atlantisboot wurde langsamer und stieg an die Wasseroberfläche.

Es war später Abend und die Lichter der Stadt tanzten auf dem dunklen Wasser des Hafens. Vom Rathaus klang Musik herüber. Abby hörte Onkel Bens Waldhorn deutlich heraus und war plötzlich sehr froh, wieder zu Hause zu sein. Obwohl sie gar nicht lange fort gewesen war, hatte sie doch gemerkt, wie sehr ihr das kleine Städtchen fehlte. Am liebsten wäre sie sofort zu ihrem Onkel und ihrer Tante gelaufen, aber sie nahm sich zusammen und blieb bei den anderen.

»Was für ein reizendes Städtchen«, sagte der Große Mandini und ließ seinen Blick bewundernd über die ordentlichen Reihen weiß getünchter Häuser schweifen. »Ich hatte ja keine Ahnung, wie hübsch es hier ist.«

»Fast so hübsch, wie Bright Town früher war«, bemerkte Starlight bitter.

»Haben Sie schon einmal von Speller gehört, Mr Mandini?«, fragte Abby.

»Aber ja, mein Kind«, antwortete er. »Alle Lichthexen haben davon gehört. Aber ich habe es mir immer als einen tristen Industriehafen vorgestellt.«

Sir Chadwick lachte. »Diesen Gedanken haben wir absichtlich unter den Lichthexen verbreitet. Sie wissen, was für ein ungeduldiges Völkchen die sind. Sie wären sonst sicher alle hierhergekommen, um sich ihren Eisstaub direkt vom Schiff zu holen. Und als Nächstes hätten sie ihren Urlaub hier verbracht und wären mit den Einheimischen in Streit geraten.«

»Wie schön, dass wir diesen Ort jetzt trotzdem einmal besuchen dürfen, Chadwick«, sagte Hilda. Er lächelte und drückte ihr verlegen die Hand.

»Was ist das für eine Musik, mein Kind?«, fragte Sir Chadwick Abby.

»Das ist der wöchentliche Tanzabend«, erklärte sie. »Alle Leute werden im Rathaus sein.«

»Ausgezeichnet«, sagte Sir Chadwick. »Dann haben wir sie ja schon alle beisammen. Zeig uns den Weg, Abby.«

Abby führte sie zum Rathaus und in den Gemeindesaal, wo der Tanzabend in vollem Gange war. Als sie eintraten, rief Onkel Ben gerade: »Nehmt eure Partner und stellt euch zur Meerhexen-Hornpipe auf.« Die Kapelle begann zu spielen und die Einwohner von Speller hakten sich paarweise unter und umrundeten im Takt der Musik die Tanzfläche. In bestimmten Abständen blieben sie stehen und führten komplizierte Tanzschritte aus.

Abby und ihre Gefährten warteten am Eingang des Saals darauf, dass die Musik zu Ende war. Als der letzte Ton verklang, hatte Tante Lucy die beiden Kinder auch schon entdeckt, rannte zu ihnen hinüber und nahm sie in die Arme. »Schau nur, Ben, die Kinder!«, rief sie freudestrahlend ihrem Mann zu, der von der Bühne sprang und die Kinder gleichfalls umarmte.

Abby stellte ihnen Sir Chadwick, Hilda und den Großen Mandini vor. »Vielleicht können wir auf die Bühne gehen?«, sagte Sir Chadwick. »Ich muss etwas bekannt geben.« Er trat an den Bühnenrand, und die Menge im Saal verstummte, überrascht von der plötzlichen Ankunft der Fremden. »Bürger von Speller, es tut mir leid, Ihren Tanzabend unterbrechen zu müssen«, begann Sir Chadwick, »aber ich habe Ihnen etwas Wichtiges mitzuteilen. Einige von Ihnen kennen mich vielleicht noch. Ich bin Sir Chadwick Street, der Meister der Lichthexen.«

»Natürlich kennen wir Sie, Sir Chadwick«, rief jemand

aus dem Saal. »Aber was führt Sie her? Das Hexengewerbe gibt es längst nicht mehr.«

Sir Chadwick hob die Hände. »Ich habe wichtige Neuigkeiten für Sie alle. Meine Gefährten und ich befinden uns auf einer gefährlichen Mission, die unser aller Schicksal entscheiden wird.« Er machte eine Pause und deutete auf seine Begleiter. »Erlauben Sie mir, Ihnen auch meine Freunde vorzustellen. Abby und Spike sind Ihnen allen bekannt. Das hier ist Captain Adam Starlight, von manchen auch der Alte Seemann genannt.«

Als dieser sagenumwobene Name fiel, ging ein überraschtes Raunen durch die Menge. Sir Chadwick zeigte zu den Dachsparren hinauf. »Und dort oben sitzt Benbow, sein gefiederter Freund. Die Dame neben mir ist meine Assistentin Hilda Bluebell, und dort, nicht zu vergessen, steht der Große Mandini, Meister der Magie und Illusion.« Mandini verbeugte sich und ließ eine Taube aus seinem Ärmel flattern.

»Wie können wir Ihnen helfen, Meister?«, rief Mr Halyard von der Tanzfläche.

»Ich habe sowohl gute als auch schlechte Nachrichten«, fuhr Sir Chadwick fort. »Zuerst die gute: Wir glauben, dass die verschwundenen Kinder von Speller vielleicht noch am Leben sind.«

»Sie leben! Unsere Kinder leben vielleicht noch!« Sir

Chadwicks weitere Ausführungen gingen im Freudentaumel der Menge unter. Er hob die Hand und bat um Ruhe, aber es dauerte eine Weile, bis er sich wieder Gehör verschaffen konnte.

»Sie sind vermutlich noch am Leben, aber auch in großer Gefahr, denn sie werden von den Nachthexen als Sklaven gefangen gehalten. Die Nachthexen haben euch mit ihrer Haiboot-Flotte von den Meeren vertrieben. Ihr alle habt gedacht, dass ihr in Sicherheit seid, solange ihr nicht aufs Meer hinausfahrt, dass die eisstaubgetränkten Mauern von Speller euch schützen werden.

Aber ich muss euch sagen: Diese Zeit ist nun vorbei! Die Nachthexen haben eine schreckliche Waffe erfunden, mit der sie uns alle vernichten können. Während wir hier stehen, bereiten sie schon ihren Angriff vor.«

Wieder machte sich Unruhe breit, und Sir Chadwick hob abermals die Hand. Langsam ebbte der Lärm ab.

»Was können wir tun?«, fragte Mr Halyard.

Sir Chadwick reckte seinen Zauberstab wie ein Schwert in die Luft. »Angriff ist die beste Verteidigung. Meine Gefährten und ich haben vor, in den Stützpunkt der Nachthexen einzudringen, ihre Gefangenen zu befreien und ihren Eisstaub-Vorrat an uns zu bringen. Doch bei diesem gefährlichen Unternehmen brauchen wir eure Hilfe.«

»Was sollen wir denn tun?«, rief Mr Halyard wieder.

»Ihr müsst sie ablenken«, erklärte Sir Chadwick. »Ihr müsst ihre Haiboote aus dem Hafen locken, damit ihre Verteidigung geschwächt ist und wir sie durchbrechen können.« Er machte eine dramatische Pause. »Das, worum ich euch bitte, wird all euren Mut erfordern … Ihr sollt mit eurer Flotte in See stechen.«

Sofort entbrannten hitzige Diskussionen über Sir Chadwicks Vorschlag. Der Aufruhr im Saal war ohrenbetäubend. Schließlich hob Mr Halyard die Hand. »An Mut soll es uns nicht fehlen, Meister. Aber gegen die Haiboote sind wir machtlos. Sie werden unsere gesamte Flotte versenken.«

»Ihr habt doch Kanonen, oder nicht?«, rief Captain Starlight.

»Das schon, aber gegen ihre Panzerung können sie nicht viel ausrichten.«

»Und wenn ihr eure Kanonenkugeln mit Eisstaub beschichtet?«

»Das können wir nicht«, erklärte Mr Halyard. »Hier in Speller ist keine einzige Prise Eisstaub mehr übrig. Wenn wir den hätten, sähe die Sache natürlich anders aus.«

»Und wenn wir euch eine ausreichende Menge beschaffen?«

»Dann würden wir alle Haiboote auf den Meeresgrund schicken.«

»Nun, genau das haben wir vor«, fuhr Sir Chadwick fort. »Wir machen uns auf den Weg zu ihrem Stützpunkt, und ihr stecht mit eurer Flotte in See. Die Nachthexen werden bemerken, dass ihr kommt, und euch angreifen. Sobald sie auslaufen, haben wir freie Bahn und werden euch dann so bald wie möglich mit Eisstaub versorgen – genug, um die Schlacht gegen die Haiboote zu gewinnen.«

Wieder ergriff Mr Halyard das Wort: »Um das zu schaffen, müsstet ihr aber ziemlich schnell sein.«

»Das sind wir auch«, antwortete Sir Chadwick im Brustton der Überzeugung. »Trotzdem wird es vielleicht Verluste geben. Deshalb wird Hilda Bluebell mit euch segeln. Sie ist eine Lichthexe und in den Heilkünsten ausgebildet … für den Fall, dass einer von euch in der Schlacht verletzt wird.«

Mr Halyard warf einen Blick in die Runde. »Dann werden wir wohl demnächst in See stechen, meine Damen und Herren«, sagte er.

Einen Moment lang herrschte Schweigen, dann brachen die Meerhexen in lauten Jubel aus.

Im Anschluss an die Versammlung lud Tante Lucy die Kinder und ihre Gefährten zum Abendessen ein. Nachdem sie gegessen hatten, saßen alle noch eine Weile um den langen Holztisch in der Küche.

Sir Chadwick seufzte zufrieden. »Ich hatte fast schon vergessen, wie köstlich diese spellerschen Würstchen im Schlafrock sind«, sagte er. »Sie müssen mir unbedingt das Rezept geben, dann kann Shuffle, mein Diener, sie für mich zubereiten, wenn ich wieder in London bin.«

»Der Trick dabei sind die Kräuter und Gewürze«, sagte Lucy, erfreut über das Kompliment.

»Noch einen Krug Bier, Captain?«, fragte Ben.

»Nur einen noch, danach müssen wir in die Koje«, sagte Captain Starlight. »Wir legen im Morgengrauen ab.«

»Und ihr geht auch nach der nächsten Runde ins Bett«, sagte Tante Lucy zu den Kindern, die mit Hilda Schnippschnapp spielten. »Hilda, ich nehme an, Sie mögen kein Bier mehr? Wenn Sie so weit sind, zeige ich Ihnen, wo Sie schlafen.«

Dann legte sie die Arme um Abby und Spike. »Passen Sie gut auf die beiden auf, meine Herren. Sie sind noch sehr jung für solch ein Abenteuer.«

»Wir werden alles tun, um sie zu schützen«, versprach Captain Starlight.

»Sie können sich auf uns verlassen«, fügte Mandini hinzu.

»Mein Ehrenwort«, sagte Sir Chadwick.

»Ich danke Ihnen«, sagte Lucy und hielt nur mit Mühe die Tränen zurück.

23

Aufbruch der Meerhexen

Das erste Licht der Morgendämmerung verwandelte die Farbe des Meeres von Grau in Dunkelgrün, als Captain Starlight seine Mannschaft, bestehend aus Abby, Spike, Sir Chadwick und dem Großen Mandini, in Tante Lucys Küche antreten ließ. »Jeder von euch braucht ein Atlantis-Cape«, sagte er schroff, während er vor ihnen auf und ab ging. »Und dazu holt sich jeder noch ein Klappmesser und ein Stück Schnur aus dem Magazin.«

Er blieb stehen und verschränkte die Hände hinter dem Rücken. »Noch ein Wort zur Disziplin, bevor wir aufbrechen. Es gibt nur einen Kapitän an Bord, und dem müsst ihr bedingungslos gehorchen. Euer Leben und das der ganzen Besatzung kann davon abhängen. Wenn ich also einen Befehl erteile, dann fragt ihr nicht ›Warum?‹, sondern tut, was ich euch sage. Verstanden?«

»Ja, Captain«, antworteten sie im Chor.

Starlight lächelte. »Und noch eins: Auf See sagt man ›aye, aye‹ und nicht ›ja‹.«

»Aye, aye, Captain«, wiederholten alle hastig.

»Und nun zu unserer ersten Aufgabe.« Er zog eine große Uhr aus der Tasche. »In einer halben Stunde werden die Bürger von Speller an Bord ihrer Schiffe gehen, die in der Höhle liegen. Wir warten mit dem Atlantisboot draußen in der Bucht, um von dort aus die Felswand zu öffnen, damit die Flotte auslaufen kann.

Ich würde es für das Beste halten, wenn neben Hilda noch ein weiterer Angehöriger des Ehrwürdigen Ordens der Lichthexen die Meerhexen begleitet. Deshalb wird der Große Mandini auf das schnellste Schiff der Flotte umsteigen, sobald wir festgestellt haben, welches am meisten Fahrt macht. Noch Fragen?«

Die Mannschaft schüttelte stumm den Kopf.

»Gut, dann gehen wir jetzt an Bord.«

Als sie aus dem Laden traten, wurden sie schon von den Einwohnern Spellers erwartet, die schweigend die Straße säumten, bei ihrem Anblick aber in lauten Jubel ausbrachen. Gemeinsam liefen sie alle zum Hafen hinunter.

Tante Lucy und Onkel Ben umarmten Abby und Spike zum Abschied, und dann warf Hilda plötzlich die Arme um Sir Chadwicks Hals und gab ihm einen Kuss.

»Komm zu mir zurück«, sagte sie. Sir Chadwick riss sich mit einer schwungvollen Bewegung den zerbeulten Tweedhut vom Kopf. »Und wenn es bis in alle Ewigkeit dauert, mein Herz«, antwortete er, und Lucy wischte sich eine Träne von der Wange, weil es so romantisch war.

Captain Starlight rief: »Auf die Schiffe, Meerhexen! In einer halben Stunde öffne ich die Felswand.«

Captain Starlight manövrierte das Atlantisboot aus dem Hafen, und wenige Minuten später erreichten sie die Bucht. Er drosselte die Geschwindigkeit und das Atlantisboot schaukelte sanft in der Dünung. Es war ein wolkenloser Morgen und die Sonne tauchte die Bucht in goldenes Licht.

Nach einem Blick auf die Uhr ließ Captain Starlight den dumpfen Signalton erklingen. Die Felswand öffnete sich, und als die Morgenbrise die Segel erfasste, glitt die Flotte der Meerhexen in die Bucht hinaus. Abby hatte noch nie etwas Schöneres gesehen.

»Prachtvoll!«, rief auch Sir Chadwick. Die Armada schwärmte aus und nahm Kurs aufs offene Meer. Schon bald hatte sich ein Dreimastschoner an die Spitze gesetzt, und Abby rief: »Das ist Mr Halyards Schiff – mit Hilda an Bord.«

Starlight sagte: »Da haben Sie Ihr Flaggschiff, Mandini. Machen Sie sich zum Umsteigen bereit.«

»Aye, aye«, antwortete Mandini.

Starlight brachte das Atlantisboot neben den Schoner, der beidrehte und sie längsseits gehen ließ.

»Erstklassiges Manöver«, sagte Starlight. »Diese Meerhexen verstehen ihr Handwerk.«

Das Atlantisboot lag jetzt dicht neben dem Schoner, und Abby und Spike winkten Mr Halyard am Ruder zu.

»Stell dir vor, wie lange wir die Leute von Speller nun schon kennen, ohne zu wissen, was für hervorragende Seeleute sie sind«, sagte Abby zu Spike.

»Stimmt«, antwortete dieser. »Und ich dachte immer, sie würden sich einfach nur gern wie Seeleute kleiden.«

»Der Schein kann trügen«, sagte Mandini und zog einen Hering hinter Spikes linkem Ohr hervor. Er warf den Fisch in die Luft, wo er sich in eine Möwe verwandelte und davonflog.

»Werfen Sie mir eine Leine rüber, Kapitän«, rief Mandini Mr Halyard zu, und schon ringelte das Seil sich auf dem Deck des Atlantisboots. Mandini ergriff es mit einer Hand und schien auf das Deck des Schoners hinaufzuschweben.

»Viel Glück«, rief ihm Starlight nach. »Wir sehen uns bald wieder.« Dann wandte er sich an seine Besatzung. »Zeit zum Abtauchen«, sagte er.

Abby und Spike winkten noch einmal der Flotte nach,

die mit dem Wind davonsegelte, und Sir Chadwick tauschte einen letzten Gruß mit Hilda, die am Bug des Schoners stand. Dann folgten sie Starlight nach unten. Sir Chadwick schloss die Luke und das Atlantisboot tauchte in die Fluten hinab.

24

Die Reise mit dem Atlantisboot

»Wie schnell kann sie unter Wasser fahren?«, fragte Sir Chadwick, nachdem sie ihre Plätze in der Kajüte eingenommen hatten.

»Ich weiß nicht genau«, sagte Starlight, ohne das Steuerpult aus den Augen zu lassen. »Unter Wasser habe ich sie noch nie auf Höchstgeschwindigkeit gebracht. Im Flug schafft sie jedenfalls mehr als dreitausend Meilen pro Stunde.«

»Fliegen kann sie auch?«

Starlight nickte. »Aber die Nachthexen verfügen über Warnsysteme, die alles registrieren, was sich ihnen zu Lande oder in der Luft nähert. Unter Wasser funktionieren diese Systeme jedoch nicht. Wir halten uns also einfach zwischen den Gebirgsketten auf dem Meeresgrund.«

Starlight betätigte einige Knöpfe und Hebel, um die automatische Steuerung einzuschalten. Dann stand er auf und setzte sich zu den anderen an den Kartentisch. Er nahm das verkohlte Pergament, das Sir Chadwick hatte retten können, und hielt es vor die Kristallkugel. Wenige Augenblicke später erschien in ihrem Innern eine Verkleinerung der Karte

»Diese Kugel hat sämtliche Karten der Welt gespeichert, die es je gegeben hat«, erklärte er. »Sie wird dieses Fragment der Karte zuordnen, zu der es ursprünglich gehörte.« Während alle noch in die Kugel starrten, verschwand das Fragment darin und wurde durch eine andere Karte ersetzt.

»Das ist ja interessant«, meinte Starlight.

»Was denn?«, fragte Sir Chadwick.

»Die ursprüngliche Karte zeigte eine Insel vor der Küste der Antarktis. Dies hier ist eine spätere Version, auf der die Insel von Eis bedeckt und somit ein Teil der Antarktis geworden ist.«

»Ich dachte, das Atlantisboot sei Tausende von Jahren alt«, sagte Spike. »Wieso hat es dann eine so neue Karte gespeichert?«

Starlight zuckte die Schultern. »Ich weiß es nicht«, antwortete er. »Es gibt vieles an diesem Boot, was ich nicht verstehe. Manchmal könnte man glauben, es hätte seinen eigenen Verstand. Ich kann nur sagen, dass sich die Insel offenbar verändert hat.«

»Was mag der Grund dafür gewesen sein?«, fragte Sir Chadwick nachdenklich.

Benbow krächzte leise.

»Was sagst du?«, fragte Captain Starlight.

Benbow krächzte wieder.

»Eine gute Idee, Benbow.«

»Was hat er gesagt, Captain?«, fragte Abby.

»Benbow meint, wir sollten die Wale fragen. Die Wale wissen alles über die Meere und geben dieses Wissen von Generation zu Generation weiter. Vielleicht treffen wir unterwegs einen, der uns Auskunft geben kann.«

»Ob ich die Insel wiedererkennen würde?«, fragte Spike nachdenklich. »Ich muss doch schon mal dort gewesen sein.«

»Das Atlantisboot scheint zu wissen, wie es dort aussieht«, erwiderte Starlight überrascht. »Hier, schaut nur.«

In der Kristallkugel war ein anderes Bild erschienen. Es zeigte eine Bucht, in der unzählige Haiboote vor Anker lagen. Die Landschaft aus Schnee und Eis wirkte trostlos und abweisend. Das Meer war fast so schwarz wie die ankernden Schiffe.

»Nicht sehr einladend«, bemerkte Abby verzagt.

»Nein«, sagte Spike.

»Kannst du dich an diesen Ort erinnern?«, fragte sie ihn.

Spike schüttelte den Kopf.

Sie schauten weiter in die Kristallkugel. Eine Schar von Nachthexen lief auf den Booten herum.

Sir Chadwick hatte die ganze Zeit schweigend dagesessen, jetzt sagte er: »Könntet ihr wohl einen Moment lang still sein? Ich möchte etwas ausprobieren.«

Sie beobachteten schweigend, wie Sir Chadwick sich vorbeugte und konzentriert auf die Kugel starrte. Kurze Zeit später richtete er sich wieder auf: Das Bild der Bucht war verblasst, und stattdessen war ein leeres Theater unter freiem Himmel zu sehen.

Ein junger Mann in Strumpfhosen und altertümlicher Jacke, den Umhang über eine Schulter geworfen, stieg auf die Bühne und blieb nervös im Schein der brennenden Fackeln stehen.

»Bist du bereit, Bursche?«, fragte eine Stimme.

»Der Prolog aus Ihrem Stück *Heinrich V.*, Sir.«

»Sag nicht ›Sir‹ zu mir, Bursche. Ich bin auch nur ein Schauspieler, genau wie du. Also fang an.«

Der junge Sir Chadwick nahm eine übertriebene Pose ein, aber gerade als er den Mund öffnete, verblasste das Bild in der Kristallkugel. »Das genügt«, sagte Sir Chadwick.

»Mit wem haben Sie da gesprochen?«, fragte Spike.

»Tja, das war William Shakespeare persönlich«, erklärte Sir Chadwick verlegen. »Mein erstes Vorsprechen im Globe Theater.«

»Wie haben Sie es geschafft, dieses Bild erscheinen zu lassen?«, fragte Starlight.

»Ich habe ein kleines Experiment mit unserem Boot gemacht«, sagte Sir Chadwick. »Und es hat funktioniert.«

»Wie sind Sie darauf gekommen?«, fragte Abby.

Sir Chadwick wies auf Starlight. »Durch etwas, das der Captain gesagt hat.«

»Was habe ich denn gesagt?«

»Sie haben gesagt: ›Manchmal scheint es seinen eigenen Verstand zu haben.‹ Und das stimmt. Als Abby Spike fragte, ob er das Land wiedererkennen würde, zeigte uns die Kugel unser Ziel.«

»Soll das heißen, das Boot kann denken?«, fragte Starlight skeptisch.

»Möglicherweise«, entgegnete Sir Chadwick. »Auf jeden Fall kann es Gedanken lesen. Ich habe es in Gedanken gebeten, diese Szene aus meiner Vergangenheit zu zeigen, und wie ihr gesehen habt, konnte es meine Erinnerungen in der Kristallkugel sichtbar machen.«

»Aber wie sollen wir herausfinden, ob es wirklich denken kann?«, überlegte Starlight.

»Warum fragen wir es nicht einfach?«, schlug Abby vor.

»Na los«, meinte Starlight. »Versuch es.«

Abby blickte in die Kristallkugel. »Boot, kannst du denken?«, fragte sie.

Eine kleine Tonfolge erklang, und dann antwortete eine melodiöse Frauenstimme: »In gewisser Weise ja, Abby.«

Alle schauten sich verblüfft an.

»Bist du lebendig?«, fragte Abby weiter.

Jetzt hörten sie ein leises Lachen. »Nicht in der gleichen Weise wie du.«

»Was bist du dann?«

»Ich bin eine Maschine, die lernen kann.«

»Du bist also kein menschliches Wesen?«, fragte Sir Chadwick.

Wieder erklang das Lachen. »Nein.«

»Und wie kann man dich in Gang setzen?«

»Mit Freundlichkeit.«

»Das musst du uns näher erklären«, sagte Starlight.

»Fragt Abby.«

Alle schauten Abby an.

»Was meint sie damit?«, fragte Sir Chadwick.

Abby dachte nach. »Ich bin mir nicht sicher, aber Tante Lucy sagt immer, ein Kanten Brot, mit Freundlichkeit gegeben, ist mehr wert als das lieblose Festmahl eines Prinzen.«

Sir Chadwick beugte sich vor. »Soll das heißen, dass nur freundliche Menschen dich nutzen können?«

»So ungefähr. Freundliche Menschen, die Gutes tun wollen. Ich diene nicht nur dem Vergnügen.«

»Und wie klug bist du?«, fragte Spike.

»So klug, wie du mich haben willst.«

»Warum hast du bisher nicht gesprochen?«, fragte Starlight.

»Ihr habt mich nichts gefragt.«

»Ich glaube, allmählich verstehe ich«, sagte Sir Chadwick. »Du kannst uns nur helfen, wenn wir Gutes tun wollen.«

»Ja.«

»Und wenn wir böse wären?«

»Dann würde ich euch nicht das Geringste nützen.«

»Das heißt, die Nachthexen könnten nichts mit dir anfangen?«

»Genau.«

»Und kannst du uns einen Rat erteilen?«

»Nein, das kann ich nicht. Meine Erbauer wollten nicht, dass ich den Menschen überlegen bin. Ich kann nur helfen, wenn ihr mich darum bittet – und wenn eure Herzen rein sind.«

Sir Chadwick lächelte. *»Meine Stärke gleicht der Stärke von zehn, denn mein Herz ist rein.«*

»Von wem ist das?«, wollte Spike wissen.

»Das ist aus dem Gedicht *Sir Galahad* von Alfred

Lord Tennyson, eine Heldensage über einen tapferen Ritter.«

»Jetzt habt ihr es verstanden«, sagte die Stimme und fügte hinzu: »Gebirgszug voraus. Bitte die Plätze einnehmen und anschnallen.«

Das Boot begann aufzusteigen und wieder in die Tiefe zu fallen wie auf einer riesigen Achterbahn. Alle starrten in die Kristallkugel und beobachteten fasziniert, wie sie über die Berge und Täler auf dem Meeresgrund hinwegglitten.

Als Captain Starlight, der am Steuerpult stand, sich nach einer Weile zu seiner Mannschaft umsah, schien es ihm, als würden die Kinder die Fahrt genießen, nur Sir Chadwick war ein bisschen blass um die Nase.

»Es wird bald dunkel«, sagte Starlight. »Wir können wohl riskieren, eine Zeit lang an die Oberfläche aufzusteigen. Da geht es nicht ständig hoch und runter.«

»Wie Sie meinen, Captain«, sagte Sir Chadwick, wirkte aber doch erleichtert.

Während sie an die Oberfläche stiegen, warf Starlight einen Blick in die Kristallkugel. »Eisberge voraus«, sagte er.

»Sind die gefährlich für uns?«, fragte Abby.

Starlight schüttelte den Kopf. »Nein, aber wir müssen im Zickzack zwischen ihnen hindurch, da sollten wir nicht allzu schnell fahren. Ich werde das Tempo ein wenig drosseln. Wie wär's, wenn ihr euch alle ein bisschen ausruht?«

»Und Sie, Captain?«, fragte Abby.

Starlight lachte in sich hinein. »Ich bin schon so alt, mein Kind, ich brauche nicht mehr viel Schlaf.«

»Ich bin noch älter«, meinte Sir Chadwick. »Aber gegen ein Nickerchen hätte ich trotzdem nichts einzuwenden.«

Einige Zeit später wachte Abby davon auf, dass Starlight sie sanft an der Schulter rüttelte. »Ich habe ein Unterseeboot der Nachthexen entdeckt«, sagte er leise.

Abby schaute in die Kristallkugel und sah einen schwarzen Umriss im Wasser treiben.

»Was können die vorhaben?«, sagte Abby.

»Wohl kaum etwas Gutes«, meinte Starlight. »Ich werde sicherheitshalber die Umgebung absuchen.«

»Was ist los, Captain?«, fragte Sir Chadwick, der ein wenig gedöst hatte und jetzt wach geworden war.

»Ein Unterseeboot der Nachthexen«, antwortete Starlight und schaute wieder in die Kristallkugel. »Es hält sich hinter einem Eisberg versteckt.«

»Glauben Sie, die suchen nach uns?«, fragte Abby.

Bevor Starlight antworten konnte, hörten sie ein entferntes Pfeifen und Schnalzen.

»Ein Wal nähert sich«, sagte Starlight. »*Deshalb* liegt das Haiboot auf der Lauer.«

»Aber wieso?«, fragte Abby.

»Nachthexen essen Walfleisch«, entgegnete der Captain. Das Unterseeboot stieg jetzt nach oben, und zwar auf der Seite des Eisbergs, an der es für den Wal nicht zu sehen war.

»Aha«, meinte Starlight. »Sie verstecken sich auf der abgewandten Seite des Eisbergs. Vermutlich wollen sie den Wal harpunieren, wenn er vorbeischwimmt.«

»Können wir ihn nicht warnen?«, fragte Abby.

»Wir können noch etwas viel Besseres tun«, sagte Starlight grimmig. Er öffnete einen Spind und holte seine Harpune heraus. Die Klinge war stumpf und schartig. »Darf ich Sie um ein wenig Eisstaub bitten, Sir Chadwick?«

»Aber sicher«, sagte Sir Chadwick und zog seinen Zauberstab hervor.

»Nur ein paar Körnchen auf die Klinge«, sagte Starlight.

Sir Chadwick befolgte seine Anweisung, und der matte Stahl bekam plötzlich einen bläulichen Schimmer, bis schließlich die ganze Klinge wie Silber funkelte und glänzte.

»Wir tauchen auf«, sagte Starlight, und das Atlantisboot stieg nach oben. »Übernehmen Sie das Steuer, Sir Chadwick, und bringen Sie uns längsseits des Wals.«

»Ich versuch's«, antwortete dieser und setzte sich ans Steuerpult. »Na so was«, rief er dann. »Das ist ja noch leichter zu handhaben als der alte Sportwagen, den ich mal hatte.«

Sie durchbrachen die Wasseroberfläche, und als Starlight die Einstiegsluke öffnete, drang kühle Nachtluft zu ihnen herein. Im Licht des Mondes, der sich auf dem Wasser spiegelte, war ihre Umgebung deutlich zu erkennen. Dicht neben ihnen ragte der riesige Eisberg auf, zu ihrer Linken glitt der Wal durch die ruhige See.

Starlight rief etwas in der pfeifenden und schnalzenden Sprache der Wale. Der Wal schien von ihrem plötzlichen Auftauchen nicht weiter überrascht und nickte nur kurz mit dem massigen Kopf, zum Zeichen, dass er Starlights Warnung verstanden hatte.

»Weiter gerade voraus, Sir Chadwick«, rief Starlight.

»Wo ist denn das Haiboot geblieben?«, fragte Abby.

»Es versteckt sich im Schatten des Eisbergs«, sagte Starlight. »Halten Sie Kurs!« Sir Chadwick steuerte das Boot auf die dunkle Seite des Eisbergs, und als Abby schon fürchtete, sie würden ihn rammen, schrie Starlight plötzlich: »Licht!«

Auf sein Kommando leuchtete ein strahlend blauer

Scheinwerfer am Bug des Atlantisboots auf und erhellte die Dunkelheit. Abby entdeckte zwei Nachthexen, die am Bug ihres Unterseeboots standen. Sie blickten erschrocken auf und hoben, geblendet vom gleißenden Licht, schützend die Arme vors Gesicht.

»Mehr nach Steuerbord«, rief Starlight. Als sie dicht genug herangekommen waren, schrie er: »Rache für Bright Town!«, und schleuderte seine Harpune in den Rumpf des Haibootes.

»Hart backbord und volle Kraft voraus«, rief er dann, und das Boot schoss davon. Sie schauten zurück und sahen den Blitz einer gewaltigen Explosion, gefolgt von einem ohrenbetäubenden Knall. Der eklige Gestank nach Müll wehte übers Meer.

»Maschinen stopp!«, befahl Starlight. Das Atlantisboot kam zum Stehen und schaukelte sanft auf dem Wasser. Der Captain holte die Leine ein, an der seine Harpune befestigt war.

Der Wal, auf den das Haiboot Jagd gemacht hatte, tauchte neben ihnen auf und stupste das Atlantisboot sanft mit der Schnauze an. Starlight beugte sich über die Reling und tätschelte ihm die graue Flanke. Er sagte etwas in der Walsprache und wandte sich dann an Spike.

»Sprich du mit ihm«, sagte er. »Meine Sprachkenntnisse sind schon ein wenig eingerostet.«

Spike beugte sich vor und begrüßte das riesige Tier.

»Frag ihn nach der Insel«, sagte Starlight.

Spike sprach eine Zeit lang mit dem Wal und drehte sich dann zu den anderen um.

»Er sagt, vor langer Zeit, als alle Schiffe der Welt noch Segel hatten, sei das Meer rund um die Insel abgekühlt, weil das Feuer innerhalb der Kuppel immer schwächer wurde. Irgendwann ist die Insel dann am Festland angefroren.«

»Die Vulkane sind also erloschen«, sagte Starlight. »Und der unterirdische Fluss, ist der auch zugefroren?«

Spike gab die Frage an den Wal weiter und übersetzte seine Antwort: »Nein, aber er sagt, das grausame Ungeheuer, das alle Lebewesen frisst, haust noch immer darin.«

Abby erinnerte sich an die Sage. »Dann ist es also immer noch am Leben?«

»Offensichtlich«, sagte Spike.

»Hat es denn vor gar nichts Angst?«

Spike gab die Frage weiter und schien von der Antwort des Wals überrascht. »Doch, es fürchtet sich vor Freundlichkeit. Zumindest glaube ich, dass er ›fürchtet‹ gesagt hat.«

Alle wechselten erstaunte Blicke.

»Seltsamer Zufall, dass wir das Wort *Freundlichkeit* so

bald schon wieder hören«, meinte Sir Chadwick. »Oder auch kein Zufall.«

»Wir sollten sehen, dass wir weiterkommen«, meinte Starlight. »Bedank dich in unser aller Namen bei ihm, Junge.«

Spike tat es, und mit einem letzten Pfeifen und Schnalzen glitt der Wal in die Tiefe.

Captain Starlight schloss die Luke und begab sich wieder ans Steuer. »Ich werde sie auf Höchstgeschwindigkeit bringen und dann den Autopiloten einschalten«, sagte er. »Setzt euch also lieber hin.«

Das Atlantisboot schoss wie ein Pfeil durchs Wasser, und Abby sah den Meeresboden unter ihnen dahinrasen.

Immer wieder wechselte das Boot die Richtung, stieg auf und wieder ab, ganz wie es die Unterwasserlandschaft erforderte. Es war wie eine endlose Fahrt auf einem magischen Karussell.

»Wir sollten uns noch ein wenig ausruhen«, schlug Starlight vor. »Wenn Gefahr droht, wird das Boot uns warnen.«

Alle lehnten sich in ihren Sitzen zurück und schlossen die Augen, während das Atlantisboot auf seinen Bestimmungsort zuraste.

25

Unter der Eiskuppel

Abby und Spike wachten auf, als Captain Starlight die Geschwindigkeit drosselte und das Atlantisboot langsam aufsteigen ließ. Kurz darauf öffnete auch Sir Chadwick die Augen. »Wir erreichen die Küste der Antarktis«, verkündete Starlight. »Kommt mit an Deck, wir schauen uns ein wenig um.«

Mit dem Atlantis-Cape war Abby auch draußen an Deck wohlig warm, aber im Gesicht spürte sie, wie eisig die Luft war. Eine Zeit lang standen alle nur stumm da, überwältigt von dem Anblick, der sich ihnen bot. Himmel und Meer waren von einem samtenen Schwarz, aber auf der weiten Fläche aus Eis und Schnee, die sich vor ihnen erstreckte, spiegelte sich das Licht von Tausenden von Sternen.

»Meinen Berechnungen zufolge müsste die Flussmündung ganz in der Nähe sein«, sagte Starlight. Während er noch sprach, leuchtete am Horizont plötzlich ein gleißender Lichtschein auf.

»Was kann das sein?«, fragte Sir Chadwick.

Starlight holte ein Instrument aus der Tasche, das wie ein kleines Teleskop aussah, und richtete es auf das Licht. Nach einer Weile reichte er es an Abby weiter. Sie schaute hindurch und entdeckte eine Bucht, die genauso aussah wie der Ort, den sie in der Kristallkugel gesehen hatten. Alles wurde von grellen Scheinwerfern erleuchtet. Lange Betonstege ragten ins Meer, an denen unzählige Haiboote nebeneinander vertäut lagen. Am Ufer standen große Schlitten, von denen Fässer in die Luken der Nachthexen-Schiffe verladen wurden. Sobald die Schlitten leer waren, wurden sie erneut beladen und wieder zurückgeschickt.

»Das ist der Hafen der Nachthexen«, sagte Starlight. Er ließ sich das Fernrohr von Abby zurückgeben und regelte irgendetwas an der Einstellung, bevor er wieder hindurchsah.

»Ja«, rief er. »Ich sehe einen Tunnel, der in die Klippen hineinführt. Offenbar haben sie sich wieder einen Weg hineingegraben, genau wie Mordoc. Am Tunneleingang wird noch gearbeitet; wahrscheinlich wollen sie ihn vergrößern.« Er setzte das Fernrohr ab. »Alle Mann unter Deck! Wir müssen die Flussmündung finden.«

Captain Starlight ließ das Atlantisboot abtauchen und steuerte es weiter die Küste hinauf, weg von dem Hafen der Nachthexen. In langsamer Fahrt folgten sie der Küstenlinie, bis das Boot bei Tagesanbruch plötzlich von einer starken Strömung aufs Meer hinausgetrieben wurde.

»Das muss der Fluss sein«, sagte Spike, während Starlight beidrehte und die Schubkraft erhöhte, um gegen die Strömung anzukommen. Alle schauten in die Kristallkugel, und nach einigen Minuten konnten sie die dunkle Öffnung eines Tunnels erkennen, der breit genug war, um das Atlantisboot durchzulassen. »Kein Nebel«, sagte Starlight. »Der Fluss ist offenbar nicht mehr so warm, wie er früher einmal war.«

»Noch einmal stürmt, noch einmal, liebe Freunde«, murmelte Sir Chadwick, als sie die glatten Eiswände des Tunnels betrachteten, die sie nun von allen Seiten umschlossen.

»Vergesst nicht, einer der Seemänner aus der Wikingersage wurde von dem Ungeheuer verschlungen«, warnte Captain Starlight.

Während der Fahrt durch den Tunnel sahen sie in der Kristallkugel nur die glatten Wände ringsum und gelegentlich einen Schwarm vorbeihuschender Fische.

»Licht voraus«, sagte Starlight schließlich. »Wir erreichen das Ende des Tunnels.«

»Der Sage nach müsste das Licht in der Kuppel doch rot sein«, meinte Spike. Der Schimmer, den sie am Ende des Tunnels erkennen konnten, war weiß wie Schnee. »Vielleicht hat es sich verändert, weil die Vulkane erloschen sind.«

»Wir gehen hoch und sehen uns um«, sagte Starlight und brachte das Boot an die Wasseroberfläche.

Sie blickten wieder in die Kristallkugel, um einen ersten Blick auf das Land von Mordoc zu werfen, und hielten überrascht die Luft an.

Vier große Lichtkugeln hingen unter der gewaltigen Kuppel und beleuchteten eine vollkommene Landschaft. Wälder und Berge, Felder und Täler – alles, was sie sehen konnten, war mit einer weißen Glasur überzogen wie eine gigantische Hochzeitstorte. Der Fluss wand sich gleich einer silbernen Schlange durch dieses farblose Bild. Weiter entfernt entdeckte Abby die beiden Vulkane, die das Land einst erwärmt hatten. Zarte Rauchfahnen stiegen an ihren Kraterrändern auf, aber von dem lodernden Feuer, von dem die Sage erzählte, war nichts zu sehen.

»Diese künstlichen Sonnen sind sicher das Werk der Nachthexen«, meinte Sir Chadwick.

»Ich kann ihre Straße sehen«, rief Abby. In der Kristallkugel wurde eine breite Fahrbahn sichtbar, die von dem Tunnel, den die Nachthexen gegraben hatten, bis mitten hinein in die weiße Landschaft führte. In der Ferne sahen sie eine mächtige Eissäule, die bis zum höchsten Punkt der großen Kuppel reichte.

»Diese Säule hat sicher mindestens vier bis fünf Meilen Durchmesser«, sagte Sir Chadwick. »Was meinen Sie, Captain?«

»Mindestens«, antwortete Starlight. »Das muss die Wasserwand gewesen sein, die in der Wikingersage beschrieben wird. Als die Vulkane erloschen, ist sie zu dieser gewaltigen Säule gefroren.«

»Ob sie wirklich erloschen sind?«, fragte Sir Chadwick. »Erloschene Vulkane würden doch nicht mehr rauchen, oder? Vielleicht wäre *schlafend* der bessere Begriff.«

»Kommt dir hier irgendetwas bekannt vor, Spike?«, fragte Abby.

Spike schüttelte den Kopf. »Ich sehe nur Bruchstücke – wie wenn man versucht, sich an eine Melodie zu erinnern oder an ein Wort, das einem fast schon auf der Zunge liegt.«

»Tja, diese Säule aus Eis ist jedenfalls unser Ziel«, sagte Captain Starlight.

Während das Atlantisboot gemächlich das Flussbett hinauffuhr, rief Starlight alle zu einer Besprechung zusammen. »Wir brauchen mehr Informationen«, sagte er. »Die Kristallkugel und das Teleskop sind zwar sehr nützlich, aber uns fehlt der Überblick. Einer muss die Gegend auskundschaften.«

Die drei anderen schauten sich an und sagten dann wie aus einem Mund: »*Ich* werde gehen.«

Starlight schüttelte den Kopf. »Euer Mut in allen Ehren, aber es sollte nur einer von uns aufbrechen.«

»Vielleicht kann ich das übernehmen. Ich könnte mich unsichtbar machen und von Benbow tragen lassen«, schlug Abby vor.

Starlight nickte. »Den gleichen Gedanken hatte ich auch. Aber das erfordert sehr viel Mut, Abby.«

»Wir nähern uns der Straße«, rief Spike, der die Kristallkugel nicht aus den Augen gelassen hatte.

Tatsächlich, eine Windung des Flusses hatte sie ganz in die Nähe der befestigten Straße gebracht. Starlight stoppte das Boot und alle versammelten sich um die Kristallkugel. Von hier aus war der Tunnel, den die Nachthexen in die Kuppel gegraben hatten, noch besser zu sehen. Die Straße führte als breite schwarze Schneise bis hin zu der mächtigen Eissäule im Zentrum des Landes von Mordoc. Von dort kam soeben ein großer Schlitten heran. Er war grob zusammengezimmert, wie ein Fuhrwerk auf Kufen an Stelle von Rädern. Statt der Pferde waren Kinder davorgespannt. Eine der Nachthexen saß auf dem Kutschbock, während zwei Trolle neben den Kindern hergingen und mit ihren Peitschen knallten.

Niemand sprach ein Wort.

Starlight startete die Maschinen und fuhr weiter flussaufwärts. Als sie weit genug von der Straße entfernt waren, hielt er an und fragte Abby: »Weißt du deine Melodie noch?«

Abby nickte.

»Geh kein zu großes Risiko ein. Und denk daran, dir diesen Ort einzuprägen, wenn du mit Benbow in der Luft bist, damit du wieder zurückfindest.«

»Aye, aye, Captain.«

»Ich habe hier einen Gurt, den du Benbow anlegen kannst, damit du dich nicht die ganze Zeit an seinen Füßen festhalten musst.« Er reichte ihr eine Schutzbrille mit dunklen Gläsern. »Die wirst du brauchen, wenn du in die Nähe der künstlichen Sonnen kommst.«

Starlight legte Benbow den Gurt an, und Abby hängte sich die Brille um den Hals. Ihr war doch mulmig bei der Vorstellung, ganz allein aufbrechen zu müssen. Benbow schien ihre Gedanken zu lesen, denn er rieb sanft seinen großen Schnabel an ihrer Schulter, und das tat ihr gut.

»Ich öffne jetzt die Luke, damit Benbow direkt aus der Kajüte mit dir aufsteigen kann. Für den Fall, dass die Schlange irgendwo da draußen wartet«, sagte Starlight.

Durch die Luke drang kalte Luft in die Kajüte. Abby pfiff ihre Melodie. Benbow flatterte über ihr, während sie die Arme hob und sich in den Gurt einhakte, und sogleich wurden beide unsichtbar. Rasch stiegen sie empor, und das Erste, was Abby bemerkte, war die Stille ringsum. Benbow trug sie höher und höher, bis sie die Landschaft überblicken konnte.

Sie ähnelte den Bildern, die sie im Feuer der Elfen gesehen hatte, als Wooty ihnen die Sage vorgelesen hatte, nur dass jetzt alles von weißem Raureif überzogen war. Der Fluss wand sich um Berge und durchquerte Ebenen und Wälder. Alles wirkte friedlich und schön – bis auf die hässliche Schneise, die die Straße der Nachthexen durch das Land schlug. Sie näherten sich einer der künstlichen Sonnen. »Flieg noch dichter heran, Benbow«, rief Abby und setzte die Brille auf. Der große Vogel stieg höher, aber das blendende Licht schien keine Hitze abzugeben. Dafür vernahm Abby plötzlich ein Summen, wie von einem Schwarm wütender Bienen.

Sie konnte sehen, dass die Decke der Kuppel ganz glatt war. Die Schutzbrille milderte das grelle Licht der künstlichen Sonne, und Abby hatte schon bald die Ursache des Geräuschs entdeckt: Das Summen wurde von vier großen Flügelpaaren verursacht, die so schnell schlugen, dass sie kaum zu sehen waren, und der künstlichen Sonne, die mit

Tausenden von Glühbirnen besetzt war, das Aussehen eines riesigen mechanischen Insekts verliehen.

Während Abby die Sonne umkreiste, vernahm sie plötzlich noch ein Geräusch – das Brummen eines Motors, das immer näher kam. Ein Luftschiff schwebte auf sie zu. Wie alle Werke der Nachthexen, sah der dunkle Gasballon bedrohlich aus – wie ein prähistorisches Ungeheuer.

Unter dem Ballon hing eine Gondel, in der zwei Hexenmeister standen. Beide trugen schwarze Fliegerhelme, Schutzbrillen und schwere Mäntel. Einer bediente die Steuerung, während der andere die künstlichen Sonnen inspizierte und dabei in ein Funkgerät sprach.

Abby beobachtete, wie das Luftschiff oberhalb einer Sonne verharrte. Derjenige, der den Lichtkörper inspiziert hatte, ließ sich jetzt an einem Gurt zu der Kugel hinunter. Über der Schulter trug er eine große Tasche. Es dauerte einen Moment, bis Abby begriff, dass er die schadhaften Glühbirnen auswechseln wollte. Als er fertig war, gab er dem anderen ein Zeichen, und dieser zog ihn mit der Seilwinde wieder an Bord.

Abby hatte genug gesehen. »Bring mich zur Eissäule, Benbow«, rief sie, und der Vogel machte kehrt und flog mit ihr davon.

In der stillen, klaren Luft war es schwer, Entfernungen

einzuschätzen: Die Säule war sehr viel weiter weg, als Abby gedacht hatte. Sie hatte das Gefühl, schon seit Stunden zu fliegen, und war froh über den Gurt, den Captain Starlight angefertigt hatte. So lange hätte sie es kaum geschafft, sich an Benbows Beinen festzuhalten.

»Bald sind wir da, Benbow«, rief sie, um die bedrückende Stille zu durchbrechen. Doch gerade als sie über einen weißen Wald auf die Eissäule zuflogen, wurde plötzlich die ganze Kuppel in Dunkelheit getaucht. Abby brauchte einen Moment, bis sie begriff, dass die künstlichen Sonnen abgeschaltet worden waren. Ein sanftes Dämmerlicht drang noch durch das Dach der Kuppel aus Schnee und Eis, aber es war zu schwach, als dass sie ihren Flug hätten fortsetzen können. »Wahrscheinlich wollen sich die Nachthexen jetzt ausruhen. Lass uns landen, Benbow.«

Immer tiefer glitt der Vogel über den Wald hinweg. Zwischen den vereisten Bäumen entdeckten sie eine Lichtung und landeten auf einer Schneewehe.

»Komm, wir schlafen ein bisschen, Benbow«, sagte Abby. »Mein Umhang ist groß genug für uns beide.«

Sie legten sich hin, Benbow dicht an Abby geschmiegt. Das Atlantis-Cape schützte sie vor Kälte und Schnee, und bald waren beide eingeschlafen.

26

Zwei Seen

Als Abby erwachte, war es immer noch dunkel. Sie glaubte, jemanden weinen zu hören, und hob den Kopf, um zu lauschen. Aber alles war still, und so sank sie noch einmal in den Schlaf zurück.

Kurz darauf flammten die künstlichen Sonnen auf. Abby rieb sich geblendet die Augen und sah sich um. Die Schneewehe, auf der sie geschlafen hatten, lag dicht neben dem Eingang zu einer kleinen Höhle. Ihr fiel ein, dass sie geträumt hatte, sie hörte jemanden weinen. Doch dieser Gedanke war sofort vergessen, als sie nur wenige Meter entfernt zwischen den Bäumen den Fluss glitzern sah.

Abby lief ein Schauer über den Rücken, als sie begriff, wie nah sie heute Nacht dem Versteck der schrecklichen Schlange gewesen war. Sie überlegte kurz, ob sie die Höhle erkunden sollte, beschloss dann aber, den Flug zur Eissäule fortzusetzen.

Wieder stiegen sie in die Luft auf und flogen über den Wald hinweg. Sie waren der Eissäule jetzt so nah, dass Abby sie genauer betrachten konnte. Ihre Außenseite war rau und knorrig wie die Rinde einer alten Eiche, aber dort, wo sie das Dach der Kuppel erreichte, schien sie sich zu einem dünnen Faden zu verjüngen. An ihrem Fuß war ein weiterer großer Tunnel in die zerklüftete Eiswand gehackt worden. Zu beiden Seiten standen Wachen, und mehrere Trolle beaufsichtigten eine Schar in Lumpen gekleideter Kinder, die sich damit abquälten, den Eingang zu verbreitern.

»Flieg hinein, Benbow«, rief Abby dem Vogel zu, der daraufhin in die Tiefe schoss und über die Köpfe der Kinder hinweg in den Tunnel flog. Ein paar von ihnen blickten auf, als sie seine Flügelschläge hörten. Aber es war nichts zu sehen.

Je weiter sie in den Tunnel hineinkamen, desto wärmer wurde die Luft, und an seinem Ende tat sich eine vollkommen andere Landschaft vor ihnen auf als jene, die sie hinter sich gelassen hatten.

Vor ihnen erstreckte sich ein großer Wald, dessen Bäume in allen Farben des Regenbogens leuchteten. Ihre Zweige hingen voller Früchte und bunt gefiederte Vögel umflatterten die herabhängenden Ranken. Auch hier schlug die Straße der Nachthexen eine hässliche

Schneise, aber als Benbow höher stieg, wurde sie von den Baumkronen verdeckt.

Inmitten dieser Landschaft entdeckte Abby einen See mit kristallklarem Wasser von der Farbe eines Saphirs, den eine große, aus silbern glänzenden Steinen erbaute Burg überragte. Die Dächer ihrer Türme waren rosarot, und blühende Kletterpflanzen bedeckten die Mauern. Sie hätte wunderschön ausgesehen, wäre sie nicht von einem großen schwarzen Anbau verunstaltet worden, der wie ein Geschwür aus ihr hervorzuwachsen schien. Von diesem Anbau reichte ein überdachter Landungssteg bis weit hinaus auf den See.

»Das muss das Werk der Nachthexen sein«, sagte Abby zu Benbow.

Über allem lag das monotone Tuckern von Maschinen, unterbrochen von einem ärgerlichen Knurren wie aus dem Mund eines griesgrämigen Riesen. Auf das Knurren folgte ein dröhnender Schlag, der die Bäume am Waldrand und das Wasser des Sees erbeben ließ. Nach einer kurzen Pause wiederholten sich die Geräusche.

Nirgends war ein Zeichen von Leben zu erkennen. Benbow zog jetzt größere Kreise über der Burg, und Abby entdeckte eine lange, schmale Lichtung im Wald, die sich wie eine Landebahn vor ihnen erstreckte. Daneben lag ein ölig-schwarzes Gewässer, dunkel wie Teer. Ein ebenso schwarzes Rinnsal kam aus dem Anbau herabgeflossen und speiste diesen zweiten See.

Da ertönte plötzlich eine Sirene, und Abby sah, wie einige Nachthexen aus dem Gebäude kamen und den Steg entlangliefen. Sie trugen eng anliegende, schwarze Anzüge und eine Art Atemgerät. Rüsselartige Schläuche liefen von ihren Gesichtsmasken zu den Metallbehältern, die sie auf dem Rücken trugen.

In der Nähe des Stegs fing das Wasser an zu brodeln, und dann durchbrach eine schwarze Metallkugel wie ein Korken die Oberfläche und schaukelte auf den Wellen. Die Kugel war riesig, so groß, dass vermutlich ein ausgewachsener Elefant darin Platz gefunden hätte.

Die Nachthexen holten sie mit einem Enterhaken ein und zogen sie unter das Dach des Stegs.

Abby hatte genug gesehen. »Wir fliegen zurück, Benbow«, rief sie, und der Vogel machte kehrt und nahm Kurs auf den Tunneleingang.

27

Der Angriff auf das Luftschiff

Captain Starlight stand an Deck des Atlantisboots, als sie zurückkehrten. »Wie ich sehe, hast du dir unsere Position gut gemerkt«, sagte er, als Abby und Benbow gelandet waren.

»Das war nicht besonders schwer«, erwiderte Abby, während sie den Gurt löste. Benbow ließ ein Krächzen hören und schwang sich wieder in die Luft. Unter Deck versammelten sich alle um den Kartentisch, um ihren Bericht zu hören.

»Diese Sonnen haben Flügel wie riesige Insekten und sind ringsum mit Glühbirnen besetzt«, erklärte Abby. »Um die Birnen auszutauschen, verwenden die Nachthexen ein Luftschiff.«

»Das haben wir in der Kristallkugel gesehen«, sagte Spike.

Abby erzählte von dem Land im Inneren der Eissäule.

»Ich glaube, sie erwarten ein noch größeres Fluggerät als dieses Luftschiff. Vermutlich das, was wir im Hauptquartier der Nachthexen gesehen haben.«

Sie beschrieb die Landebahn im Wald und den seltsamen See mit der schwarzen Flüssigkeit. »Der Tunnel wird streng bewacht«, fügte sie hinzu.

Starlight nickte. »Die wichtigste Frage lautet also, wie wir überhaupt ins Innere der Eissäule gelangen können.«

»Vielleicht könnten wir uns in einem der Schlitten verstecken, die vom Hafen zurückkommen«, schlug Spike vor.

»Das scheint mir sehr riskant«, meinte Sir Chadwick. »Vielleicht sollten wir Mandini um Rat fragen.«

»Aber der ist doch bei der Meerhexen-Flotte, Sir Chadwick«, sagte Abby. Sie befürchtete, die Strapazen der Reise hätten ihn vergesslich gemacht.

Sir Chadwick lächelte. »Entschuldigt mich einen Moment«, sagte er. »Ich werde mich kurz in Trance versetzen.« Er schloss die Augen und legte die Hände an die Stirn. Nach einer Weile blickte er wieder auf und sagte: »Mandini rät uns, ihr Luftschiff zu kapern, die beiden Nachthexen zu überwältigen und ihnen ihre Mäntel wegzunehmen. Auf diese Weise kämen schon einmal zwei von uns an den Wachen vorbei.«

»Ich wusste gar nicht, dass Sie das können – Gedanken übertragen, meine ich«, sagte Spike beeindruckt.

»Ich war mir nicht ganz sicher, ob ich es kann«, gestand Sir Chadwick. »Mandini hat es mir nur einmal kurz gezeigt. Aber er ist natürlich auch der beste Gedankenleser unter den Lichthexen.«

»Wie sollen wir denn das Luftschiff kapern?«, fragte Starlight.

Sir Chadwick zeigte nach oben. »Es ist doch für die Wartung der künstlichen Sonnen zuständig, oder?«

»Ja.«

»Wenn wir also eine der Sonnen herunterholen, wird das Luftschiff kommen und nachschauen, was los ist. Dann können wir die Mannschaft überwältigen.«

»Ein verwegener Plan«, sagte Starlight, nickte aber zustimmend.

»Das Luftschiff ist mit einer Art Funkgerät ausgestattet. Ich habe gesehen, wie sie hineingesprochen haben«, sagte Abby.

»Also müssen wir sie überwältigen, bevor sie einen Funkspruch abgeben können.«

»Und wie sollen wir eine dieser künstlichen Sonnen vom Himmel holen?«, fragte Spike.

»Mandinis Vorschlag war, es mit dem Lichthexen-Willen zu versuchen.«

»Mit dem Lichthexen-Willen?«, wiederholte Abby. »Was soll das sein?«

»Eine Methode, die wir anwenden, um einen besonders starken Zauber zu bewirken. Es bedarf großer Konzentration, um die dafür notwendige Energie zu erzeugen«, erklärte Sir Chadwick. Dann zuckte er die Schultern und sagte: »Das Problem ist bloß, dass ich allein bin. Normalerweise braucht man für so etwas mindestens vier Lichthexen, die sich an den Händen halten.«

»Was ist mit Captain Starlight?«, wollte Abby wissen.

Starlight schüttelte den Kopf. »Du vergisst, dass ich gar keine Lichthexe bin, Abby.«

»Machen Sie doch Abby zu einem Mitglied des Ordens«, schlug Spike vor. »Sie wäre bestimmt eine prima Hexe.«

Sir Chadwick überlegte. »Sie ist noch sehr jung.«

»Aber auch sehr begabt«, sagte Starlight. »Sie hat im Handumdrehen gelernt, wie man sich unsichtbar macht.«

Sir Chadwick runzelte die Stirn. »Streng genommen dürfte sie das gar nicht. Das Zaubern ist erst dann erlaubt, wenn man die entsprechende Qualifikation erworben hat.«

»Na, dann brauchen Sie sie doch nur in Ihren Orden aufzunehmen, und alles ist in Butter, oder?«

Sir Chadwick war noch nicht überzeugt. »Ich habe für mein Diplom immerhin ein ganzes Hexenjahr lang studiert«, knurrte er. Dann zuckte er resigniert die Achseln. »Aber da es sich hier eindeutig um einen Notfall handelt, werde ich sie zu einer vorläufigen Lichthexe machen.« Er wandte sich an Abby.

»Heb die rechte Hand und sprich mir nach: ›Ich gelobe, die Gesetze des Ehrwürdigen Ordens der Lichthexen zu befolgen, meine Mitgliedsbeiträge an jedem Ersten des Monats zu bezahlen und dem Großen Meister in allen die Lichthexen betreffenden Belangen zu gehorchen.‹«

Abby wiederholte den Schwur. »War das alles?«, fragte sie.

»Du musst noch eine Aufnahmegebühr von zehn Pfund zahlen«, meinte Sir Chadwick. »Aber unter den gegebenen Umständen können wir die Zahlung wohl zurückstellen.«

Er wandte sich an die anderen. »Ab jetzt muss immer einer von uns die Kristallkugel im Auge behalten und Alarm schlagen, sobald das Luftschiff auftaucht.«

»Das übernehme ich«, sagte Spike. »Ihr könnt euch auf mich verlassen.«

»Dann fangen wir beide, Abby«, fuhr Sir Chadwick fort, »schon mal mit dem Willens-Training an.« Er nahm ihre Hände. »Als Erstes lassen wir Spike ein bisschen schweben.«

»Wie bitte?«, rief Spike erschrocken.

»Keine Sorge.« Sir Chadwick lächelte beruhigend. »Das ist ganz ungefährlich. Du wirst es kaum merken. Setz dich einfach gemütlich hin.« Er wandte sich wieder an Abby. »Stell dir vor, dass Spike einen halben Meter aus seinem Sessel nach oben steigt. Das muss ganz ohne Anstrengung passieren, nur mit Hilfe deines Willens.«

Abby konzentrierte sich auf dieses Bild, und prompt wurde Spike in die Luft gehoben, ganz sanft, ohne auch nur die Sitzhaltung zu verändern.

»Ausgezeichnet!« Sir Chadwick war beeindruckt. »Und nun stell dir vor, wie du ihn wieder herunterlässt.«

Spike plumpste unsanft in den Sessel zurück. »He«, protestierte er. »Habt ihr nicht gesagt, es sei ungefährlich?«

»Entschuldige, Spike«, sagte Abby. »Soll nicht wieder vorkommen.«

»Dazu werde ich dir auch keine Gelegenheit mehr geben«, brummte Spike.

»Das hast du sehr gut gemacht«, sagte Sir Chadwick bewundernd. »Du bist wirklich ein Naturtalent, Abby. Manche brauchen für so etwas ein ganzes Hexenjahr.«

»Traust du dir auch etwas Größeres zu? Ein Luftschiff zum Beispiel?«, fragte Spike, der die Kristallkugel nicht aus den Augen gelassen hatte. »Da kommt nämlich gerade eins.«

Alle schauten in die Kugel und sahen das große, schwarze Objekt am Himmel.

»Na, dann los«, sagte Starlight. »Hier sind Schutzbrillen für alle, damit wir in die Sonne blicken können. Ich lege am Ufer an und lasse euch aussteigen. Dann halte ich mit meiner Harpune Wache, für den Fall, dass die Schlange auftaucht.«

Kurz darauf gingen Abby und Sir Chadwick an Land, und kaum dass sie einen Fuß ans Ufer gesetzt hatten, wechselten ihre Atlantis-Capes auch schon die Farbe: Das dunkle Blau verwandelte sich in ein strahlendes Weiß.

Sir Chadwick nahm Abby bei den Händen und sagte: »Konzentriere dich auf die Sonne, die uns am nächsten ist. Stell dir vor, dass sie dort drüben landet.« Er deutete auf einen Felsen in der Nähe.

Abby konzentrierte sich und beobachtete durch ihre Schutzbrille, wie die künstliche Sonne kurz erbebte und dann in einem sanften Bogen wie eine Sternschnuppe vom Himmel fiel, bis sie neben dem Felsen aufsetzte.

»Es klappt«, rief Spike vom Boot aus. »Das Luftschiff

hat schon seinen Kurs geändert. Es kommt direkt auf uns zu.«

»Alles klar zum Angriff«, befahl Starlight.

»Wo sollen wir uns denn verstecken?«, fragte Spike, der zu Abby und Sir Chadwick ans Ufer gesprungen war. Auch sein Cape färbte sich sofort weiß.

»Wir müssen uns nicht verstecken. Zieh dir einfach die Kapuze deines Capes über den Kopf, dann bist du kaum noch zu sehen«, sagte Starlight.

»Werden Sie einen Zauber sprechen, Sir Chadwick?«, fragte Abby.

Der schüttelte den Kopf. »Ich will möglichst wenig Eisstaub verbrauchen«, antwortete er. »Wir müssen uns wohl auf unsere Fäuste verlassen.«

»Wird mir ein Vergnügen sein«, sagte Starlight grimmig.

Abby beobachtete, wie das Luftschiff näher kam. Es umkreiste die abgestürzte Sonne, sank noch etwas tiefer und verharrte dann etwa einen Meter über dem Boden. Einer der beiden Hexenmeister sprang heraus, schlug rasch einen eisernen Pflock in den Boden und machte das Luftschiff mit einem Seil daran fest. Der Steuermann folgte ihm, und beide nahmen die abgestürzte Sonne in Augenschein. Während die beiden Nachthexen sich noch beratschlagten, schlichen sich Starlight und Sir Chadwick von hinten an. Als sie nahe genug waren, rief Starlight »Rache für Bright Town!« und stürzte auf die beiden los. Sir Chadwick folgte ihm auf dem Fuß.

Die Nachthexen fuhren erschrocken herum und griffen nach ihren Zauberstäben, die sie in einem Futteral unter ihren Mänteln trugen. Aber Sir Chadwick und Starlight waren schneller. Chadwick verpasste dem Steuermann einen linken und dann einen rechten Haken und schickte ihn schließlich mit einem kräftigen Schwinger zu Boden.

Captain Starlights erster Schlag traf den anderen direkt in den Magen, so dass sein Gegner sich keuchend zusammenkrümmte. Starlight hob fast schon lässig die rechte Faust und ließ sie wie einen Hammer auf dessen Nacken hinunterkrachen.

»Alle Achtung«, sagte Spike bewundernd. »Das würde ich auch gern können. Du nicht, Abby?«

Aber Abby antwortete nicht. Sie mochte keine Gewalt – nicht einmal gegen Nachthexen.

Sir Chadwick las mit spitzen Fingern die Zauberstäbe der Nachthexen auf und warf sie in den Fluss.

»Was sollen wir mit den beiden machen?«, fragte Starlight und wies auf ihre bewusstlosen Gegner.

»Am liebsten würde ich sie auch in den Fluss werfen«, sagte Sir Chadwick bitter. »Stattdessen werde ich ein Körnchen Eisstaub opfern und sie in Tiefschlaf versetzen.«

Nachdem sie den Nachthexen Helme und Mäntel abgenommen hatten, kletterte Starlight in die Gondel des Luftschiffs und musterte prüfend das Steuerpult. »Das dürfte nicht schwer zu fliegen sein«, sagte er dann.

»Sollten wir die Flugmaschine nicht lieber verstecken, für den Fall, dass die Nachthexen danach suchen?«, fragte Spike. Er zeigte auf den Waldrand. »Vielleicht da hinten zwischen den Bäumen. Was meint ihr?«

»Das müsste gehen«, antwortete Starlight. »Aber das Ding ist so schwarz, dass sie es vielleicht trotzdem entdecken.«

»Und wenn wir es mit Wasser nass spritzen?«, schlug Abby vor. »Sobald das Wasser in der kalten Luft gefriert, wird das ganze Gerät von einer weißen Eisschicht überzogen sein wie alles andere hier.«

»Ausgezeichnete Idee, Abby«, sagte Sir Chadwick. »Du hast wirklich einen scharfen Verstand. Ich finde, wir sind ein ganz hervorragendes Team.«

Starlight fand einen Schlauch an Bord des Atlantisbootes, und wenige Minuten später funkelte das Luftschiff so weiß wie die Landschaft ringsum. »Gib mir deine Hände, Abby«, sagte Sir Chadwick. »Wir sollten diese Sonne besser wieder an den Himmel verfrachten.«

Kaum war das erledigt, näherte sich aus der Ferne schon wieder ein dumpfes Brummen. Ein riesiger Schatten huschte über die verschneite Landschaft. Sie sahen auf und erstarrten vor Schreck. Dicht über ihre Köpfe flog etwas hinweg, das aussah wie ein gigantisches schwarzes Insekt. Mit bedrohlicher Langsamkeit nahm es Kurs auf den Tunnel ins Innere der Eissäule, wobei es eine öligschwarze Rauchwolke hinter sich herzog.

»Die neue Waffe, mit der Wolfbane geprahlt hat«, sagte Starlight leise.

Plötzlich knackte das Funkgerät in der Gondel.

»Stützpunkt an Luftschiff«, sagte eine blecherne Stimme. »Ihr habt Probleme mit einer Sonne gemeldet.«

Sir Chadwick griff nach dem Funkgerät. Er hielt sich die Nase zu, um seine Stimme genauso blechern klingen zu lassen, und antwortete: »Luftschiff an Stützpunkt, wir führen Reparaturen durch.«

»Alles klar«, antwortete die Stimme.

»Sieht so aus, als sei Wolfbane eingetroffen«, sagte Sir Chadwick. »Das riecht nach Ärger.«

28

Abbys Traum

Nachdem sie auf dem Atlantisboot zu Abend gegessen hatten, berief Captain Starlight erneut eine Versammlung ein.

»Sobald die Nachthexen entdecken, dass die Flotte der Meerhexen im Anmarsch ist, werden auch sie ihre Schiffe auslaufen lassen – und dann bleiben uns noch schätzungsweise vierundzwanzig Stunden, um unseren Plan durchzuführen«, sagte er.

»Vierundzwanzig Stunden, um die Festung einzunehmen, die Gefangenen zu befreien, den Eisstaub zu erbeuten und ihn der Meerhexen-Flotte zu bringen?«, fragte Sir Chadwick skeptisch. »Da kann eine Menge schiefgehen. Wir wissen ja nicht einmal, wie es in der Festung aussieht, und noch weniger, was in diesen beiden Seen dort vor sich geht.«

»Wenn Spike sich nur erinnern könnte«, seufzte Abby.

Sir Chadwick strich sich übers Kinn. »Wir könnten einen Versuch unternehmen. Du verfügst über ungewöhnliche große Kräfte, Abby. Vielleicht funktioniert es.«

»Was habt ihr jetzt wieder mit mir vor?«, fragte Spike, dem das letzte Experiment noch lebhaft in Erinnerung war.

Sir Chadwick erklärte ihm seinen Plan. »Wir drei werden uns an den Händen halten und mit Hilfe des Lichthexen-Willens unsere Gedanken verbinden. Dann werde ich versuchen, mit Mandini Kontakt aufzunehmen. Vielleicht kann er mit seinen unglaublichen Fähigkeiten deine Erinnerung freisetzen.

Schließt jetzt die Augen«, fuhr er fort. »Denkt an einen blauen Himmel. Keine Wolken, nur endloses Blau.«

Sie taten es. Eine Möwe flog plötzlich über Abbys Himmel.

»Wessen Vogel war das?«, fragte Sir Chadwick.

»Meiner«, sagte Spike. »Tut mir leid, ich weiß auch nicht, wo der herkam.«

»Schon gut«, sagte Sir Chadwick. »Hast du ihn auch gesehen, Abby?«

»Ja.«

»Ausgezeichnet«, meinte Sir Chadwick. »Unsere Gedanken sind also vereint. Dann werde ich jetzt versuchen, Mandini zu finden.«

Kurz darauf sah Abby die Flotte der Meerhexen vor sich. Ihr war, als stünde sie auf dem schwankenden Schiffsdeck und hörte Mandinis Stimme. »Hallo, Abby, Spike, Sir Chadwick«, sagte er.

Und genauso deutlich hörte sie im Geiste Sir Chadwicks Erwiderung: »Mandini, ich möchte, dass Sie in Spikes Gedanken vordringen und versuchen, seine Erinnerung freizusetzen.«

»Das ist nicht ganz ungefährlich, Sir Chadwick«, warnte Mandini. »So etwas habe ich noch nie gemacht. Was, wenn jeder von uns am Ende die Erinnerung eines anderen zurückbehält?«

»Das Risiko müssen wir eingehen.«

»Wie Sie wünschen, Meister.«

Sofort flackerte in Abbys Gedanken eine Reihe flüchtiger Bilder auf, von Orten, an denen sie noch nie gewesen war, und Gesichtern, die sie nicht kannte.

»Denk weiter an den blauen Himmel, Abby«, mahnte Sir Chadwick.

Plötzlich rief Spike: »Ich hab's! Jetzt weiß ich wieder, wie es in der Festung der Nachthexen aussah.«

»Mehr nicht?«, fragte Abby.

»Besser als gar nichts, oder?«, gab Spike zurück.

»Gut gemacht, Mandini. Und auf Wiedersehen«, sagte Sir Chadwick und ließ die Hände der beiden los.

»Erzähl uns, woran du dich wieder erinnern kannst«, forderte Starlight Spike auf.

»Ich war eines der gefangenen Kinder, und unsere Aufgabe war es, den Eisstaub vom Grund des Sees heraufzuholen«, sagte Spike.

»Wie geht das vor sich?«, fragte Captain Starlight.

»Die Nachthexen lassen große Metallkugeln mit Kindern darin auf den Grund des Sees sinken«, erklärte Spike. »Die Kinder schwimmen hinaus und ernten den Eisstaub. Wenn sie genug gesammelt haben, wird ein Wassertank mit Luft gefüllt, und die Kugel steigt wieder an die Oberfläche. Dann wird sie von den Nachthexen zu den Presswerken gebracht.«

»Und weiter?«, fragte Sir Chadwick.

»Reiner Eisstaub ist für die Nachthexen immer noch tödlich, also brauchen sie auch Sklaven, die ihn ins Presswerk laden.«

»Was ist das für ein Presswerk?«, fragte Abby.

»Das ist eigentlich nichts weiter als ein riesiger Hammer.« Spike gestikulierte aufgeregt. »Die Gefangenen stellen eine Form mit einer Mischung aus flüssigem Giftmüll und Eisstaub darin auf einen großen Amboss. Dann saust der Hammer herunter und presst das Gemisch zusammen. Dabei wird eine ölige schwarze Flüssigkeit freigesetzt, und zurück bleibt ein großer Block Schwarzstaub.«

»Die schwarze Flüssigkeit leiten sie in den See, den sie außerhalb der Burgmauern angelegt haben«, sagte Abby.

»Und was passiert mit den Schwarzstaub-Blöcken?«, fragte Starlight.

»Sie werden durch eine Luftschleuse an die Nachthexen weitergeschickt, die sie auf Schlitten verladen und zum Hafen bringen.«

Captain Starlight legte Spike eine Hand auf die Schulter. »Kannst du dich noch an deine Flucht erinnern oder daran, wie du an den Schlüssel für das Atlantisboot gekommen bist?«, fragte er.

Spike schüttelte den Kopf. »Ich weiß nur noch, dass Abbys Vater mir aufgetragen hat, den Alten Seemann zu suchen und ihm den Schlüssel zu geben.«

In diesem Moment kehrte Benbow von seinem Erkundungsflug zurück, hüpfte auf den Kartentisch und hielt seinen Schnabel dicht an Starlights Ohr. Der Captain nickte.

»Wichtige Neuigkeiten. Wie Benbow berichtet, wissen die Nachthexen bereits, dass die Meerhexen-Flotte unterwegs ist. Offenbar hat das Fliegende Insekt sie auf seinem Weg hierher entdeckt.«

»Dann wird es jetzt ernst«, sagte Sir Chadwick.

Starlight nickte grimmig. »Der Kampf beginnt, Kameraden. Ich werde Benbow zurückschicken, damit er die

Haiboote im Auge behält. Sobald sie tatsächlich die Segel setzen, sagt er uns Bescheid. Dann sind wir am Zug.«

»Und was machen wir bis dahin?«, fragte Abby.

Starlight lächelte. »Wir ruhen uns noch ein wenig aus.«

»Aber wir können doch nicht bloß hier herumsitzen und warten«, rief Spike. »Ich dachte, der Kampf beginnt?«

Sir Chadwick hob die Hand. »Captain Starlight hat Recht«, sagte er. »Meine Erfahrungen als Soldat haben mich gelehrt, dass man möglichst ausgeruht in die Schlacht ziehen sollte. Sobald die Sonnen das nächste Mal abgeschaltet werden, legen wir uns ein bisschen aufs Ohr. Angesichts der Gefahren, die vor uns liegen, brauchen wir einen klaren Kopf.«

Sie warteten, und wenig später wurde es tatsächlich dunkel. Aber Abby konnte nicht schlafen. Sie musste daran denken, was Sir Chadwick über die Gefahren gesagt hatte, die ihnen bevorstanden.

Als sie endlich doch einschlief, hatte sie einen merkwürdigen Traum. Sie befand sich in einer großen Höhle, deren Boden mit glitzerndem weißem Staub bedeckt war. Riesige Stalagmiten ragten vom Boden auf und Stalaktiten hingen von der Decke herab. Die rauen Wände bestanden aus einem silbrig glänzenden Gestein, das Abby schon einmal gesehen hatte: Die Burg am See war daraus erbaut. Als sie es aus der Nähe betrachtete, bemerkte sie, dass es mit kostbaren, funkelnden Edelsteinen besetzt war. In der Ferne schimmerte ein blaues Licht, und von dort hörte sie eine Stimme, die nach ihr rief.

Sie folgte dem Licht und der Stimme, ganz ohne Furcht. Doch dann wachte sie auf und stellte zu ihrer Überraschung fest, dass sie geschlafwandelt hatte. Sie war nicht mehr auf dem Atlantisboot, sondern stand am Flussufer. Und noch immer rief jemand ihren Namen. Es war Captain Starlight.

Sie wollte gerade antworten, als das Wasser im Fluss plötzlich gurgelte und schäumte und ein riesiger Kopf aus den Fluten hervorschoss. Abby konnte gerade noch denken, dass er wie der Kopf eines überdimensionalen Seepferdchens aussah, als er auch schon vorschnellte und sie verschlang.

29

Der Herrscher der Kalten Meere

Abby staunte. Sie befand sich im Bauch des Ungeheuers – und war am Leben. Dann wurde sie von Panik erfasst und fing an, um sich zu treten und zu schlagen, aber nichts geschah. Schließlich zwang sie sich zur Ruhe und stellte fest, dass es hier drinnen weitaus gemütlicher war, als man hätte erwarten können. Es war zwar ziemlich eng, aber überhaupt nicht eklig und schleimig, sondern trocken und weich. Eher, als wäre man von Polsterkissen umgeben. Genügend Luft bekam sie auch. Schließlich dämmerte ihr, dass dieses Ungeheuer offenbar nicht lebendig war, sondern nur irgendein seltsames mechanisches Gerät, das sich, wie sie an den Bewegungen spürte, eilends mit ihr fortbewegte.

»Sicher wieder eine von diesen Erfindungen der Nachthexen«, murmelte sie. »Bloß komisch, dass es hier drin gar nicht stinkt. Na, die werden sich wundern, wenn das

Vieh mich ausspuckt.« Und sie pfiff die Melodie, die sie unsichtbar machte.

Nach einer Weile wurden die Bewegungen des Ungeheuers langsamer, und schließlich hielt es an. Dann öffnete es das Maul und katapultierte Abby hinaus.

Draußen war es hell, und im ersten Moment glaubte Abby, noch zu träumen. Sie befand sich in der Höhle, die sie im Traum gesehen hatte, und in ihrem blauen Licht entdeckte sie einen wunderschönen Thron aus rosafarbenem Stein, der mit Juwelen besetzt war. Ein hübsches Mädchen in einem wallenden weißen Kleid saß darauf. Ihr Gesicht kam Abby irgendwie bekannt vor.

»Aber wo bist du denn, kleines Mädchen?«, fragte die andere traurig. »Wo bist du? Ach, ich bin so allein!« Und sie begann zu weinen. Abby hatte dieses Weinen schon einmal gehört, in der Nacht, als sie und Benbow im Wald geschlafen hatten. Es klang so herzzerreißend, dass sie Mitleid bekam.

»Hab keine Angst, ich bin ganz nah bei dir«, sagte sie.

»Aber ich kann dich nicht sehen«, klagte das Mädchen und blickte sich suchend um.

Abby pfiff ihre Melodie rückwärts und wurde wieder sichtbar.

»Da bist du ja«, rief das Mädchen und seine Miene hellte sich auf. »Wie hast du das gemacht?«

»Ich weiß nicht genau«, antwortete Abby. »Ich kann es eben einfach. Aber sag, wer bist du eigentlich?«

Sofort gewann das Mädchen seine Selbstbeherrschung zurück. Sie richtete sich auf und machte ein unnahbares Gesicht. »Ich bin Prinzessin Galcia von Lantua. Und wer bist du?«

»Ich bin Abby Clover aus Speller.«

»Ist das weit weg von hier?«

»Sehr weit weg.«

»Ich kann niemals irgendwo anders hingehen«, sagte die Prinzessin wehmütig. »Ich darf diese Höhle nicht verlassen.«

»Warum nicht?«

»Die Hexen der Finsternis würden mich sofort gefangen nehmen, wie sie es auch mit meinem Bruder getan haben.«

»Mit deinem Bruder?«, wiederholte Abby, und dann fiel es ihr wie Schuppen von den Augen. »Spike ist dein Bruder! Deshalb kamst du mir auch gleich so bekannt vor – ihr seht euch wirklich sehr ähnlich.«

»Mein Bruder heißt nicht Spike«, erwiderte die Prinzessin von oben herab. »Sein Name ist Altur, Prinz von Lantua und Herrscher der Kalten Meere. Jedenfalls war das sein Name, bevor die Hexen ihn entführt und getötet haben.«

»Sie haben ihn nicht getötet«, sagte Abby. »Er ist noch am Leben. Wir sind zusammen hergekommen.«

Die Prinzessin schüttelte den Kopf. »Das kann nicht sein. Meine Schlange hat überall nach ihm gesucht. Deshalb wusste ich ja auch von dir. Sie hat dich gesehen, als du im Wald geschlafen hast.«

»Ich dachte, die Schlange wäre ein menschenfressendes Ungeheuer.«

Prinzessin Galcia schüttelte wieder den Kopf. »Vor langer Zeit hat ein solches Ungeheuer im Fluss gelebt, aber Turmec der Große, einer meiner Vorfahren, hat es getötet. Meine Schlange wurde von den Himmelswesen gemacht, die in einem magischen Boot zu uns kamen – als Geschenk für die Kinder des Königshauses von Turmec. Sie ist schon viele Tausend Jahre alt.« Sie lehnte sich vor und berührte Abbys Arm. »Aber nun erzähl mir von Altur.«

»Dein Bruder ist damals entkommen, aber er hat dabei sein Gedächtnis verloren. Jetzt ist er mit mir und meinen Freunden zurückgekehrt.«

»Dann ist er also wirklich noch am Leben?«, rief die Prinzessin ungläubig. »Sicher ist er durch das Eiswasser davongeschwommen. Das konnte nur er. Andere Kinder wären darin erfroren. Wo ist er jetzt?«

»Auf unserem Boot.«

»Dort ist er in großer Gefahr! Wir müssen ihn in diese Höhle bringen – hier können die Nachthexen ihn nicht holen.«

»Warum nicht?«

Prinzessin Galcia deutete auf den Boden. Weißes Pulver lag am Fuße ihres Throns. Abby sah, dass der ganze Höhlenboden davon bedeckt war.

»Wenn sie diesen Boden betreten, sterben sie.«

»Eisstaub«, sagte Abby. »Und solche Mengen.«

Sie schaute die Prinzessin an. »Warum lebst du hier unten? Was ist passiert?«

»Setz dich«, forderte die Prinzessin sie auf. »Ich will dir die Geschichte erzählen.«

Abby tat wie geheißen und die Prinzessin begann. »Vor langer, langer Zeit war dieses Land hier Mordocs Land.«

»Ich habe von ihm gehört«, sagte Abby.

»Unterbrich mich nicht«, sagte die Prinzessin streng. »Mordoc war ein böser Mann. Er machte die Menschen, die hier lebten, zu Sklaven. Eines Tages kam mein edler Vorfahr, Turmec der Große, mit seinem Langschiff aus dem hohen Norden hierher. Er belagerte Mordocs Festung und besiegte ihn. Er befreite die Menschen und gründete ein glückliches Reich.

Aber dann, vor vielen Hundert Jahren, wurden die Feuerberge immer kälter und das Land gefror. Meine Vorfahren lebten weiterhin in der Burg, die Turmec erbaut hatte. Die Letzten unseres Volkes hielten ihnen die Treue.«

»Ich habe die Burg gesehen«, sagte Abby.

Die Prinzessin nickte. »Der See wärmt alles, was innerhalb der Eissäule liegt. Auch mein Vater, König Turmec IX., war ein weiser und gütiger Herrscher. Aber dann, vor einigen Jahren, fielen die Nachthexen hier ein. Sie nahmen meine Mutter, Königin Tayma, meinen Vater und meinen Bruder gefangen und zwangen sie, für sie zu arbeiten. Sie hätten auch mich geholt, aber mein Vater kannte diesen geheimen Ort. Ihm blieb gerade noch Zeit, mich und meine Schlange hier zu verstecken.«

»Und was ist dann passiert?«, fragte Abby.

»Die Nachthexen stahlen unser Zauberpulver. Sie selbst dürfen es nicht berühren, deshalb ließen sie ihre Gefangenen diese Arbeit verrichten. Sie haben grausige Schiffe, die unter den Ozeanen segeln konnten, um von jenseits des Meeres neue Sklaven heranzuschaffen. Die Gefangenen können nicht fliehen, weil das Wasser außerhalb der Eissäule zu kalt ist und sie nur im See schwimmen können. Aber Altur ist anders. Er empfindet keine Kälte. Er muss aus dem See in den kalten Fluss und dann hinaus aufs offene Meer geschwommen sein.«

»So war es«, sagte Abby. »Ein Wal hat ihn gerettet und

an den Ort gebracht, an dem ich lebe. Wenn du willst, kann ich dich zu ihm führen.«

»Aber ich habe meinem Vater versprochen, die Höhle nicht zu verlassen.«

»Angesichts der Umstände würde dir dein Vater das sicher verzeihen«, sagte Abby. »Das ist schließlich ein Notfall.«

»Einverstanden«, sagte die Prinzessin. »Dann bring mich zu Prinz Altur.«

»Können wir zu der Stelle zurückkehren, wo deine Schlange mich entführt hat?«

»Sie selbst wird uns dort hinführen«, sagte Prinzessin Galcia.

»Dann sollten wir uns beeilen«, sagte Abby.

Im Laufschritt folgten Abby und die Prinzessin der Schlange durch ein Labyrinth von Tunneln. Abby entdeckte, dass die Bilder an den Wänden eine Geschichte erzählten, und versuchte, im Vorbeihasten einen Blick darauf zu erhaschen.

»Nun komm schon«, rief Prinzessin Galcia, als Abby kurz vor einem der Bilder stehen blieb.

»Ich komme gleich«, antwortete Abby nachdenklich und setzte sich wieder in Trab, um die Prinzessin einzuholen. Wenig später traten sie aus einem Tunnel hinaus und befanden sich plötzlich im dunklen Wald.

Abby stellte fest, dass sie ganz in der Nähe des Atlantisboots sein mussten, und da hatte sie auch schon Captain Starlight und Sir Chadwick entdeckt, die unten am Flussufer standen.

»Vielleicht sollte die Schlange sich lieber versteckt halten, bis wir ihnen alles erklärt haben«, sagte Abby. »Sonst gehen sie womöglich auf sie los.«

Prinzessin Galcia befahl der Schlange zu warten und folgte Abby zum Fluss hinunter. Als die beiden Männer sie bemerkten, kamen sie ihnen rasch entgegengelaufen.

»Wir dachten schon, das Ungeheuer hätte dich verschlungen«, rief Captain Starlight erleichtert.

»Hat es auch«, sagte Abby und blickte sich suchend um. »Wo ist Spike?«

»Er hält im Boot bei der Kristallkugel Wache«, sagte Sir Chadwick. »Aber wer ist diese junge Dame?«

Abby wandte sich an Prinzessin Galcia. »Entschuldige mein schlechtes Benehmen. Darf ich vorstellen: Sir Chadwick Street und Captain Adam Starlight. Meine Herren … das ist Ihre Hoheit Prinzessin Galcia.« Die beiden Männer verneigten sich.

»Wie Benbow berichtet, macht sich die Haiboot-Flotte zum Auslaufen bereit«, sagte Starlight niedergeschlagen. »Spike überwacht jede ihrer Bewegungen. Wir werden es auf keinen Fall rechtzeitig schaffen, sie mit Eisstaub zu versorgen. Die Flotte der Meerhexen wird untergehen.«

»Doch, wir werden es rechtzeitig schaffen«, widersprach Abby. »In den Höhlen unter uns gibt es massenhaft Eisstaub. Wenn wir uns beeilen, können wir das Luftschiff damit beladen und zu den Meerhexen schicken.«

In diesem Moment kam Spike aus der Kajüte an Deck. »Die Haiboote werden jetzt ablegen«, rief er ihnen zu – dann entdeckte er Prinzessin Galcia und erstarrte.

»Altur!«, rief die Prinzessin. »Ich dachte, ich würde dich nie mehr wiedersehen.«

Spike hob eine Hand an die Stirn. Dann sprang er ans Ufer, rannte auf sie zu und nahm sie in die Arme.

»Galcia!«, sagte er. Er trat einen Schritt zurück und fasste sich an die Stirn. »Jetzt weiß ich wieder, wer ich bin!« Er wies auf die anderen. »Und das sind meine Freunde.«

»Was ist geschehen, nachdem die Hexen der Finsternis dich und unsere Eltern gefangen genommen haben, Altur?«, fragte Galcia.

Spike ergriff ihre Hand. »Wir mussten für die Hexen arbeiten. Deine Eltern, Abby, waren auch unter den Gefangenen. Uns allen blieb nur eine einzige Hoffnung: Abbys Vater besaß immer noch den Schlüssel zum Atlantisboot. Er hatte ihn vor den Nachthexen verstecken können. Da ich als Einziger im kalten Wasser schwimmen konnte, vertraute er mir den Schlüssel an und erteilte mir den Auftrag, ihn in Sicherheit zu bringen.

Ich schwamm aus dem See in den Fluss und von dort aufs Meer hinaus. Die Nachthexen schickten mir ein Haiboot hinterher. Es erwischte mich am Kopf. Sie hielten mich für tot, aber ein Wal fand mich und brachte mich nach Speller, in die Stadt, in der Abby lebt.«

»Woher wusste der Wal, wohin er dich bringen sollte?«, fragte Abby.

»Ich hatte ihn gebeten, den Alten Seemann für mich zu suchen«, antwortete Spike. »Das war alles, woran ich mich noch erinnern konnte.«

»Die Wale wussten, dass ich mich in Speller aufhielt, um nach dem Schlüssel für das Atlantisboot zu suchen«, sagte Starlight.

»Wieso sprichst du eigentlich die Sprache der Wale, Spike – ich meine, Hoheit?«, fragte Abby.

Spike lächelte. »Ich bin Prinz Altur, der Herrscher der Kalten Meere. Ich spreche auch die Sprache der Robben und Pinguine – aber nenn mich ruhig weiter Spike, Abby.«

»Dann darfst du mich auch weiterhin Abby nennen«, gab sie grinsend zurück. »Andernfalls hätte ich auf *Abigail* bestanden.«

Captain Starlight schien allmählich nervös zu werden.

»Wir müssen uns beeilen und das Luftschiff mit Eisstaub beladen«, drängte er.

»Das kann meine Schlange übernehmen«, sagte Prinzessin Galcia und schloss die Augen, um sich zu konzentrieren. Gleich darauf glitt das große, künstliche Ungetüm auf sie zu. Obwohl Abby wusste, dass es ungefährlich war, erschrak sie doch bei seinem furchterregenden Anblick.

»Eine beeindruckende Erscheinung«, sagte Sir Chadwick bewundernd. »Mit der würde ich gern mal auf der Bühne stehen.«

»Woher stammt sie?«, fragte Starlight.

Prinzessin Galcia hob den Arm und das Geschöpf blieb vor ihr stehen. »Vor langer Zeit besuchte ein seltsames Volk unser Königreich. Es kam von den Sternen. Sie reisten in einem Schiff wie dem Euren«, sagte sie und wies auf das Atlantisboot, »und ließen uns diese Schlange zurück, als Spielzeug für die Kinder der königlichen Familie.« Sie wandte sich an Starlight. »Was soll meine Schlange also tun?«

Starlight wies auf das gekaperte Luftschiff. »Wenn möglich, soll sie den Laderaum mit Eisstaub füllen, Hoheit.«

Prinzessin Galcia sah die Schlange fest an und klatschte

dann in die Hände. Das Ungeheuer schnüffelte kurz zwischen ihren Füßen und bohrte dann den Kopf in den Boden.

»Tretet zurück«, befahl Prinzessin Galcia. Die Kreatur, den Kopf in der Erde, schien einen schier endlosen Atemzug zu nehmen und schwoll dabei immer weiter an. Als sie fast schon kugelrund geworden war, hob Prinzessin Galcia die Hand, zum Zeichen, dass es genug sei. Die Schlange zog den Kopf aus dem Boden und glitt zum Luftschiff hinüber.

Starlight hatte die Tür zum Laderaum schon geöffnet. Die Schlange steckte ihren Kopf hinein und atmete aus.

»Wunderbar«, sagte Sir Chadwick und füllte sogleich neuen Eisstaub in seinen Zauberstab. In diesem Moment stieß Benbow vom Himmel herab und setzte sich Starlight auf die Schulter.

»Die Zeit drängt«, sagte dieser. »Benbow sagt, dass die Haiboote soeben in See gestochen sind.« Er zögerte. »Wer soll das Luftschiff zur Flotte der Meerhexen fliegen?«

Sir Chadwick winkte ab. »Wenn Sie die Steuerung auf Automatik stellen, sage ich Mandini Bescheid, dass er das Schiff per Lichthexen-Willen zu sich leiten soll.«

Während Starlight die Steuerung entsprechend einstellte, schickte Sir Chadwick seine Gedanken zur Flotte der Meerhexen. »Mandini lässt ausrichten, dass sie bis zur letzten Kanonenkugel kämpfen werden«, erklärte er, als er aus der Trance erwachte.

Schon stieg das Luftschiff in die Höhe, und sie schauten ihm nach, bis es außer Sichtweite war.

»Jetzt müssen wir nur noch die Festung einnehmen und die Gefangenen befreien«, sagte Captain Starlight.

30

Die Mauer der Angst

»Da Spike sein Gedächtnis wiedergefunden hat, kann er uns vielleicht etwas mehr über die Festung der Nachthexen erzählen«, sagte Starlight, als sie alle im Atlantisboot zusammensaßen.

Spike kam Abby auf einmal viel imposanter vor, wie er so vor ihnen stand. Fehlte eigentlich nur noch das Prinzengewand.

»Der See des Lebens ist das Herz des Königreichs Lantua«, erklärte Spike. »Sein Wasser ist vollkommen rein, und auf seinem Grund gibt es einen kleinen Vulkan. Deshalb ist das Wasser des Sees immer warm. Aus diesem Vulkan strömt ein Rinnsal aus flüssigem Feuer hervor, das sich bei der Berührung mit dem Wasser in Eisstaub verwandelt.

Unter Lantua gab es einst ein ausgedehntes Labyrinth unterirdischer Seen, die durch feine Risse in den Felsen aus dem See des Lebens gespeist wurden. Meine Vorfahren versiegelten diese Risse, und als die unterirdischen Seen allmählich austrockneten, blieben Höhlen zurück, die als Zufluchtsort und als Lagerstätten für Eisstaub genutzt werden konnten. Dort hat Abby meine Schwester Galcia gefunden.«

»Und der Fluss?«, fragte Sir Chadwick.

Spike sah ihn an. »Der Fluss ist nie versiegelt worden.«

»Könnte man mit dem Atlantisboot den Fluss hinauffahren, um in den See zu gelangen?«, fragte Starlight.

»Nein«, antwortete Spike. »Der Spalt im Felsen ist zu schmal und zu verwinkelt für dieses Boot.«

»Könnte meine Schlange sich nicht hindurchwinden?«, schlug Prinzessin Galcia vor.

»Ja, das könnte gehen – so gerade eben«, sagte Spike.

Starlight nickte. »Sprich weiter.«

»Als die Nachthexen kamen, haben sie ihre Festungsanlage auf den Mauern unserer Burg errichtet. Sie brachten die Maschinen zur Herstellung von Schwarzstaub hierher und die Gefangenen, die ihnen dienen müssen.«

»Wo sind die Gefangenen untergebracht?«, fragte Sir Chadwick.

»Der alte Burghof ist das Zentrum der Festung«, erklärte Spike. »Er dient als Fabrik und als Verlies zugleich.

Dort befinden sich die Gefangenen und auch die gewaltigen Maschinen, die den Schwarzstaub pressen.«

»Und wo sind meine Eltern?«, fragte Abby.

»Sie waren dafür zuständig, die große Presse zu bedienen«, antwortete Spike. »Gemeinsam mit meinen Eltern.«

»Warum lassen die Nachthexen den Eisstaub nicht einfach aus den unterirdischen Höhlen heraufholen?«, fragte Sir Chadwick.

»Sie wissen nicht, dass es diese Höhlen gibt. Deshalb hat mein Vater Galcia ja dort versteckt.«

Starlight überlegte. »Ich frage mich, warum die Erwachsenen nie versucht haben zu fliehen«, meinte er.

»Das können sie nicht. Dort wo der Fluss ins Meer mündet, wird das Wasser viel zu kalt. Sie würden erfrieren. Nur mir macht das kalte Wasser nichts aus.«

»Aber könnten sie nicht die Wachen überwältigen und aus der Festung fliehen?«, fragte Sir Chadwick.

Spike schüttelte wieder den Kopf. »Das wäre sinnlos. Über die Mauer der Angst kämen sie nicht hinweg.«

»Die Mauer der Angst? Was ist das nun wieder?«

Spike hob die Hände. »Das ist schwer zu erklären. Die Fabrik und das Gefangenenlager sind von einer Art schwarzem Nebel umgeben. Sobald man sich ihm nähert, wird man von einer schrecklichen Furcht ergriffen.

Niemand außer den Nachthexen kann diesen Nebel durchschreiten.«

Starlight sah Sir Chadwick an. »Was könnte das sein?«

Sir Chadwick schürzte die Lippen. »Schwer zu sagen. Ich weiß, dass es einen Nachthexen-Zauber gibt, der einen Raum mit Angst erfüllt, aber von einer *Mauer* der Angst habe ich noch nie gehört. Es muss etwas Neues sein, das mit Hilfe von Schwarzstaub funktioniert.«

»Glauben Sie, Sie könnten ein Loch hineinzaubern?«

»Möglich. Aber wenn ich Spike richtig verstanden habe, werden dort sehr viele Menschen gefangen gehalten. Ich müsste also das Loch zaubern und gleichzeitig gegen die Wachen der Nachthexen kämpfen. Da kann ich nicht versprechen, dass auch wirklich alle entkommen.«

»Was meinst du, wie viele Wachen in der Festung zurückgeblieben sind, Spike?«, fragte Starlight.

»In der Kristallkugel habe ich gesehen, dass die meisten von ihnen mit der Haiboot-Flotte ausgelaufen sind«, antwortete Spike. »Aber ungefähr ein halbes Dutzend befindet sich noch in der Festung. Auch Wolfbane und die Trollwachen.«

Starlight dachte nach. Dann wandte er sich an Sir Chadwick. »Könnten Sie nicht den Eisstaub mit einer Zauberformel besprechen, so dass die Schlange mit seiner Hilfe ein Loch in die Mauer der Angst blasen kann?«

Sir Chadwick nickte. »Das sollte möglich sein.«

»Gut«, sagte Starlight. »Haben wir auch noch die Mäntel der Hexen aus dem Luftschiff?«

Abby nickte.

»Hört zu – das ist mein Plan«, begann Starlight. »Die drei Kinder werden im Inneren der Schlange in den See des Lebens schwimmen. Es wird ziemlich eng werden da drin, denn die Schlange muss auch eine Ladung Eisstaub mitnehmen, den Sir Chadwick mit einem Zauber belegt hat.«

Starlight sah Prinzessin Galcia an. »Kann die Schlange euch drei und dazu noch eine Ladung Eisstaub tragen?«, fragte er.

Galcia überlegte. »Ich denke schon, Captain«, sagte sie.

Starlight legte Spike eine Hand auf die Schulter. »Wo genau befindet sich das Haupttor der Festung?«

»Ich zeige es euch in der Kristallkugel«, sagte Spike und konzentrierte sich, bis ein Bild in der Kugel erschien, das zwei große, messingbeschlagene Torflügel zeigte.

Starlight wandte sich an die Kinder. »Wenn ihr drei in das Gefangenenlager eingedrungen seid, müsst ihr so schnell wie möglich in die Nähe dieses Tores kommen. Es bleibt euch also keine Zeit für ein Wiedersehen mit euren Eltern. Am besten wäre es sogar, Abby würde euch alle drei unsichtbar machen.«

»In Ordnung«, sagte Abby.

»Wenn ihr die Mauer der Angst erreicht, muss die Schlange mit dem Eisstaub ein Loch hineinblasen. Ihr geht hindurch und öffnet das Tor. Sir Chadwick und ich werden, als Nachthexen getarnt, auf der anderen Seite warten.«

»Und was passiert mit dem Atlantisboot?«, fragte Abby.

»Wir fahren damit so weit es geht den Fluss hinauf und lassen es dann auf dem Grund zurück.«

»Was machen wir, wenn wir das Tor geöffnet haben?«, fragte Spike.

»Bis dahin haben die Nachthexen sicher schon Lunte gerochen. Sie sind zwar in der Überzahl, aber dafür haben wir die Überraschung auf unserer Seite. Sir Chadwick und ich werden gegen die Nachthexen kämpfen und sie hoffentlich überwältigen.«

»Wir kämpfen auch«, riefen die Kinder wie aus einem Mund.

Sir Chadwick stand auf und schlug Starlight auf die Schulter. »Ein ausgezeichneter Plan, Sir. Einfach, kühn und schlau. Selbst Mandini hätte sich keinen besseren ausdenken können. Ich ziehe meinen Hut vor Ihnen!«

»Jetzt müssen wir nur noch warten, bis es dunkel wird«, sagte Captain Starlight.

31

Die Kinder im See

Als die künstlichen Sonnen wieder erloschen, führte Prinzessin Galcia die Gefährten in die Höhlen unter der Erde. Alle waren von ihren Ausmaßen fasziniert, nur Sir Chadwick gelang es kaum, den Blick von dem dicken Eisstaub-Teppich unter ihren Füßen abzuwenden. »Genug für ein ganzes Jahrtausend«, seufzte er.

»Und der See sorgt immer weiter für Nachschub«, erinnerte ihn Spike.

»Schnell jetzt«, sagte Captain Starlight drängend. »Wir müssen wissen, wie viel Eisstaub wir in der Schlange unterbringen können.«

Galcia sah zu, wie Captain Starlight und Sir Chadwick Eisstaub zu einem Haufen zusammenschoben. Als sie der Meinung war, mehr würde nicht in die Schlange hineinpassen, hob sie die Hand.

Sir Chadwick fing an, das kostbare Pulver zu besingen,

bis es in den unterschiedlichsten Farben erglühte und schließlich wieder strahlend weiß wurde.

Starlight reichte Abby seine goldene Taschenuhr. »Punkt zwölf stehen wir vor dem Tor der Festung«, sagte er. »Genau zu diesem Zeitpunkt müsst ihr die Mauer der Angst durchbrechen und uns einlassen.«

Abby verstaute die Uhr sorgfältig in der Tasche ihres Atlantis-Capes.

»Viel Glück«, riefen Sir Chadwick und Captain Starlight.

Als die Kinder im Innern der Schlange saßen, sagte Prinzessin Galcia: »Über euren Köpfen müsstet ihr eine Brille finden. Wenn ihr die aufsetzt, könnt ihr mit den Augen der Schlange ihren Weg verfolgen. Sind alle bereit? Dann geht es los!«

Wieder spürte Abby die eigentümlichen Schlängelbewegungen der Kreatur, nur dass sie diesmal auch sehen konnte, welchen Weg sie nahmen. Schon nach wenigen Minuten hatten sie das Flussufer erreicht und die Schlange glitt ins Wasser.

Sie sahen das Atlantisboot auf dem Grund liegen und ihre Reise flussaufwärts begann. Je weiter sie vorstießen, desto dichter war das Flussbett mit Algen bewachsen.

»Weil das Wasser jetzt immer wärmer wird«, erklärte Spike.

Seltsame, fast transparente Fische huschten vorbei, und über den Boden krochen sonderbare, krebsartige Tiere.

Abby war so fasziniert von der Tier- und Pflanzenwelt des Flusses, dass sie kaum merkte, wie die Zeit verging, bis Spike schließlich sagte: »Die Strömung wird stärker. Wir sind jetzt kurz vor dem Zugang zum See.«

Die Algen im Flussbett neigten sich immer mehr, und dann ragte eine schroffe rosafarbene Felswand vor ihnen auf. In der Mitte war ein schmaler, zerklüfteter Spalt zu sehen.

»Das wird eng«, rief Spike.

Hin und her wand sich die Schlange, um sich durch den schmalen Spalt zu schieben. Einen Herzschlag lang glaubte Abby, sie würden stecken bleiben, aber dann kam die Schlange wieder frei und schwamm in den See des Lebens hinein.

Das Wasser war kristallklar und von einem wunderschönen, leuchtenden Blau. Auf seinem Grund sah Abby Eisstaub glitzern. Fischschwärme schwammen vorüber. Sie waren nicht mehr durchsichtig, sondern schimmerten in allen Farben des Regenbogens. In der Mitte des Sees erhob sich ein Kegel, dessen Gipfel in einem blauen Licht erstrahlte. Wolken von Eisstaub wirbelten um ihn herum.

»Der Vulkan«, sagte Spike.

In einiger Entfernung entdeckten sie ein ganzes Feld von schwarzen Metallkugeln, dazwischen eine Schar von Kindern, die Eisstaub sammelten. Sie waren so beschäftigt, dass sie die Schlange nicht bemerkt hatten.

»Halt an, Galcia«, rief Spike. »Wir warten hier. Sicher wird bald eine Kugel in unserer Nähe heruntergehen.«

»Und was machen wir dann?«, fragte Abby.

»Ich werde zu dem Kind hinüberschwimmen und ihm erklären, was wir vorhaben.«

»Wie atmen die Kinder eigentlich unter Wasser?«, fragte Abby.

»Gar nicht«, sagte Spike. »Nur wer lange genug die Luft anhalten kann, wird für diese Arbeit ausgewählt. Die Nachthexen fürchten, dass Atemgeräte die Kinder zur Flucht verleiten könnten. Aber die Kugeln sind natürlich mit Luft gefüllt, dort kann man Atem schöpfen.«

»Aber es muss doch ziemlich lange dauern, bis diese großen Kugeln voll sind?«, meinte Abby.

»Allerdings«, bestätigte Spike. »Man muss Dutzende Male hin und her schwimmen. Das ist sehr, sehr anstrengend.«

Während sie warteten, beobachtete Abby weiter die regenbogenfarbenen Fischschwärme, die draußen vorbeischwammen. Nach einer Weile geschah, was Spike vorhergesagt hatte: Eine große schwarze Metallkugel schwebte durch das klare Wasser herunter und blieb ganz in ihrer Nähe auf dem Seeboden liegen.

Die Luke öffnete sich und ein Mädchen kam herausgeschwommen. Ihr Schwimmanzug hing nur noch in Fetzen an ihr herab. Mit einer Kelle begann sie, den Eisstaub vom Grund des Sees in eine große Umhängetasche zu schaufeln. Sie hatte die Schlange, die sich tief in die Eisstaub-Schicht eingegraben hatte, noch nicht bemerkt.

»Das ist Claris«, sagte Spike aufgeregt. »Ich werde mit ihr sprechen.«

Spike schwamm aus dem Maul der Schlange hinaus. Als er sich dem Mädchen näherte, sah Claris erschrocken auf. Abby und Galcia beobachteten, wie die beiden sich in Zeichensprache verständigten. Gleich darauf schwamm das Mädchen zu seiner Kugel zurück, und Spike bedeutete Abby und Galcia, ihm zu folgen. Abby holte tief Luft und folgte Galcia hinaus in den See.

Spike schwamm ihnen voraus, und nachdem sie die Luftschleuse der Kugel passiert hatten, standen sich die vier in ihrem düsteren Inneren gegenüber. Spike stellte sie dem Mädchen vor. »Wir sind gekommen, um euch zu befreien, Claris«, sagte er dann.

Das Mädchen schüttelte traurig den Kopf. »Aber wie denn? Wie sollen wir Kinder die Hexen der Finsternis besiegen?«

»Wir haben mächtige Freunde«, erklärte Spike. »Aber wir sind auf deine Hilfe angewiesen.«

»Wobei?«

»Statt deine Kugel mit Eisstaub zu füllen, sollst du uns und unsere Schlange darin in die Festung schmuggeln.«

»Was für eine Schlange?«, rief Claris alarmiert.

»Keine Angst«, beruhigte sie Galcia. »Sie ist nur ein Spielzeug. Sie wird dir nichts tun.«

Abby sah sich um. »Das wird aber ziemlich eng hier drin.«

Spike nickte. »Keine Sorge, wenn wir das Wasser ablassen, um aufzusteigen, haben wir etwas mehr Platz.« Er wandte sich wieder an Claris. »Wir müssen noch eine Weile unten bleiben, damit sie annehmen, du hättest eine Ladung Eisstaub gesammelt. Wirst du uns helfen, Claris?«

»Ich werde es versuchen, Altur. Ich bin so froh, dich wiederzusehen. Immer wieder haben wir uns gefragt, ob dir die Flucht wohl gelungen ist.«

»Ich habe viele Abenteuer bestanden, bis mich schließlich ein Wal nach Speller brachte. Dort hat mich Abbys Familie bei sich aufgenommen.«

Claris musterte Abby nachdenklich.

»Ich kenne deine Familie«, sagte sie dann. »Sie haben den Laden in der Stadt. Du warst noch ziemlich klein, als ich dich das letzte Mal gesehen habe.«

»Du kommst aus Speller?«, fragte Abby erstaunt.

»Die meisten von uns kommen dorther«, erwiderte Claris. »Die Hexen der Finsternis haben uns entführt, damit wir hier für sie arbeiten.«

»Kennst du denn auch meine Eltern? Geht es ihnen gut?«

Claris hob die Achseln. »Ich weiß nicht genau. Die Wachen haben sie gestern mitgenommen. Seitdem habe ich sie nicht mehr gesehen.«

»Und meine Eltern?«, fragte Galcia.

Claris sah sie an. »Das Königspaar haben sie auch weggebracht. Wir wissen nicht, was sie mit ihnen vorhaben.«

»Gestern!«, stieß Abby verbittert hervor. »Bis gestern waren sie noch in der Festung.« Sie sah, dass Galcia mit den Tränen kämpfte, und ergriff ihre Hand. »Kopf hoch«, sagte sie tapfer. »Ich bin sicher, dass ihnen nichts zugestoßen ist.«

Aber in ihrem Herzen war sie sich gar nicht so sicher.

»Wir sollten jetzt die Schlange an Bord bringen«, sagte Spike in die Stille hinein. Er schwamm los und kam wenig später mit der Kreatur zurück, aber es war gar nicht so einfach, sie in die Kugel zu bekommen.

»Geschafft«, sagte Spike schließlich. »Ich glaube, wir können nun aufsteigen. Aber wir sollten uns lieber unsichtbar machen, Abby. Claris und die Schlange auch.«

»Warum?«, fragte Claris.

»Wenn oben die Kugel geöffnet wird, werden die Wachen denken, sie ist leer. Sobald wir dann außer Sichtweite sind, kannst du dich wegschleichen, und wir versuchen, unbemerkt zum Tor zu gelangen.«

»Werden die Nachthexen keinen Verdacht schöpfen, wenn die Kugel leer ist?«, fragte Abby.

Spike schüttelte den Kopf. »Das kommt häufiger vor. Manche Kinder sind so erschöpft, dass sie nicht mehr weitermachen können. Dann nehmen andere Kinder sie mit zu sich und schicken die leere Kugel hoch. Die Nachthexen werden annehmen, dass Claris noch unten ist.« Er sah sich um. »Ich glaube, wir haben jetzt lange genug gewartet, Claris. Gib das Signal und mach den Wassertank leer.«

Claris drückte auf einen Knopf, und Spike erklärte Galcia und Abby, dass eine Sirene den Nachthexen ankündigte, wann eine Kugel nach oben kam.

Sie spürten, wie die Kugel langsam aufstieg. Durch ein winziges Bullauge konnte Abby die Kinder sehen, die immer noch auf dem Grund des Sees arbeiteten. Wenige Sekunden später hüpfte ihre Kugel auch schon wie ein Korken auf der Wasseroberfläche auf und ab. Es gab ein kratzendes Geräusch, als der Haken an ihr befestigt wurde, dann wurde sie aus dem Wasser gehoben.

»Jetzt ist es so weit«, sagte Spike und seine Stimme klang angespannt. »Gleich sind wir in der Festung.«

»Spürt man irgendetwas, wenn man die Mauer der Angst passiert?«, fragte Galcia.

»Nein«, antwortete Claris. »Das Metall der Kugel ist zu dick.«

Sie hatten das Gefühl, durch die Luft zu schweben, dann gab es eine Erschütterung und die Kugel blieb ruhig liegen.

»Sie haben uns abgekoppelt«, sagte Claris. »Gleich klappen sie die obere Hälfte auf, um den Eisstaub herauszuholen.«

»Nehmt euch alle bei den Händen. Galcia, fass du das Ohr der Schlange an«, rief Abby.

»Wie aufregend«, sagte Claris. »Ich bin noch nie in meinem Leben unsichtbar gewesen.«

32

Der Kampf gegen die Trolle

Als die Kugel aufschwang, stand eine Schar zerlumpter Kinder um sie herum. Sie hielten Schaufeln in den Händen und starrten in die scheinbare Leere.

»Schnell!«, rief Abby. Die Kinder zuckten zurück, als sie ihre Stimme hörten, die aus dem Nichts zu kommen schien. Ohne einander loszulassen, kletterten Abby, Claris, Spike und Galcia, die immer noch die Schlange am Ohr gepackt hielt, mühsam aus der Kugel heraus und standen auf dem großen Hof innerhalb der Festung.

Abby warf einen Blick auf Captain Starlights Uhr: zehn Minuten vor zwölf. Sie durften keine Zeit verlieren. Suchend schaute sie sich um. Die Festung war überraschend groß, und die wabernde schwarze Mauer der Angst ringsum ließ sie finster und bedrückend wirken. Der ehemals weiße Steinboden des Burghofs war mit einer schmierigen schwarzen Schicht überzogen, und vor der Mauer der Angst ragte ein Geflecht von eisernen Kontrolltürmen und -gängen auf, von denen Nachthexen herabschauten.

In der Mitte des Hofes standen mehrere riesige, schwarz gestrichene Maschinen, in denen unablässig Hämmer herunterkrachten und einen ohrenbetäubenden Lärm verursachten. Sie waren von einer Anzahl trostloser Baracken umrundet, in denen offenbar die Gefangenen untergebracht waren.

Über mannshohe Stützen liefen zwei Drahtseile, an denen Metallfässer hingen, auf die Maschinen zu. Von der einen Seite wurden Fässer mit einer schwarzen öligen Flüssigkeit herangeführt, von der anderen die mit dem Eisstaub, der aus den Kugeln ausgeladen worden war.

Mehrere Kinder mühten sich ab, die Fässer hochzuhieven und ihren Inhalt in große, eckige Behälter zusammenzuschütten, die dann auf die Ambosse geschoben wurden. Im gleichen Moment, in dem die gewaltigen Hämmer auf die Behälter hinuntersausten, senkte sich eine große Glocke darüber und es gab ein lautes, schmatzendes Geräusch. Nach dem Hammerschlag troff eine schwarze Flüssigkeit aus den Behältern in einen Kanal, der in den Steinboden geschlagen worden war und leicht abfallend von den Maschinen wegführte.

Sobald die Hämmer sich wieder hoben, nahmen die

Kinder die Behälter vom Amboss und holten etwa ziegelsteingroße Blöcke eines schwarzen Materials heraus. Der Gestank aus den Behältern war so ekelerregend, dass es Abby den Atem verschlug. »Was für ein schrecklicher Ort«, dachte sie, »schlimmer als ein Albtraum.«

»Schwarzstaub«, rief Spike über den Lärm der Maschinen hinweg. »So wird Schwarzstaub hergestellt.«

Abby schaute zu den Kontrolltürmen hinauf, von wo aus die Nachthexen das Gelände überwachten. Als sie einen günstigen Moment gekommen sah, sagte sie zu Claris: »Schnell, die Luft ist rein. Misch dich unter die anderen Kinder.«

Claris ließ ihre Hand los und drängte sich, sichtbar geworden, rasch zwischen die Kinder, die an der Verladerampe arbeiteten, wo der flüssige Giftmüll in Fässer umgefüllt wurde. Andere Kinder saßen mit hängenden Köpfen auf Bänken und warteten darauf, ihren Platz in den Kugeln einzunehmen und auf den Seeboden zurückzukehren.

Spike stieß Abby an und wies auf zwei Nachthexen in Schutzanzügen, die auf dem nächstgelegenen Kontrollgang patrouillierten.

»Noch haben sie keinen Verdacht geschöpft«, sagte er. »Ich führe euch jetzt zum Haupttor.«

Ohne einander loszulassen, folgten sie Spike über das Gelände.

Nachdem sie unter dem Gewirr von Trägern hindurchgegangen waren, das die Kontrollgänge stützte, war die Mauer der Angst genauer zu erkennen. Auf den ersten Blick hätte man sie für eine dichte schwarze Rauchwolke halten können, doch in ihrem Dunkel lauerten grässliche Dämonen und furchterregende Bestien. Abby wurde von einem überwältigenden Gefühl der Angst und des Abscheus ergriffen. Am liebsten wäre sie umgekehrt, aber sie wusste, dass sie diesem Gefühl nicht nachgeben durfte.

Schließlich kamen sie nicht mehr weiter.

Die wirbelnde schwarze Wand war nur noch wenige Zentimeter von ihnen entfernt, und Dämonen und Schlangen schienen nach ihnen zu greifen, um sie in den bedrohlichen Nebel zu ziehen. Spike versuchte verzweifelt, sich zu orientieren und auszumachen, wo genau hinter dem Nebel sich das große Tor befand.

»Beeil dich, Altur«, rief Galcia. »Ich halte es hier nicht länger aus.«

»Dort!«, rief Spike und deutete auf eine Stelle ein paar Meter weiter. »Dort soll die Schlange eine Bresche schlagen.«

Sie hasteten hinüber, als Abby plötzlich auf dem schmierigen Boden ausrutschte und Spikes Hand losließ. Sofort wurden ihre Begleiter sichtbar. Eine Sirene heulte auf, und Abby sah, dass die Nachthexen auf dem nächsten

Kontrollturm bereits auf sie aufmerksam geworden waren. Es war sinnlos, noch länger unsichtbar zu bleiben, und so pfiff sie rasch ihre Melodie. Galcia zeigte der Schlange, wo sie ein Loch in die Mauer blasen sollte. Die Kreatur hob den Kopf und Eisstaub stob aus ihren Nüstern. Im ersten Moment passierte gar nichts, doch dann wurde der dunkle Nebel immer durchsichtiger und ein ausgefranstes Loch erschien. Dahinter sahen sie das große Tor in den Mauern der alten Burg. Einer nach dem anderen sprangen sie durch das Loch.

Die Trolle, die das Tor bewachten, zogen ihre Waffen und rannten auf sie zu. Aber die Schlange glitt ihnen voran und stieß weiter Eisstaub durch ihre Nüstern aus. Die Trolle prallten zurück, als würden sie von einem kochend heißen Wasserstrahl getroffen. Sie heulten auf, schlugen die Hände vors Gesicht und brachen zusammen, ein Haufen zuckender Leiber.

Abby schaute auf Starlights Uhr: eine Minute vor zwölf.

»Schnell, zum Tor«, rief sie, und alle stürmten vorwärts. Ein schwerer eiserner Riegel lag davor, der über eine große Kettenwinde angehoben werden konnte. Die Kinder griffen nach der Kurbel und stemmten sich mit aller Kraft dagegen, doch die Winde rührte sich keinen Millimeter.

»Versuch's mit einem Zauberspruch, Abby!«, rief Spike.

»Aber ich weiß keinen«, rief sie zurück.

»Dann denk dir einen aus«, sagte Galcia. *»Schnell!«*

Abby hob verzweifelt den Blick und rief:

»Nun geh schon auf,
sonst geh ich drauf!«

Und tatsächlich setzte sich die Winde geschmeidig und wie von Geisterhand in Bewegung.

Von draußen war jetzt Geschrei zu hören, und als das Tor gemächlich aufschwang, sahen sie Captain Starlight und Sir Chadwick, die sich erbittert gegen sechs Trollwächter zur Wehr setzten. Starlight verwendete seine Harpune als Spieß und Sir Chadwick führte seinen Zauberstab wie einen Degen.

»Aus dem Weg«, rief Galcia warnend.

Starlight und Sir Chadwick sprangen schnell zurück und die Schlange blies ihren Gegnern eine Eisstaub-Wolke entgegen.

Abby sah sich um. Zu ihrer Rechten befand sich ein breiter Treppenaufgang, der in einem weiten Bogen über den Innenhof nach oben führte. Jede der Stufen war zu beiden Seiten von Statuen flankiert, die Dämonen und schlangenartige Wesen darstellten. Weit oben am Ende der Treppe sah sie zwei mächtige Torflügel: der Eingang zur Burg.

»Hier entlang«, rief sie, als Starlight gerade den letzten Troll mit seiner Harpune erledigte. Gemeinsam stürmten alle fünf zur Treppe und die Stufen hinauf. Als Abby einmal kurz aufschaute, entdeckte sie Benbow dicht über ihnen in der Luft.

Immer weiter rannten sie, die steinerne, gebogene Treppe hinauf. Aus dem trüben Dunkel zwischen den Maschinen im Hof der Festung starrten die Gefangenen zu ihnen herauf.

Als sie etwa die Hälfte der Stufen erklommen hatten, ertönte plötzlich ein lautes Ächzen und Rumpeln und die mächtigen Torflügel am Ende der Treppe schwangen auf. Ein Trupp von Trollen, mit Spießen bewaffnet, stürzte heraus. Die Trolle zögerten einen Moment und marschierten ihnen dann entgegen. Ihre hohen Stiefel knarrten auf jeder Stufe.

»Spike, weißt du, ob sie außer ihren Spießen noch andere Waffen haben?«, fragte Starlight, ohne die Trolle aus den Augen zu lassen.

Spike schüttelte den Kopf. »Nein, die Nachthexen geben ihnen nur Peitschen und Spieße, weil sie Angst vor einer Meuterei haben.«

Captain Starlight hob den Arm. »Sir Chadwick und ich werden uns zu beiden Seiten der Schlange postieren«, ordnete er an. »Ihr anderen bleibt dahinter. Galcia, du musst das Feuer der Schlange lenken.«

Sie stiegen weiter die Stufen empor, den Reihen der Trolle entgegen.

Als sie die Feinde fast erreicht hatten, sagte Galcia zu der Schlange ›Feuer frei‹, und diese blies eine Schneise des Todes in die gegnerischen Reihen. Sir Chadwick und Captain Starlight stürmten vorwärts und stürzten sich auf jene, die dem Eisstaub entgangen waren. Abby und Spike hoben die Speere der getroffenen Trolle auf und warfen sie auf die Angreifer, während Galcia mit erstaunlicher Ruhe den Eisstaub-Atem ihrer Schlange lenkte.

Der Kampf war erbittert, aber nach und nach gewannen Sir Chadwick und Captain Starlight die Oberhand. Scharen gefallener Trolle lagen auf der Treppe, da endlich blies die Schlange mit einer letzten Eisstaub-Wolke den letzten Feind hinweg. Galcia beugte sich vor und flüsterte ihr ins Ohr: »Mehr kannst du nicht für uns tun, meine Freundin. Such dir ein Versteck, bis ich dich wieder rufe.«

Folgsam glitt das Geschöpf die Treppe hinunter.

Sir Chadwick und Captain Starlight blieben einen Moment stehen, um zu verschnaufen. Sir Chadwick hob seinen Zauberstab und schüttelte ihn sanft. Ein letztes Körnchen Eisstaub rieselte aus der Spitze. Starlights Harpune sah nicht viel besser aus. Die Klinge hatte ihren Glanz verloren, ihre Kanten waren matt und stumpf.

»Kommt weiter«, rief Starlight erschöpft. »Es ist fast vollbracht. Und du, Abby, solltest dich wieder unsichtbar machen.«

Abby folgte seinem Rat. Dann stiegen sie gemeinsam weiter die Treppe hinauf und durchschritten das mächtige Tor.

33

Wolfbane

»Das war der Thronsaal meines Vaters, aber damals sah er noch ganz anders aus«, sagte Spike, als sie eine weite Halle betraten, die mit schmierigen schwarzen Platten ausgelegt war. Decke und Wände waren komplett mit hässlichen eisernen Zinken verkleidet, so dass sie aussahen wie die Haut eines gigantischen Stachelschweins. In der Mitte des Raums stand ein Thron, auf dem das Oberhaupt der Nachthexen saß und sie mit kaltem Blick erwartete.

»Deine Zeit ist abgelaufen, du Hexenmeister der Finsternis«, rief Sir Chadwick mit dröhnender Stimme.

Die abscheuliche Gestalt musterte sie lächelnd.

»Du bist, wie so oft, auf dem Holzweg, Chadwick«, sagte Wolfbane. »Meine Zeit fängt nämlich gerade erst an.«

Er wedelte lässig mit der Hand, und eine Reihe eiserner Zinken löste sich von der Decke und bohrte sich dicht neben Abby und ihren Gefährten in den Boden.

Captain Starlight und Sir Chadwick wollten sich auf Wolfbane stürzen, aber der lachte nur gehässig und rief: »Keine Bewegung, sonst werden euch die nächsten nicht mehr verfehlen.«

Starlight und Sir Chadwick wichen zurück. »Prinz Altur, wie nett, Euch wiederzusehen«, sagte Wolfbane höhnisch. »Und wie aufmerksam, dass Ihr auch gleich Eure Schwester mitgebracht habt.«

Er griff nach einem großen schwarzen Gegenstand, der neben dem Thron lag und an eine altmodische Kamera mit riesigem Objektiv erinnerte. »Das ist meine neueste Errungenschaft – der Atomisierer. Ihr wisst vielleicht, dass wir ihn schon einmal getestet haben, aber inzwischen wurde er optimiert. Ich werde euch zeigen, was man damit machen kann.«

Er legte den Apparat wieder neben den Thron und griff in die Falten seines Umhangs. »Ich nehme an, Prinz Altur und seine Schwester würden gern ihre Eltern wiedersehen. Bitte, hier sind sie.« Er zog zwei kleine Kristallwürfel hervor und warf sie ihnen hin. »Leider musste ich sie atomisieren, aber keine Bange – dieses Schicksal werdet ihr bald teilen.« Wolfbane musterte sie mit selbstgefälligem Blick. Dann änderte sich seine Miene, ihm schien ein neuer Gedanke gekommen zu sein. »Wo ist eigentlich dieses Mädchen aus Speller?«, fragte er und zog zwei weitere Würfel hervor. »Ihre Eltern habe ich auch dabei.« Er warf ihnen die Würfel vor die Füße, in denen ebenfalls die winzigen Gestalten eines Mannes und einer Frau zu erkennen waren.

Abby wäre am liebsten auf ihn losgegangen, aber ihr war klar, dass sie nicht entdeckt werden durfte. Als Wolfbane einen Moment lang wegsah, hob sie rasch die Würfel vom Boden auf und steckte sie in ihre Tasche.

»Abby ist in Sicherheit, Wolfbane«, sagte Sir Chadwick mit fester Stimme. »Vermutlich hilft sie gerade dabei, deine Haiboote zu versenken.«

Der Meister der Nachthexen lachte hämisch. »Nennst du mich nun doch bei meinem richtigen Namen?«

Sir Chadwick zuckte die Achseln. »Letzten Ende passt er doch besser zu dir – ›Cheeseman‹ klingt viel zu harmlos für einen Satan wie dich.«

Das Oberhaupt der Nachthexen lächelte. »Zu schade, dass mir eure kleine Freundin aus Speller entgangen ist. Aber ich werde ihr sicher bald begegnen. Sobald ich mit euch fertig bin, werde ich sie und die Meerhexen-Flotte ein für alle Mal vernichten.«

»Nur über meine Leiche«, sagte Sir Chadwick herausfordernd.

Wolfbane kicherte böse. »Keine Sorge! Leben wirst du

ohnehin nicht mehr lange. Aber vorher sollt ihr euch noch ein bisschen amüsieren.«

Die Schritte einer Marschkolonne erklangen. Wolfbane blickte sich um. »Wenn mich nicht alles täuscht«, fuhr er fort, »kommt dort meine persönliche Leibwache. Ihre Waffen sind mit Schwarzstaub geladen, während euer Vorrat an Eisstaub wohl leider erschöpft ist – so ein Pech.«

Die Leibwache der Nachthexen blieb neben dem Thron stehen.

»Ergreift Altur und Galcia!«, befahl Wolfbane. »Und sobald diese beiden Herren dort auch nur den geringsten Widerstand leisten, schneidet ihr ihnen die hübschen königlichen Gurgeln durch.«

Captain Starlight und Sir Chadwick wechselten einen Blick, dann legten sie ihre Waffen nieder.

»Sehr gut«, sagte Wolfbane. »Und jetzt seid bitte so freundlich, mir zu folgen.«

Er sprang vom Thron und führte, flankiert von seiner Leibwache, die Gefangenen aus dem Saal.

Abby wartete, bis sie allein in der düsteren Halle war, dann rief sie leise nach Benbow.

Sogleich stieß der große Vogel von der Decke zu ihr herab.

»Ihnen nach«, flüsterte Abby und umfasste Benbows Beine.

34

Die Kreatur aus dem See

Abby und Benbow hatten die anderen bald eingeholt und schwebten unsichtbar über der Prozession. Wolfbane prahlte weiter, während er seine Gefangenen auf die Zinnen der Burg führte.

»Ich nehme an, Prinz Altur und Prinzessin Galcia, dass Ihr den Palast nach all meinen Verbesserungen kaum noch wiedererkennt«, sagte er, als sie hinaustraten. Er wies auf den hässlichen schwarzen Anbau, der dem rosaroten Stein aufgepfropft worden war.

»Wie eine riesige Warze in einem schönen Gesicht«, knurrte Sir Chadwick.

»Ah!«, erwiderte Wolfbane. »Ihr kennt doch sicher den Ausspruch: ›Die Schönheit liegt im Auge des Betrachters‹! Für mich sieht das alles sehr gelungen aus. Aber wartet nur, bis ihr mein Meisterwerk gesehen habt.«

Er führte sie hinunter in einen ehemals prachtvollen

Garten, der jetzt öde und verwildert war. Dann durchquerten sie den einstigen Obstgarten, in dem die Früchte an den Zweigen faulten. An der Burgmauer blubberte die ölige schwarze Flüssigkeit aus dem Boden hervor und bildete ein träges Rinnsal.

Wolfbane ging ihnen auf dem schlammigen Pfad entlang dieses schwarzen Bachs voran, der ebenso stank wie der Innenhof der Festung.

Am Waldrand mündete der Bach in den schwarzen See, und der Pfad verlängerte sich zu einem Landungssteg, der fast bis in die Mitte des dunklen Gewässers reichte. Wolfbane führte sie ans Ende des Stegs, wandte sich dann zu ihnen um und sagte: »Ich nehme an, dass alle mit der Geschichte dieses Königreichs vertraut sind?«

»Vertraut genug«, erwiderte Sir Chadwick.

»Dann möchte ich nun von meiner neuesten Errungenschaft berichten. Ihr erinnert euch an die Legende, die besagt, im Fluss hätte einst eine grässliche Schlange gelebt?«

»Allerdings.«

»Diese Legende entsprach der Wahrheit. Beim Ausbau der Festung haben meine Hexen ihre Knochen gefunden.« Er reckte stolz das Kinn. »Und nun seht, was mir mit Hilfe des Schwarzstaubs möglich war!«

Er packte Galcia bei den Armen und zerrte sie bis an die äußerste Kante des Landungsstegs.

Aus dem See stieg ein Gurgeln auf und der Kopf einer riesigen, schleimigen Kreatur durchbrach die Wasseroberfläche. Sie hatte die Form von Galcias Schlange, war aber doppelt so groß und viel, viel schrecklicher.

»Ich habe sie wiederauferstehen lassen«, rief Wolfbane triumphierend.

Selbst Captain Starlight und Sir Chadwick wichen beim Anblick des Ungeheuers einen Schritt zurück. »Gütiger Himmel! Das ist wahrhaft ein Wesen aus der Hölle«, stieß Sir Chadwick hervor.

Abby, die mit Benbow über der Gruppe kreiste, betrachtete die Schlange voller Grauen. Doch dann fiel ihr etwas auf ... Das grässliche Ungeheuer, das seinen Kopf von einer Seite zur anderen schnellen ließ, schien schreckliche Schmerzen zu leiden. Sein Körper war mit Wunden übersät, in denen zum Teil noch die Spitzen von Speeren und Pfeilen steckten.

Wolfbane wandte sich an seine Leibwache. »Gebt den Herren ihre Waffen zurück und werft sie meinem Geschöpf vor.« Die Wachen reichten Captain Starlight seine stumpf gewordene Harpune und Sir Chadwick den Zauberstab. Die beiden Männer traten einen Schritt vor und Sir Chadwick hob seinen Stab zu einem schwungvollen Gruß. »Lebt wohl, Kinder«, rief er. »Verzeiht uns, dass wir gescheitert sind.«

»Lebt wohl!«, riefen Spike und Galcia mit tränenerstickter Stimme.

Sir Chadwick wandte sich Captain Starlight zu und deutete eine Verbeugung an. »Es ist mir eine Ehre, mit einem solchen Gefährten in den Tod zu gehen, Alter Seemann.«

»Die Ehre ist ganz meinerseits, Meister der Lichthexen«, erwiderte Captain Starlight. Dann sprangen sie in das schwarze Wasser.

Das Ungeheuer brüllte auf und stieß mit dem Kopf auf Sir Chadwick nieder. Der bohrte ihm den Zauberstab in den Hals. Das Tier zuckte zurück und Sir Chadwick flog der Stab aus der Hand.

Jetzt hob Captain Starlight seine Harpune und schleuderte sie mit aller Kraft. Die Spitze drang tief in den Körper der Schlange ein. Sie wandte den Kopf, packte den Schaft der Harpune mit dem Maul, brach ihn aber ab, wobei die Spitze tief in ihrem blutenden Fleisch stecken blieb. Das Ungeheuer stieß einen gellenden Schrei aus, sein Kopf schoss zweimal blitzschnell vor, und schon hatte es Sir Chadwick und Captain Starlight verschlungen.

Wolfbane lachte vor Entzücken. »Auf Wiedersehen, Chadwick. Wer weiß, vielleicht wirst du mir in ein paar Hundert Jahren sogar fehlen?« Er hob den Arm und das

Untier versank wieder in den Fluten. Dann drehte er sich zu Spike und Galcia um. »So, auch für Euch sind die guten Zeiten leider vorbei. Ihr werdet jetzt Euren Freunden im Gefangenenlager Gesellschaft leisten. Aber nicht für lange. Bald werde ich Euch meinen Hexen der Finsternis überlassen.«

Abby liefen die Tränen über die Wangen, und ihr Herz fühlte sich an, als müsste es vor Kummer brechen. Sie hatte Captain Starlight und Sir Chadwick lieb gewonnen; es war ihr unvorstellbar, dass die beiden nicht mehr am Leben sein sollten. Hass stieg in ihr auf, und sie hätte sich am liebsten auf Wolfbane gestürzt. Aber dann fiel ihr plötzlich etwas sehr Wichtiges ein.

»Bring mich hinunter, Benbow«, sagte sie leise.

Wolfbane hatte sich schon zum Gehen gewandt, als Abby vor ihm auf dem Steg landete und ihre Melodie rückwärts pfiff. Ihr plötzliches Auftauchen erschreckte ihn, aber er fing sich rasch wieder.

»Starlights kleine Freundin, nehme ich an«, sagte er höhnisch. »Wie nett von dir, dich mir auszuliefern.«

»Du bist ein widerliches altes Scheusal, Wolfbane«, antwortete Abby ohne Furcht. »Dein Untier kann mir nichts anhaben.«

»Das werden wir ja sehen«, versetzte Wolfbane. Er hob den Arm, um die Schlange wieder herbeizurufen.

Mit einem fürchterlichen Brüllen stieg sie erneut an die Oberfläche. Abby stand gelassen auf dem Steg.

»Lauf, Abby!«, schrie Spike und versuchte verzweifelt, sich aus dem Griff seiner Wächter zu befreien.

Doch Abby wich keinen Schritt zurück, als der riesige, schleimige Kopf der Schlange, tobend vor Hass und Zorn, über ihr aufragte.

Wolfbane kicherte entzückt, verstummte aber, als er sah, dass Abby die Hand ausstreckte.

»Du armes, armes Wesen«, sagte sie sanft. »Wie unfreundlich immer alle zu dir sind!«

Die Schlange erstarrte und schaute Abby in die Augen.

»Ich weiß, wie sehr du gelitten hast«, fuhr Abby fort. »Und ich verspreche dir, dass ich dir nicht wehtun werde.«

Das Ungeheuer starrte Abby weiter an, und alle beobachteten voller Staunen, wie eine Träne ihre schwarze, schleimige Wange hinunterrollte.

»He, Moment mal!«, schrie Wolfbane empört. »Was tust du da mit meiner Kreatur?«

Die Schlange drehte sich zu ihm um und machte eine schnappende Bewegung, der er nur knapp entging. Dann legte sie ihren Kopf auf den Landungssteg, und Abby fing an, die Klingen und Pfeilspitzen herauszuziehen, die überall aus ihrem Körper ragten.

Fassungslos beobachteten alle, wie der Körper des Tieres mit jeder Waffe, die Abby aus seinem Fleisch zog, heller wurde. Der Schleim verschwand und ein sanfter goldener Schimmer breitete sich auf seinem Körper aus. Und noch fassungsloser waren sie, als es plötzlich das Maul öffnete und mit einem gewaltigen Rülpser Captain Starlight und Sir Chadwick auf den Steg hinauskatapultierte. Sie waren noch am Leben!

Starlight war als Erster wieder auf den Beinen. »Danke, Abby«, sagte er.

»Freundlichkeit«, erwiderte Abby. »Der Wal hat gesagt, gegen Freundlichkeit sei dieses Wesen machtlos.«

Während die Schlange immer goldener schimmerte, wechselte auch das Schwarz des Sees allmählich zu einem tiefen, reinen Blau.

»Ich kann das alles kaum glauben«, sagte Galcia, verwirrt von der plötzlichen Wendung der Ereignisse.

Die Schlange begann, in der Sprache der sieben Weltmeere zu sprechen. Spike übersetzte. »Ein ganzes Jahrtausend lebte ich schon im See des Lebens, bevor Mordoc kam. Bis dahin kannte mein Herz keine Bosheit. Aber Mordoc belegte mich mit einem Fluch. Für alle Ewigkeit sollte ich mich in Schmerzen winden. Die Menschen kamen, um gegen mich zu kämpfen, und vermehrten dadurch meinen quälenden Schmerz. Deshalb wurde ich von allen gefürchtet.« Das Tier streckte den Hals vor und schmiegte seinen großen Kopf an Abby. »Dieses Mädchen hat meiner Qual ein Ende bereitet, und seine Freundlichkeit hat das Gute in mir wieder zum Leben erweckt.«

Dann wandte es sich Wolfbane zu und stieß ein drohendes Zischen aus. »Aber jetzt ist für dich die Zeit des Leidens gekommen, Wolfbane.« Schwerfällig wälzte sich die Kreatur aus dem Wasser und glitt auf das Oberhaupt der Nachthexen zu.

Wolfbane und seine Hexen hatten alles wie erstarrt mit angesehen.

»Nein! Nein!«, schrie er jetzt entsetzt, machte kehrt und rannte, gefolgt von seinen Wachen, auf den Waldrand zu.

»Schaut nur!«, rief Galcia in diesem Moment. Alle wandten sich um und wurden Zeugen einer weiteren Verwandlung. Das schwarze Rinnsal war ebenfalls zu klarem blauem Wasser geworden und hatte jetzt offenbar die Burg erreicht, denn plötzlich begann der warzenartige Anbau der Nachthexen zu bröckeln und von dem alten Gemäuer darunter abzuplatzen.

»Es sieht aus, als hätte der See des Lebens die Macht, alle bösen Werke der Nachthexen zu zerstören«, sagte Starlight staunend.

Sir Chadwick fasste ihn erschrocken am Arm. »Schnell, Starlight. Die Eltern der Kinder! Wir müssen sie mit dem Atomisierer zurückverwandeln, bevor auch er zerstört wird.«

Von neuerlicher Angst gepackt, rannten sie zur Burg zurück und die vielen Stufen hinauf, durch die Gänge und Flure bis zu der Halle, in der Wolfbane den Atomisierer neben dem Thron hatte liegen lassen.

Sir Chadwick nahm das Gerät in die Hand und sah es sich an. »Ich kann nichts entdecken, womit man den Prozess umkehren könnte«, sagte er. »Hier ist nur eine kleine Kammer für Schwarzstaub.«

»Und wenn wir stattdessen Eisstaub hineinfüllen?«, schlug Spike vor.

»Wir müssen es versuchen«, antwortete Sir Chadwick grimmig.

Das gesamte Gebäude erzitterte jetzt, als würde es von einem Erdbeben erschüttert. Immer größere Teile des düsteren Anbaus stürzten krachend zusammen; Holz splitterte, Steine polterten, und die Luft war von Staub erfüllt. Die eisernen Zinken, mit denen die Halle verkleidet war, lösten sich und gaben große Fenster frei, durch die man auf den See des Lebens blicken konnte.

»Woher kriegen wir bloß Eisstaub?«, rief Sir Chadwick inmitten des Getöses.

»Benbow!«, rief Starlight. »Bring uns Eisstaub vom Grund des Sees.« Benbow krächzte laut und flog durch eines der zerborstenen Fenster hinaus. Sie sahen, wie er sich hoch in die Luft erhob, um dann die Flügel anzulegen und wie ein Pfeil in den Tiefen des Sees zu verschwinden. Dann tauchte er wieder auf und kam zur Halle zurückgeflogen.

»Hier hinein«, sagte Starlight und zeigte auf das Fach im Atomisierer. Benbow ließ Eisstaub aus seinem Schnabel hineinrieseln, bis es gefüllt war.

Abby reihte die Kristallwürfel am Boden auf.

»Hoffentlich funktioniert es«, sagte Sir Chadwick. Er richtete das Gerät auf die Würfel, und es begann zu rattern und zu spucken. Dann gab es ein knisterndes Geräusch und eine Wolke von Eisstaub hüllte die Würfel ein. »Tretet zurück«, warnte Sir Chadwick.

Die Kristallwürfel erbebten und es gab einen lauten Knall, und dann noch einen, und noch einen, und mit jedem Knall wurden die Würfel ein bisschen größer. Es war ihnen gelungen, den Prozess umzukehren! Die Kristallwürfel zerplatzten, und dann standen sie schließlich vor ihnen – das Herrscherpaar von Lantua, Abbys Eltern, Sally Oak und der Eisbär. Sie sahen sich erstaunt um. Der Eisbär schüttelte verwundert den Kopf.

Obwohl das Gebäude immer stärker bebte, warfen sich

die Kinder ihren Eltern in die Arme. Alle lachten und weinten gleichzeitig. Sir Chadwick unterbrach die Wiedersehensfreude. »Wenn die Herrschaften gestatten«, sagte er drängend. »Wir sollten uns jetzt erst einmal in Sicherheit bringen.«

Der Eisbär schien immer noch nicht zu begreifen, was geschehen war. Erst als ihm Spike etwas in der Sprache der sieben Weltmeere zuflüsterte, nickte er zufrieden und trabte hinter den anderen aus der Burg hinaus.

Die große Schlacht

Unten im Burghof war der Jubel unbeschreiblich. Die Mauer der Angst hatte sich in Luft aufgelöst, die Trolle waren geflohen. Von dem schwarzen Gebäude der Nachthexen war kaum noch etwas zu sehen, und der Boden bebte nicht mehr. Die Festung erstrahlte in wiedererstandener Pracht.

Sir Chadwick ergriff das Wort. »Kinder der Meerhexen«, rief er mit lauter Stimme. »Ihr seid frei. Wir haben die Hexen der Finsternis besiegt und in die Flucht geschlagen. Ihr habt nichts mehr zu befürchten. Wir werden euch so bald wie möglich zu euren Eltern zurückbringen.«

In diesem Moment wurde er von einem Brummen unterbrochen. Wolfbanes Fliegendes Insekt tauchte am Himmel auf.

Starlight machte ein besorgtes Gesicht. »Wolfbane ist uns entkommen.«

»Und zweifellos auf dem Weg zur Seeschlacht gegen die Meerhexen«, bemerkte Sir Chadwick grimmig.

»Was können wir tun?«, fragte Abby.

Sir Chadwick formte mit den Händen einen Trichter und rief: »Kinder! Alle herhören! Ihr seid die Söhne und Töchter der Meerhexen. Wir werden uns jetzt an den Händen fassen und dieses Fluggerät mit Hilfe des Lichthexen-Willens vom Himmel holen.«

»Und wie geht das?«, fragte ein Kind in Abbys Nähe.

»Stellt euch vor, dass ihr ein großes Gewicht auf die Flugmaschine legt und sie damit nach unten drückt«, erklärte Sally Oak. »Sagt das allen.«

»Fasst euch an den Händen – und *los*!«, rief Sir Chadwick.

Die Flugmaschine brummte weiter in Richtung des Tunnels in der Eissäule. Doch plötzlich kam sie ins Trudeln, als würde sie von der Hand eines Riesen nach unten gedrückt. Immer weiter sank sie hinab, bis sie schließlich am Waldrand liegen blieb.

»Schnell, kreist sie ein!«, befahl Captain Starlight.

Die Kinder umstellten die Maschine. Sie hatten sich mit Schneebällen aus Eisstaub bewaffnet. Die Tür schwang auf und Wolfbanes Leibwache sprang heraus, die Waffen im Anschlag. Doch bevor sie noch abdrücken konnten, feuerten die wütenden Kinder auch schon Salven von

Eisstaub-Bällen auf sie ab. Hilflos ließen die Nachthexen die Waffen fallen, griffen sich entsetzt ins Gesicht und zerrten an ihrer Kleidung.

»Genug!«, rief Sir Chadwick schließlich, und die Kinder hörten auf zu werfen. Ächzend und stöhnend krümmten sich die Wachen am Boden.

Captain Starlight und Sir Chadwick durchsuchten die Flugmaschine. »Keine Spur von Wolfbane«, sagte Starlight. »Er hat uns überlistet! Das Ganze war nur ein Ablenkungsmanöver, er muss einen anderen Fluchtweg genommen haben.«

»Daran ist nun nichts mehr zu ändern«, antwortete Sir Chadwick. »Sally, du bleibst hier und hilfst den Herrschern von Lantua, wieder Ordnung zu schaffen. Alle anderen: Wir fliegen los. Vielleicht können wir mit diesem Fluggerät Mandini in der Schlacht unterstützen.«

Der König von Lantua schüttelte den Kopf. »Unser Schicksal steht auf Messers Schneide«, wandte er sich an die befreiten Gefangenen. »In dieser entscheidenden Schlacht darf die Königsfamilie nicht zurückbleiben. Diese junge Dame namens Sally Oak wird euch bis zu unserer Rückkehr zur Seite stehen.«

Dann kletterten die Gefährten, Abbys Eltern, das Königspaar und Benbow hastig an Bord des Fliegenden Insekts.

Drinnen gab es mehrere Schießscharten, die mit Atomisierern bestückt waren, und einen Laderaum voll bedrohlich aussehender schwarzer Bomben. Starlight musterte das Steuerpult. »Fliegen kann ich das Ding«, sagte er, »aber was machen wir mit all diesen Waffen?«

»Wir behalten die Atomisierer und laden sie mit Eisstaub«, antwortete Sir Chadwick. »Die Bomben lassen wir in den See des Lebens fallen. Der wird sie mit Leichtigkeit vernichten.«

»Alles startklar?«, rief Starlight. »Wir heben jetzt ab.«

»Warten Sie!«, rief Galcia. »Die Schlangen.«

Durch eine der Schießscharten sah Abby, wie die beiden Kreaturen sich auf das Luftschiff zu schlängelten. Galcia öffnete die Luke und sie glitten die Rampe hinauf. Beide wirkten merkwürdig dick und schwerfällig. Nun erhob sich die Maschine in die Lüfte.

Nachdem sie die Bomben über dem See des Lebens abgeworfen hatten, nahm Starlight direkten Kurs auf den Tunnel in der Eissäule. Sobald sie das offene Meer erreicht hatten, brachte der Captain die Maschine auf Höchstgeschwindigkeit, und sie rasten über das Wasser dahin.

»Ob wir noch rechtzeitig kommen?«, fragte Abby besorgt.

Starlight schaute auf seine Uhr, die Abby ihm zurückgegeben hatte. »Es wird knapp werden«, sagte er grimmig.

Da schlug sich Sir Chadwick plötzlich mit der Hand vor die Stirn. »Eisstaub!«, stieß er keuchend hervor. »Wir haben vor lauter Eile vergessen, den Eisstaub mitzunehmen.«

»Nein, haben wir nicht«, sagte Galcia. »Die Schlangen sind randvoll damit.«

Mit einem Seufzer der Erleichterung lehnte sich Sir Chadwick zurück. »Füllt die Atomisierer mit Eisstaub«, wies er die Besatzung an.

»Wir sind so weit, Captain Starlight«, sagte er, als alle Atomisierer gefechtsbereit waren.

Trotz der Gefahren, die noch vor ihnen lagen, schauten Abby und Spike glücklich zu ihren Eltern hinüber. Es erfüllte sie mit Freude, sich gemeinsam mit ihnen auf den Kampf vorzubereiten.

Captain Starlight drosselte die Geschwindigkeit und rief: »Flotte der Meerhexen direkt voraus! Die Schlacht ist schon in vollem Gang.«

Abby, Spike und Galcia standen zusammen an einer Schießscharte und starrten aufs Meer hinunter. Es war offensichtlich, dass die Dinge für die Meerhexen nicht zum Besten standen. Die Hälfte ihrer Schiffe hatte keine Masten mehr und trieb hilflos zwischen Trümmerteilen umher. Dutzende von Haibooten umkreisten sie wie eine Rotte hungriger Wölfe und feuerten Granaten und Torpedos auf sie ab. Hin und wieder traf eine Kanone der Meerhexen ihr Ziel und eines der Haiboote explodierte in einer Wolke aus öligem schwarzem Rauch. Doch die Nachthexen hatten eindeutig die Oberhand.

»Ich verstehe nicht, was mit unserer Flotte los ist«, sagte Starlight grimmig.

»Ich auch nicht«, erwiderte Sir Chadwick. »Wir sollten lieber außer Reichweite bleiben, bis wir die Lage durchschaut haben.«

»Können Sie sich nicht im Geiste mit Mandini in Verbindung setzen, Sir Chadwick?«, fragte Spike.

Der schüttelte bedauernd den Kopf. »Er ist im Moment zu sehr auf die Schlacht konzentriert.«

»Ich werde mit Benbow zu ihm hinunterfliegen und ihn fragen, wie wir helfen können«, sagte Abby.

»Pass auf dich auf, Liebes«, rief ihre Mutter besorgt.

Abby umfasste wieder Benbows Beine und pfiff ihre Melodie. Sobald Spike die Luke geöffnet hatte, schwangen sie sich aus der Maschine.

Benbow umkreiste die Flotte der Meerhexen, bis er Mandini auf dem Achterdeck von Mr Halyards Schoner entdeckte und neben ihm landete.

»Feuer!«, schrie Mandini gerade, und mit einem gewaltigen Donnern feuerte die Besatzung auf eines der gegnerischen Unterseeboote.

»Mr Mandini«, rief Abby und machte sich rasch wieder sichtbar.

Der Große Mandini drehte sich erstaunt um. »Abby? Wo kommst du denn her, mein Kind?«, fragte er.

»Wir haben die Flugmaschine der Nachthexen gekapert«, erklärte Abby und duckte sich, als eine Granate über sie hinwegpfiff. Am Bug des Schoners entdeckte sie Hilda, die gerade einen verwundeten Matrosen verband. »Captain Starlight und Sir Chadwick möchten wissen, wie die Lage aussieht.«

Mandini ließ den Gegner nicht aus den Augen. »Eisstaub-Knappheit«, antwortete er kurz. »Wir haben einen Großteil unseres Vorrats dafür verbraucht, die Unterseeboote zum Auftauchen zu zwingen. Jetzt ist nicht mehr genug übrig, um ihnen den Rest zu geben. Um genau zu sein, geben sie uns gerade den Rest.« Er hob die Stimme und rief: »Dreht bei – wir müssen dieser Barkasse in Seenot zu Hilfe kommen.«

»Warum sind die Schiffe der Meerhexen-Flotte so weit verstreut?«, fragte Abby.

»Wenn wir eine geschlossene Gruppe bilden, können sie ihr Feuer auf diesen Punkt konzentrieren und uns auf einen Schlag auslöschen.«

»Aber dazu müssten auch die Haiboote dicht zusammenrücken. Und dann wüsste ich einen Weg, wie wir sie schlagen können«, sagte Abby.

Mandini wischte sich einen Pulverfleck von der Stirn. »Das Risiko ist zu groß, mein Kind«, antwortete er. Eine Granate durchschlug die Reling vor ihnen und verfehlte sie nur knapp.

»Die Zeit ist zu kurz, um Ihnen alles zu erklären«, sagte Abby. »*Bitte*, vertrauen Sie mir einfach.«

Mandini zögerte, dann zog er mit übertriebenem Schwung seinen Hut und verbeugte sich tief. »Ich vertraue dir, Abby. Ich werde die Meerhexen-Flotte zusammenrufen.« Er rief seinem Unteroffizier zu: »Geben Sie Signal: Alle Schiffe sollen sich so dicht wie möglich um uns scharen.« Und an Abby gerichtet fügte er hinzu: »Diese Chance werden sich die Haiboote garantiert nicht entgehen lassen.«

»Ich danke Ihnen«, sagte Abby. »Sie sind wirklich ein großer Mann.« Sie bat Benbow aufzusteigen und umfasste seine Beine. »Zurück zum Fliegenden Insekt«, rief sie.

Die Flugmaschine kreiste immer noch über dem Kampfgeschehen, und Benbow flog mit Abby durch die geöffnete Luke hinein. An Bord waren alle voller Konzentration dabei, mit den Atomisierern auf die Haiboote zu schießen. Galcia sorgte dafür, dass sie immer mit Eisstaub gefüllt waren. Einige der Haiboote erwiderten das Feuer. Abby pfiff ihre Melodie rückwärts und rannte zu Starlight hinüber.

»Mandini ruft die Flotte zu einer engeren Formation zusammen. Das wird die Haiboote veranlassen, ebenfalls dichter zusammenzurücken.«

Captain Starlight und Sir Chadwick begriffen sofort, was sie vorhatte. »Ich bringe die Maschine weiter runter«, rief Starlight. »Galcia, sobald wir über den Haibooten sind, musst du die Schlangen losschicken.«

Durch eine Schießscharte beobachtete Abby, wie sich der Kreis der Meerhexen-Schiffe zusammenschloss und auch die Haiboote sich enger formierten.

In diesem Moment wurde das Fliegende Insekt von einer Granate getroffen, die ein klaffendes Loch in den Rumpf riss. Ein Trümmerteil streifte Abby am Kopf. Die Maschine geriet ins Trudeln und Abby wurde durch das Loch hinausgeschleudert.

Das eisige Wasser ließ Abby kurz zu sich kommen, dann aber sank sie immer tiefer in die Dunkelheit des Ozeans hinab.

Plötzlich spürte sie, wie jemand sie um die Taille fasste und nach oben zog. Es war Spike. Seine Beine bewegten sich wie Kolben auf und ab in dem verzweifelten Versuch, sie beide zu retten.

Sie kamen an die Wasseroberfläche und fanden sich umgeben von Haibooten. Da tauchte mit einem Mal Captain Starlight neben ihnen auf. Er war ihnen mitsamt seiner Harpune nachgesprungen und schwamm mit aller Kraft auf sie zu. »Bring sie weg von hier, Spike«, hörte Abby ihn noch rufen, bevor er sich dem Haiboot entgegenstellte, das im Begriff war, auf sie zuzusteuern.

Spike schwamm so schnell, wie er es mit Abby im Schlepptau bewerkstelligen konnte. Wenige Sekunden später hörten sie hinter sich einen ohrenbetäubenden Knall, und der Gestank des zerstörten Haibootes wehte über sie hinweg.

Oben in der Flugmaschine hatte Sir Chadwick das Steuer übernommen und flog mit Höchstgeschwindigkeit auf den Pulk von Haibooten zu. Kurz bevor er sie erreichte, brachte er die Maschine dicht über die Wasseroberfläche und rief: »Galcia, lass die Schlangen los.«

»Geht!«, befahl Galcia. Die beiden Ungetüme glitten aus der Maschine, tauchten ins Wasser ein und … waren verschwunden.

Die Haiboote formierten sich in einer Reihe, um die wehrlosen Schiffe der Meerhexen mit einer letzten Breitseite zu erledigen.

»Um Himmels willen! Wo sind bloß die Schlangen?«, stieß Abbys Vater entsetzt hervor.

»Da! Da sind sie!«, rief Abbys Mutter. Und richtig, die riesigen Tiere tauchten im Rücken der Nachthexen-Flotte wieder auf.

»Feuer!«, schrie Galcia, und beide Schlangen hoben ihren mächtigen Kopf und bliesen eine gewaltige Eisstaub-Wolke über die feindlichen Schiffe.

Als hätte die Hand eines Riesen sie mit Puderzucker bestäubt, glitzerte die Haiboot-Flotte jetzt plötzlich schneeweiß in der Sonne. Aber nicht lange. Es gab eine Reihe heftiger Explosionen und die Schiffe zerbarsten. Bei jeder Explosion schoss eine ölige schwarze Rauchwolke in die Luft, und ein Haiboot nach dem anderen versank mit einem schmatzenden Geräusch in den Wogen.

»Festhalten«, schrie Sir Chadwick, als das Fliegende Insekt durch die Druckwellen ins Trudeln geriet. »Wir müssen notlanden.« Das Flugschiff hüpfte über die Wellen und blieb dann auf dem Wasser liegen. Gewaltiger Jubel stieg von der Flotte der Meerhexen auf, und Mandinis Schiff steuerte rasch auf Spike und Abby zu, um sie an Bord zu nehmen. Kaum waren sie auf dem Schiff, liefen sie an die Reling und hielten besorgt nach Starlight Ausschau. Benbow entdeckte ihn als Erster und schwebte schützend über ihm, bis der Captain das Schiff erreicht hatte.

36

Eine Feier und kein Abschied

In Abbys Erinnerung sollte dieser Tag immer der glücklichste ihres Lebens bleiben. Endlich konnten Spike und Abby ihre Mutter und ihren Vater umarmen.

»Ich habe immer gewusst, dass ich euch wiederfinden würde«, sagte Abby und hielt ihre Eltern an den Händen.

»Du hast uns so sehr gefehlt«, sagte ihre Mutter und wischte sich eine Träne von der Wange. »Von nun an werden wir uns jeden Tag sehen können.«

»Jeden Tag«, wiederholte Abby glücklich.

Nach einer Weile kam Spike zu Abby hinübergeschlendert. Er sah genauso aus wie früher und doch ganz anders. Spike verbeugte sich elegant vor Abbys Vater und sagte: »Mein Vater, Seine Majestät König Turmec IX. von Lantua, Herrscher über die Kalten Meere, trug mir auf, Sie zu der großen Siegesfeier morgen Abend im Palast von Lantua einzuladen.«

Abbys Mutter blickte verlegen auf ihre zerlumpte Kleidung. »Das ist sehr freundlich von Seiner Majestät«, sagte sie. Und dann an ihren Mann gewandt: »Aber ich habe überhaupt nichts anzuziehen.« Abby lachte, nahm eine Prise Eisstaub aus ihrer Tasche und ließ sie über ihre Mutter rieseln. Ihre alten Fetzen glühten einmal kurz auf und verwandelten sich sogleich in ein bezauberndes Abendkleid.

Spike sah Abby nachdenklich an. »Sag mal«, begann er zögernd, »wie bist du eigentlich so schnell darauf gekommen, dass man die Schlange einfach nur freundlich behandeln muss? Ich hatte die Worte des Wals schon längst vergessen.«

»In den Höhlen, in denen Galcia sich versteckt hielt«, erklärte Abby, »hingen Bilder, die die Geschichte der Schlange erzählten. Sie stammten von den Ureinwohnern Lantuas, die schon vor Mordoc auf der Insel lebten. Daher wusste ich, dass die Schlange ursprünglich ein freundliches Geschöpf gewesen war und dass erst Mordoc sie in ein Ungeheuer verwandelt hatte.«

Spike überlegte einen Moment. »Wir haben Wolfbane noch nicht gefunden. Ob er wohl jemals wiederauftauchen wird?«

Sir Chadwick, der mit Hilda ganz in der Nähe stand, hatte Spikes Worte gehört. »Unkraut vergeht nicht«, sagte er. »Wir sollten uns auch in Zukunft vor ihm in Acht nehmen.«

Spike wandte sich an Mandini. »Admiral«, sagte er, »würden Sie bitte die gesamte Flotte informieren, dass alle zu dem großen Ball morgen Abend eingeladen sind?«

»Selbstverständlich, Euer Hoheit«, erwiderte Mandini. »Aber ich bin eigentlich gar kein Admiral.«

»Morgen auf dem Ball wird Ihre Beförderung bekannt gegeben«, erwiderte Spike.

Nicht nur Mandini wurde am folgenden Abend befördert. Nachdem ausgiebig gespeist und getanzt worden war, verkündete König Turmec, er habe Sir Chadwick zum Grafen von Lantua ernannt, während Abby den Titel ›Gräfin der Kalten Meere‹ erhalten sollte – was, wie sie fand, für ein junges Mädchen ganz schön hochtrabend klang.

Nur einer fehlte, und das war Captain Starlight. Seit ihrem Sieg über die Nachthexen-Flotte hatte ihn niemand mehr gesehen, ebenso wenig wie Benbow. Mandini wusste zu berichten, dass auch das Atlantisboot verschwunden war.

Abby war traurig, weil sie sich nicht von ihm verabschiedet hatte, aber ihr Vater tröstete sie.

»Adam Starlight war noch nie ein Freund großer Abschiede«, sagte er. »Wart's nur ab, eines Tages, wenn du am wenigsten damit rechnest, taucht er plötzlich wieder auf.«

FSC
Mix
Produktgruppe aus vorbildlich
bewirtschafteten Wäldern und
anderen kontrollierten Herkünften

Zert.-Nr. SGS-COC-001940
www.fsc.org
© 1996 Forest Stewardship Council

Ein *Chicken House*-Buch im Carlsen Verlag

Originaltitel: The Witch Trade
Umschlagbild: Markus Spang
Umschlagtypografie: Steffen Meier
Aus dem Englischen von Annette von der Weppen
Lektorat: Gabriele Dietz
Layout und Herstellung: Steffen Meier
Satz: Dörlemann Satz, Lemförde
Lithografie: Zieneke PrePrint, Hamburg
Gesetzt aus der Baskerville und Gilb
Druck und Bindung: GGP Media GmbH, Pößneck
ISBN 978-3-551-52004-3
Printed in Germany
1 2 3 12 11 10

www.chickenhouse.de